ELOGIOS PARA *LOS FALCÓN*

"Un libro hermoso y serio".

—*The Washington Post*

"En un momento en que Estados Unidos se ve sacudido por debates sobre lo que significa ser un estadounidense 'real', esta representación de la experiencia de los inmigrantes no podría ser más importante".

—Refinery 29

"El talento de Rivero para contar historias y representar con simpatía a muchos personajes eleva a esta novela por encima del melodrama de las telenovelas que suenan en segundo plano en la televisión de Valeria".

—*Library Journal*

"Oportuna y hermosamente representada [...]. Rivero logra sacar a la luz los desafíos que enfrentan muchos inmigrantes [...]. Un retrato complejo y convincente de los inmigrantes latinoamericanos y la experiencia de las familias indocumentadas".

—*Booklist*

"Una mirada matizada al costo humano de la política de inmigración [...]. Este es, obviamente, un libro que tiene mucho que decir sobre nuestro momento actual, pero también tiene un atractivo emocional que es atemporal y universal. Reflexivo y atento, este es un debut admirable".

—*Kirkus Reviews*

"Melissa Rivero escribe sobre el amor con toda su belleza, ferocidad y complicaciones: la maternidad y las decisiones difíciles, los lazos de la familia y la patria, y los sacrificios hechos a favor de la supervivencia y de un futuro mejor. Ana es un personaje inolvidable". —Lisa Ko, autora de *The Leavers*

"Melissa Rivero es una escritora talentosa con una visión clara del corazón humano. Esta novela nos muestra cosas nuevas. Es una ganadora". —Luis Alberto Urrea, autor de
The House of Broken Angels y *The Devil's Highway*

"Una mirada implacable al mundo de los indocumentados a través de la vida de la inmigrante peruana Ana Falcón y su familia [...]. *Los Falcón* de Melissa Rivero brinda una justicia poética a esta fascinante historia de identidad, pertenencia y transformación".

—Cristina García, autora de *Dreaming in Cuban* y *Here in Berlin*

"*Los Falcón* es un poderoso y honesto testimonio de la fortaleza de las madres inmigrantes. Que todos las veamos, las honremos y peleemos por ellas de la manera en que Melissa Rivero ve, honra y lucha por Ana Ríos: libre de juicio y llena de amor".

—Natalia Sylvester, autora de
Chasing the Sun y *Everyone Knows You Go Home*

"Hermoso [...]. El tema es la inmigración, pero en el fondo esta es una historia sobre la familia: las tensiones, los lazos profundos, la intensidad del amor conyugal, parental y filial. Es a la vez un escrito atemporal y un libro que necesitamos urgentemente". —Rumaan Alam, autor de *That Kind of Mother*

MELISSA RIVERO
LOS FALCÓN

Melissa Rivero nació en Lima, Perú, y se crio en
Brooklyn. Indocumentada durante la mayor parte de
su infancia, Rivero se convirtió en ciudadana estadounidense a los veintidós años. Su escritura la ha llevado a los talleres de VONA / Voces, Bread Loaf y
el Norman Mailer Writers Colony. En 2015, Melissa
fue becaria de escritores emergentes en el Center for
Fiction. Se graduó de NYU y Brooklyn Law School,
y actualmente trabaja como abogada en una empresa
emergente.

LOS FALCÓN

LOS FALCÓN

Una novela

MELISSA RIVERO

Traducción de Jaime Collyer

VINTAGE ESPAÑOL

UNA DIVISIÓN DE PENGUIN RANDOM HOUSE LLC

Nueva York

PRIMERA EDICIÓN VINTAGE ESPAÑOL, ABRIL 2020

Copyright de la traducción © 2019 por Penguin Random House LLC

Todos los derechos reservados. Publicado en los Estados Unidos de América por
Vintage Español, una división de Penguin Random House LLC, Nueva York, y
distribuido en Canadá por Penguin Random House Canada Limited, Toronto.
Originalmente publicado en inglés bajo el título *The Affairs of the Falcóns* por
Ecco, un sello de HarperCollins Publishers, en 2019.
Copyright © 2019 por Melissa Rivero.

Vintage es una marca registrada y Vintage Español y su colofón
son marcas de Penguin Random House LLC.

Información de catalogación disponible en la
Biblioteca del Congreso de los Estados Unidos:
Names: Rivero, Melissa, author. | Collyer, Jaime, translator.
Title: Los Falcón : una novela / Melissa Rivero ; traducción de Jaime Collyer.
Other titles: Affairs of the Falcóns. Spanish
Description: Primera edición Vintage Español. | Nueva York : Vintage Español,
una división de Penguin Random House LLC, 2020.
Identifiers: LCCN 2019052396 (print) | LCCN 2019052397 (ebook)
Classification: LCC PS3618.I854 A6818 2019 (print) | LCC PS3618.I854 (ebook) |
DDC 813/.6—dc23

Vintage Español ISBN en tapa blanda: 978-0-593-08159-4
eBook ISBN: 978-0-593-08160-0

Para venta exclusiva en EE.UU., Canadá, Puerto Rico y Filipinas.

www.vintageespanol.com

Impreso en los Estados Unidos de América
10 9 8 7 6 5 4 3 2 1

Para Pury y Juan

1

EL DÍA EN QUE CUMPLIÓ DOCE AÑOS, ANA LUCÍA CÁRDENAS RÍOS MATÓ
su primer pollo. Meses antes de su cumpleaños, había despertado con el canto de un gallo que convocaba al sol sobre Santa
Clara, su pueblito a orillas de la selva peruana, y con la sábana
teñida de sangre. Se encogió en un rincón de la cama, como si
esa mancha roja pudiera extender unos tentáculos y pellizcar su
piel morena, y luego escondió el calzón ensangrentado bajo su
grueso colchón de paja, convencida de que estaba embarazada.
Solo que la sangre paró al cabo de un par de días y el presunto
niño nunca llegó. Ella se preguntó si no habría sido quizás una
advertencia de la Virgencita por ser una fresca y por sucia. El
Señor actuaría a través de su propia madre y la castigaría si ella
no cambiaba de actitud. Así que, a partir de entonces, dejó de
besar a Betty, su vecina de diez años, una chica con una mancha
de nacimiento en el labio y mirada soñolienta que parecía siempre dispuesta a dar un beso. Incluso dejó de besar a Pepito, pese
a que de él se sentía enamorada con mayor certeza. En vez de
eso, comenzó a levantarse temprano y a prepararles el desayuno
a su madre y su tío; hasta encendía una vela en el altarcito de

su madre para honrar a sus familiares fallecidos. Cada noche se arrodillaba junto a su cama y rezaba por que la sangre no volviera, pero unas semanas después, apareció otra mancha en la sábana y ella tuvo miedo de que eso implicara algo más que una sencilla paliza. ¿Qué pasaría si Dios tenía preparado un castigo peor para ella? Decidió ser sincera y contárselo a su madre.

Solo que no recibió ninguna golpiza. En lugar de ello, doña Sara —resuelta a enseñarle a su única hija cómo sobrevivir ahora que ya era mujer— le dijo que cogiera un pollo de uno de los nidos en el gallinero. Un grupito había salido recién del cascarón y la gallina ya no vigilaba a sus otros polluelos con tanta vehemencia como antes.

Y así, Ana escogió uno. "No le des un nombre", le advirtió su madre; "tú solo cuida de él de aquí en adelante". Ana alimentó al pollito durante semanas, atiborrándolo de maíz, viéndolo picotear los trozos de hierba y levantar tierra con las patas al corretear por la huerta. Su madre, entretanto, hizo que Ana la observara mientras ella les partía el cuello o cercenaba la cabeza a un ave tras otra. Ana observó atentamente el proceso hasta que lo que había en su estómago comenzó a subir por su garganta, obligándola a correr al interior de la choza en que vivían.

—No corras —le gritó su madre—. Ya llegará tu turno.

Pronto comenzaron las pesadillas: esas de los pájaros negros sin cabeza que irrumpían por la ventana de su habitación, cuyas cabezas cercenadas graznaban allí donde habían quedado tiradas en el patio de tierra caldeado por el sol, los ojos muertos fijos en ella.

El día en que cumplió doce años, las pesadillas cesaron y Ana cogió el cuchillo de su madre, le pidió a Betty que atrapara al ave de plumas color arena que había estado alimentando y cuidando, y se lo trajera hasta el tronco del árbol que había en medio de la huerta. Con su amiga sujetando al polluelo, Ana envolvió en sus dedos finos el mango del cuchillo y, con toda la fuerza que su cuerpo minúsculo pudo reunir, hundió la hoja en el cuello del animal bañado por el sol. El cuchillo resbaló de sus dedos húmedos y temblorosos y ella corrió una vez más al interior de la choza. En el camino casi chocó con su madre, que oyó el chillido del ave y tuvo que apresurarse a terminar lo que su hija no había podido acabar.

Esa tarde, Ana lloró por su polluelo, que se doraba sobre un fogón abierto junto a la huerta. Se sentó frente al agujero en el suelo donde estaba encendida la fogata, y recogió entre los brazos sus piernas ásperas y habitualmente llenas de cicatrices. El humo se le metió en los ojos, pero ella no se escurrió las lágrimas y, con el cuerpo muy quieto, dejó que se le deslizaran hasta las rodillas.

Su madre se mostró inmutable.

—Vas a tener que hacer cosas como esta en la vida, Ana —le dijo doña Sara, sin mirarla, y dio la vuelta al polluelo sobre las brasas, picaneando su carne para ver cómo estaba de cocido—. Vas a amar y tendrás que hacer cosas por amor. El sacrificio es parte de la vida. —Ana limpió las lágrimas de sus piernas—. Es mejor que aprendas ya mismo esta lección. Dios sabe que espero no verte corriendo por aquí el resto de tu vida, como a este pollo. —Al decir esto, su madre se volvió a mirarla con fijeza—. Necesito que vueles, Ana.

Cuando finalmente se sentó a disfrutar de su cena de cumpleaños, Ana rezó por el ave. *Diosito*, rogó en silencio, *haz que mi pollito esté contigo en el cielo.*

Solo que su pollito de plumas de color arena no estaba en el cielo con Dios, sino en su plato, con su piel amarilla y crujiente como una lámina dorada, y después en su boca, deshaciéndose en su lengua.

■ ■ ■

QUINCE AÑOS MÁS TARDE, NO MUCHO DESPUÉS DE SU VIGESIMOSÉP-timo cumpleaños, Ana estaba nuevamente cocinando un pollo, solo que ahora lo hacía en un apartamento de tres dormitorios de un edificio de seis plantas en Queens, en la ciudad de Nueva York. Y ya no tenía que matar nada. La noche anterior había extraído un pollo congelado del refrigerador y lo había dejado en el fregadero para que se descongelara. Era Navidad; solo le quedaba sazonarlo antes de cocinarlo.

El ave reposaba ahora en una sartén de aluminio en la encimera perlada de la cocina. Una pequeña radio que ella misma había puesto allí tres meses antes emitía ahora una serie de temas salseros mezclados con algún reggae ocasional en español, un sonido nuevo del que no era particularmente devota. Llevaba el cabello liso y negro, con mechas hechas en Caoba #10, recogido en una cola de caballo sujeta por una banda elástica color menta que había tomado de la bolsita de plástico donde guardaba los accesorios para el cabello de su hija. No quería que alguien fuera a encontrar una hebra de su pelo en la cena.

Últimamente ocurría que el olor a carne cruda le daba náuseas. La idea de comer pollo en particular hacía que se le revolviera el estómago, por lo cual abrió la puerta del armario de arriba de la cocina, deseosa de arrojar a la sartén las especias que pudiera encontrar. Cualquier cosa con tal de enmascarar el olor.

El armario albergaba docenas de condimentos; algunos de

los frasquitos estaban llenos hasta el borde, y otros aún sellados con plástico, pero ella cogió solo los que conocía: sal, pimienta negra y una botella plástica alargada con las palabras "Adobo/Sazón para todo" garabateadas en rojo en el centro del envase. Su paladar se resistía a aceptar otras especias, algunas de las cuales ni siquiera había visto antes de mudarse con su esposo a la casa de la prima de él hacía tres meses. Ana no sabía de dónde venían esos condimentos, cómo era que los hacían o cuál era su sabor. Cuando vivía en su propia casa, nunca usó nada que no proviniera de una bodega específica en Queens, pero a la señora dueña de la unidad 4D en Lexar Tower no parecía importarle usar especias provenientes del Key Food local o de Pathmark.

Valeria Sosa no había cocinado una sola comida desde que Ana, su marido Lucho, y los dos hijos de estos se habían mudado a su casa. Ana hizo su propio sofrito la primera vez que se ofreció a preparar la cena, gastándose la mayor parte de su dinero en provisiones y carne suficiente para alimentar a su familia y a la de Valeria. Valeria deslizó sus dedos por la carne, fingió toser y declaró que su hijo no ingería comida picante. Luego ordenó una pizza. A partir de allí, Ana se limitó a usar únicamente sal.

Pero hoy era distinto. Hoy había un paquete en la encimera, que su tía Ofelia habría preparado solo unos días antes en Lima. Se trataba de un frasco de vidrio envuelto en plástico, y luego en hojas de la edición dominical de *El Comercio*. Dentro del frasco había palillo. A Ana se le había acabado ese condimento meses atrás. Cuando era niña, su padre había llevado a casa varios sacos de esa planta: protuberancias gruesas y artríticas cubiertas de la tierra roja del rancho en el que trabajaba durante varias semanas seguidas. Ella había ayudado a su madre a desplegarlas bajo el sol abrasador del patio y, una vez marchitas, a machacar las raíces durante horas, a veces durante varios días, hasta que esas raíces torcidas de un ocre oscuro quedaban reducidas a un polvillo dorado. Durante los próximos días, sus dedos también quedaban manchados de dorado.

El pálido pollo que ahora tenía delante pedía a gritos una pizca de color, pero el frasco de palillo no le pertenecía a Ana. El de ella estaba oculto en el dormitorio que ella y su familia ocupaban en el apartamento de Valeria. De todas formas, cerró el armario y cogió el paquete con el frasco de palillo de la encimera. La tinta del periódico se adhirió a sus dedos, el papel destilando olor a gasolina limeña y al perfume de vainilla de su tía. No tenía el nombre de Valeria escrito en él, pero Ana sabía que no era conveniente rasgar el papel y abrirlo. Necesitaba permiso para hacerlo, pero Valeria había llegado de su último viaje esa mañana y estaba aún encerrada en su habitación. Había solo otra persona a la que podía pedírselo.

Caminó a través del salón poco iluminado hasta la puerta de vidrio que daba al balcón, donde estaba Rubén Sosa, el marido de Valeria, fumándose otro cigarrillo. Llevaba solo una camiseta y vaqueros, pese a que la temperatura había refrescado en el exterior. Parado en el centro del balcón, llenaba buena parte del espacio disponible. Era esa clase de hombre desbordante: con su voz, su pecho, su bigote espeso. No estaba excedido de peso, pero no protestaba si alguien lo llamaba "gordo". La gordura era un signo de abundancia y, siendo propietario de su propio negocio, era en todos los sentidos un individuo abundante. Si alguien podía autorizar a Ana a tomar una simple cucharadita de palillo del frasco, ese era Rubén.

—Sí, sí, Anita —dijo él cuando ella le preguntó—. No tienes que pedir permiso para esas cosas, sírvete lo que quieras.

Ella le sonrió y, sin darse cuenta, inclinó la cabeza en un pequeño gesto de reverencia al cerrar la puerta de vidrio. Rubén le había abierto su hogar a ella y su familia, y le resultaba difícil no sentirse inmensamente agradecida.

Estaba a un paso de volver a la cocina cuando oyó el estruendo de unos dibujos animados en inglés aflorando desde la puerta entreabierta del dormitorio de su sobrino. Michael, el hijo de diez años de los Sosa, no tenía problemas auditivos. El niño prefería simplemente enmascarar los sonidos del mundo circundante.

—¿Todo bien? —le preguntó Ana al ingresar al cuarto, de las mismas dimensiones del que ocupaban ella y su familia. Las paredes eran blancas como el resto del apartamento, pero los cobertores sobre la cama, el aparador, el cojín relleno, la alfombra ovalada, incluso la silla junto al escritorio, eran todos de tonos azules. El suelo estaba plagado de los juguetes que les habían sido obsequiados a los niños la noche anterior, pero los hijos de ella, aun en pijamas, estaban más concentrados en la televisión sobre el aparador. Ella chasqueó los dedos.

—Hey —dijo—, ¿todo bien?

Su hija Victoria estaba sentada de piernas cruzadas sobre la cama.

—Sí —replicó, cerrando momentáneamente los ojos antes de responder. Era la hija mayor de Ana, y a sus seis años sus ojos parecían contener la experiencia de una docena de vidas, siempre amenazando con ver más de lo que uno quería mostrar. Su pelo era liso como el de su madre, pero más suave que el de sus dos padres y, al nacer, había sido casi tan claro como el de Valeria. Así supieron que ella era hija de Lucho.

Pedro, el hijo de cinco años de Ana, estaba sentado en el piso; en su caso, no había forma de negar que era hijo de ella. Un cabello grueso y negro, bien paradito, le poblaba la cabeza y, aunque su piel no era cobriza, se había llevado algo de la tonalidad mate de Ana al nacer. Tenía en cambio la boca de su padre, una especie de botón con forma de corazón, cuyos labios se mordía cuando estaba nervioso, como ahora. Ana miró la pantalla.

—¿Qué están viendo? —preguntó.

—El niño quiere un regalo de Navidad —acotó Victoria, y luego, en inglés—: *A gun.*

—En español —dijo su madre.

—Una pistola —dijo Pedro.

Ana cogió el control remoto.

—Qué tontería —dijo, cambiando de canal—. ¿A quién se le ocurre regalarle un arma a un niño?

Michael apartó los ojos del dispositivo que tenía entre las manos.

—Hey, pero no es un arma de verdad —dijo en inglés, el único idioma que había hablado siempre—. ¡Y yo estaba viendo eso!

Era más macizo que la mayoría de los niños de su edad, y usaba unos lentes que lo hacían parecer más frágil y estudioso de lo que en realidad era. Le había sido asignada la versión en inglés del nombre de su abuelo materno para resaltar su americanidad, pero no tenía parecido alguno con su madre. No tenía la piel tan clara como Valeria, sus familiares siempre comentaban que era trigueñito, del color del maíz tostado, como su padre.

Ana replicó en español:

—Ellos son muy chicos para ver eso. Te lo he dicho: solo el canal 21 cuando ellos estén aquí.

—Yo no soy chica —protestó Victoria.

—Pero es mi cuarto —proclamó Michael—. Aquí puedo ver lo que yo quiera.

Ana se volvió hacia su hija:

—Si él cambia de canal, se van a nuestro cuarto.

De pronto, algo captó su atención: el borde de un vestido en miniatura de color lila, parcialmente visible bajo la cama de Michael. Se agachó a recoger la muñeca de plástico de pelo castaño y preguntó:

—¿Qué hace esto aquí?

—Estaba jugando con ella —dijo Victoria.

—Te lo he dicho, Liliana debe quedarse en nuestro cuarto.

—Se me olvidó.

—Pues que no se te olvide.

Con un zapato mantuvo abierta la puerta mientras cogía el control remoto y la muñeca para llevárselos a su dormitorio.

Ese cuarto había sido el hogar de su familia durante los últimos tres meses. Lucho se había quedado sin trabajo durante el verano y, al llegar septiembre, los Sosa les ofrecieron el dormitorio que tenían libre. Un espacio sin nada dentro, excepto un juego de tocador que Valeria insistió en que siguiera en el cuarto mientras ellos estuvieran. Allí pagaban las cuentas de servicios públicos, pero no el alquiler.

—Guarden su dinero —había dicho Rubén, sugiriéndoles que ahorraran hasta que se hubieran recuperado.

En realidad, no había otra opción que achicarse mientras siguieran viviendo únicamente del salario que le pagaban a ella en la factoría, en lo que Lucho buscaba trabajo. De su vida anterior rescataron una litera, la cama matrimonial, una cómoda y un televisor pequeño; salvo eso, redujeron sus posesiones a lo que cupiera en ese cuarto en casa de Valeria. Ana conservó tanto como pudo de la ropa de los niños, pero ella y Lucho solo se quedaron con las camisas y pantalones que cabían en un cajón. Valeria se llevó el resto a Perú, para los primos lejanos de Ana y quienquiera que pudiera aprovechar las ropas que ella había desechado.

Con todo, y a pesar de haberse quedado solo con lo indispensable, el traslado al apartamento de Valeria fue una especie de ascenso en la escala social. Estatuas de bellos querubines daban la bienvenida a todo el que entrase por las puertas de Lexar Tower. Verdes enredaderas trepaban por los rojos ladrillos exteriores. Un candelabro pendía sobre la recepción de mármol. Aunque la entrada era casi palaciega, a Ana toda esa novedad le pareció poco cálida. Los ladrillos se replegaban desde la parte alta de las enormes columnas blancas en la entrada como unos labios abiertos con los dientes apretados. El tablero con las llaves de cada apartamento le recordó la obligación de marcar tarjeta en el trabajo. La recepción devolvía el eco de cada sonido, incapaz de guardar ningún secreto.

Ana quería que el lugar le desagradara y, hasta el día en que Valeria partió de viaje, así lo sintió. Era una invitada entre esas paredes, e hizo lo que pudo para compensar el hecho de no pagar alquiler. Accedía cuando Valeria le pedía que hiciera la cena o le preparara el almuerzo a Michael, o que limpiara el baño, pues su propia familia superaba en número a la de los Sosa. No dijo nada cuando Lucho llevó a Valeria a hacer compras para su viaje a Perú, o la recogió del taller mecánico que ella y Rubén administraban. Eran todos deberes propios de un esposo, pero Ana nunca le preguntó a Valeria por qué Rubén no podía hacer todas esas cosas, ni le pidió a Lucho que dejara de hacerlas.

Durante esas semanas en que Valeria estuvo fuera, Ana fue la única mujer en la unidad 4D, y la mantuvo de la mejor manera. Deambulaba por el lugar descalza o sin medias para medir la suciedad del apartamento en las plantas de sus pies, y tomaba la escoba al menor indicio de mugre. Un tazón olvidado en la sala podía hacerla saltar de la cama más rápido que un incendio. Lavaba cada plato y cubierto, cada olla y sartén con sus manos desnudas, convencida de que la máquina lavaplatos era solo para quienes eran demasiado perezosos para coger una esponja. Ponía merengue y salsa en la radio los fines de semana mientras preparaba el desayuno, y al atardecer encendía velitas con esencia de canela que adquiría en la tienda de todo por 99 centavos.

Pero ahora Valeria había regresado y cualquier sensación de hogar que Ana hubiese experimentado en su ausencia se había disipado. Su cuarto, sin embargo, era aún su santuario.

Abrió la puerta con suavidad, cuidando de no hacer ruido. Las luces estaban apagadas y las cortinas cerradas; aun así, pudo ver, a la luz de la tarde que se filtraba por las persianas, el cabello rizado de su esposo y su figura bajo la frazada. Cerró la puerta tras ella. Caminó hacia la cama, sus pies envueltos en medias rosadas de poliéster apenas rozando las tablas de roble del piso. Dejó a Liliana en la litera de arriba, en una esquina alejada junto a la almohada de su hija. En la mesita de noche, entre su cama y la litera de sus hijos, Ana había armado su pequeño altar sobre un mantelito blanco en el que puso una estatuita de la Virgen María, una imagen de San Martincito, la tarjeta de oraciones de su madre, un pequeño caldero en el cual quemaba carbón e incienso, y un par de velas de colores rojo y blanco. Besó la tarjeta de su madre y la bendijo. Luego se sentó en el borde de la cama, junto a su marido.

Le gustaba verlo dormir. Él acababa de volver hacía solo unas horas de su turno de noche en el radiotaxi. Bajo la frazada asomaba su cabeza. El aceite de su pelo había atenuado sus ondas, que permanecían aplastadas contra la almohada, pidiendo rabiosamente una poda. Ana se reclinó muy cerca de su oreja, sobre el lunar marrón que sobresalía del lado derecho de su cuello desnudo. Él tenía las manos juntas bajo la mejilla, y los labios fruncidos contra ellas. Advirtió un dejo del aroma a bergamota de su perfume habitual, mezclado con el olor del tapizado de cuero del automóvil, que solía persistir en el cuerpo de su esposo. Se imaginó repasando con sus labios los párpados cerrados de Lucho, viéndolos pestañear y volver a la vida, pero aunque tuvo la oportunidad de hacerlo, se contuvo. El tiempo para esa clase de cosas había pasado, al parecer.

Igual apretó con suavidad su hombro. Él le había dicho alguna vez que nunca despertara a nadie llamándolo por su nombre en mitad del sueño. "No debes jalar al alma de donde quiera que esté", le había dicho. Ella no sabía dónde estaba el alma de él ahora. Se lo venía preguntando desde hacía algún tiempo.

—Despierta —le dijo, moviéndolo suavemente. Advirtió sus zapatones marrones acordonados junto a la cama, contra la norma hogareña de que todos los zapatos debían quedar en la puerta, y contra la propia propensión de Lucho al orden. Este había rechazado desde un principio la sugerencia de Ana de que usara botas de invierno. Unas botas color café con leche y de suelas gruesas, de cuero duro, que lo harían parecer un obrero de la construcción, había dicho él. En vez de botas, usaba los zapatos que se había traído consigo del Perú, tres pares que se negaba a cambiar por cualquier zapatilla o bota norteamericana: los zapatos marrones con cordones que ahora había a sus pies, un par de zapatos negros sin cordones, y el par de mocasines con borlas que le recordaban a Lucho el tipo de calzado que su padre, ya fallecido, utilizaba. Mantenía cada par en cajas separadas en el armario, y el mismo zapatero remendón había repasado sus costuras varias veces en el curso de los años. Junto a los zapatos, estaban los dos pares de medias que requería para mantener sus pies tibios en los meses fríos: las delgadas y negras que Ana había adquirido en una tienda local por dos dólares, y las de algodón blanco que habían costado un dólar, del tipo que llegan hasta la rodilla, con una doble línea roja en el extremo superior, que él usaba debajo.

Ana metió las medias en los zapatos y los deslizó bajo la cama, tendiéndose a su lado. Casi siempre dormía dándole la espalda, un hábito surgido de compartir la cama con él y con Pedro, pero ahora disponía de espacio suficiente para yacer de espaldas. Los pies de él casi llegaban al borde de la cama, pero ahora que tenía las piernas recogidas hasta el pecho y el cuerpo doblegado tras la larga noche conduciendo. Lucho le pareció más pequeño. Se sintió extrañamente fuerte, como si pudiera protegerlo. Era una sensación que solo tenía en momentos de quietud como ese, cuando no había nadie que mirara o que pudiera afirmar lo contrario.

Le tocó la espalda:

—Despierta —susurró de nuevo—. Es ya pasado el mediodía.

Él tiró el cobertor hacia él y se movió un poco hacia la ventana.

—Es Navidad, Ana —murmuró—. La misa es a las cinco de la tarde.

—Sí, pero no podemos perderla. Si ese cura no firma la hoja de Victoria, no podrá hacer la primera comunión este año. Yo iría si pudiera, pero tengo que ir a Brooklyn más tarde.

Él se giró levemente en la cama.

—¿Vas a ver a la señora Aguilar? —preguntó—. Te escuché hablando con ella ayer por teléfono.

Ella se enderezó al escuchar el apellido.

—Llamé para saludarla. Quiere que pase a verla.

Él se volteó hasta quedar tendido de espaldas.

—¿Dijo algo acerca de la escritura? —preguntó—. Estamos atrasados en los pagos, Ana.

—Yo ya le avisé que nos atrasaríamos este mes —dijo ella—. Pero le voy a pagar hoy. Será la última vez que nos atrasamos, lo prometo. Créeme, ella no ha hecho nada hasta ahora con esa escritura.

Él miro al techo:

—No puedo permitir que mi madre termine de inquilina en su propia casa.

—Y no será así —dijo ella—. La Mama solo quiere asegurarse de que no desaparezcamos sin pagar, es todo.

—La "Mama" —se burló él—. Qué nombre gracioso. ¿Madre de qué, dime? ¿De las deudas? ¿Los préstamos?

De las oportunidades, pensó ella, aunque no estuvo muy segura de cómo responder a eso. La palabra *Mama* estaba, de hecho, muy cargada.

—Vamos, ya —insistió ella, tocándole el hombro—. Pronto

Valeria se va a levantar y va a empezar a beber, como siempre. No quiero escuchar su mierda.

—No hagas esto ahora, Ana.

Ella se mordió el labio.

—Ese es el problema —acotó—. Tú nunca quieres "hacer esto".

Saltó de la cama y dio un portazo tras salir del cuarto. *Que no haga esto ahora*, pensó. *¿Acaso podrá él alguna vez hablar francamente de ella?*

La puerta del dormitorio de Valeria estaba aún cerrada y Rubén ya no estaba en el balcón. Cuando llegó a la cocina, fue directo hacia el paquete de palillo y rasgó el papel y el plástico. El polvillo dentro del frasco brillaba y, una vez que lo abrió, la mezcla de tierra labrada y polvo quemado al sol se adhirió a sus fosas nasales y penetró en su pecho como el agua en las raíces de los árboles. Era la esencia de su madre y de su padre. Provenía de la misma tierra de color rojizo que quedaba adherida entre los dedos de sus pies cuando era niña. Había ardido bajo el mismo sol que saturaba su piel. Nada podía sustituirlo, mucho menos la cúrcuma que solía encontrar en el Key Food del barrio. Tomó el pollo macilento y desabrido, y vertió una leve porción en el centro, cuidando de no poner demasiado. Dejó que los granitos dorados resbalaran por los costados y la pechuga del ave antes de restregarlos con amplitud sobre su piel fría.

Estaba demasiado absorta en el recuerdo de una madre y un padre que había perdido hacía mucho tiempo como para oír a Valeria cuando entró a la cocina.

—¿Es mío eso? —preguntó.

Ana se ruborizó, el color natural de sus mejillas intensificándose de pronto.

—Sí —dijo sin volverse.

Con el rabillo del ojo pudo ver a Valeria, deslumbrante en su bata fucsia. A diferencia de Ana, ella rara vez se sonrosaba, y jamás se ponía roja. Era de una tonalidad marfileña y se sentía decididamente orgullosa de su piel pálida. Nunca usaba nada que no la hiciera ver como una suerte de fuego blanco. Su pelo mojado lucía ahora denso y oscuro, pero aun así seguía siendo rubio, del tipo que los norteamericanos resumen como "sucio", cabellos de un "rubio sucio". Pero rubio es rubio, y Valeria lo era.

—¿No has abierto aún el tuyo? —preguntó—. Mira, yo sé que el producto viene de la chacra y que tu tía habrá llamado a Raimundo y todo el mundo para obtenerlo, pero ella siempre puede conseguirte más, ¿no? ¿A ti te parece que yo puedo hacer lo mismo, simplemente llamar a alguien para conseguir esta clase de cosas? Yo prácticamente crecí en la boutique de mi madre en San Isidro, Ana —dijo Valeria, lamentando su crianza en un vecindario pudiente de Lima—. Yo no puedo ir y hacer mis propios condimentos. Además, tú dijiste que no te importaba, ¿te acuerdas?

¿Cómo podía importarle a Ana? En el último año, Valeria había hecho de sus vueltas a Perú un gran negocio: realizaba varios viajes al año, trayendo y llevando cosas. La última vez había partido un lunes nublado después del fin de semana de Acción de Gracias, con sus tacones de ocho centímetros de alto, lentes de sol y un abrigo de cuero con bordes de piel. Lucho y Rubén habían subido a la camioneta de Rubén sus dos maletas y un gran bolso color verde militar, todo repleto de cosas que pensaba vender a sus viejos vecinos y amigos de la universidad. Ropas de liquidación de las grandes tiendas; bolsos de mano encontrados en los cuartos traseros semiocultos del Barrio Chino; perfumes y colonias diluidos, adquiridos en la Calle 28; lencería y lociones con aroma a frutas. También recibía encargos, cosas que los peruanos de su círculo no podían llevar por sí mismos porque no tenían una *green card* o simplemente el dinero para el envío. Vitaminas para las madres con dolencias, zapatillas ligeras para los sobrinos y sobrinas, gorras de béisbol para los hermanos que trabajaban a pleno sol. Todo el que enviaba algo solía querer algo de vuelta: plantas, medicinas, condimentos imposibles de encontrar en Nueva York a pesar de tanta cháchara de que era la capital del mundo. Valeria nunca pedía dinero en efectivo y la mayoría de ellos no tenía tampoco ese dinero disponible, pero le encantaba hacer trueques, tomar como pago porciones de lo que la gente le pedía que llevara o trajera.

Cuando Ana le preguntó si podía traerle el palillo de Perú, su tarifa consistió en la mitad de lo que la tía de Ana le preparara del condimento.

Valeria se sacudió el agua del pelo, salpicando con las gotas la pared, la mesa de la cocina y las mejillas de Ana, y fue hasta el refrigerador, dejando una fragancia a limón y miel a su paso. Allí cogió una lata de cerveza del paquete de seis que había adquirido en el viaje de regreso del aeropuerto esa misma mañana, pese a que había traído consigo varias botellas de pisco, y nadie había tocado el ron y el vodka que ella misma guardaba en el armario bajo la encimera.

—¿Quieres una cervecita? —preguntó.

—¿No te parece un poco temprano para beber?

—Esto es como agua —dijo ella. Se limpió la cerveza que le chorreaba por la barbilla y se sentó a la mesa de la cocina—. Tu tía se ve muy bien, ¿sabes? Está más delgada, pero no se ve acabada como la mayoría de las mujeres que adelgazan a su edad.

Aunque está sola, pobrecita. Ese primo tuyo anda aún en las montañas. No pudo pasar ni siquiera la Navidad con ella.

—Solo puede bajar una o dos veces al mes —dijo Ana—. Yo sé que ella se preocupa, pero a él le encanta lo que hace.

—Yo no podría hacerlo —dijo Valeria—. Enseñar en esas aldeas… Los campesinos son tan cabezadura. No es mucho lo que pueden aprender. Pero imagino que tú y tu familia entienden mejor a tu gente que yo.

—Así es —dijo ella, terminando de esparcir el palillo sobre la piel rosada del pollo y metiéndolo enseguida en el horno—. Hay mucho que la mayoría de los limeños no entienden.

—Supongo que sí —dijo Valeria—. Me imagino que hay mucho que Lucho no comprende.

Estuvo tentada a coincidir con ella. Después de todo, había muchas cosas que un hombre de piel clara, nacido y criado en Lima, no entendía de una mujer de piel morena, nutrida en el útero del Perú. Había mucho que la propia Valeria no podía entender, incluso siendo mujer, pero Ana sabía que era preferible no morder el anzuelo. Si hablaba mal de su marido, Valeria le iría después con el cuento, casi seguro. El tono de su voz podía ser suave y encantador a veces, como en ese momento en particular, y Ana se preguntó si en verdad le importaba saber las múltiples formas en que Lucho no la entendía.

Cuando ella se abstuvo de responder, Valeria continuó:

—¿Cuánto tiempo ha pasado —preguntó— desde que celebraste la Navidad con tu tía? ¿Cinco años?

Ana asintió en silencio.

—Algo así. Pedro ni siquiera gateaba.

—¿Eso fue en 1989…? —Valeria respiró hondo—. Qué rápido pasan los años. Y mira pues, siguen viviendo como nómadas.

—Esto es temporal —dijo Ana. Pudo sentir como la sangre le subía hasta el cuello y la cara—. Y si tanto te molesta…

—No me molesta —la interrumpió Valeria—. Pero, si no te importa que lo pregunte, ¿cómo va la búsqueda de apartamento?

—Estamos en eso —dijo ella. En realidad, no tenían apuro en irse. Había muchos alquileres en oferta en los barrios que ellos podían costear, donde nadie verificaba si tenían empleo o crédito bancario. Bien podrían haberse mudado a una especie de vagón de una sola habitación con el techo humedecido y luces penumbrosas en el pasillo el mismo mes que se fueron del último apartamento alquilado, pero Ana insistió en que esperaran. Ansiaba que el tiempo les deparara algo mejor. Un apartamento sin láminas de piso despegadas, habitaciones con interruptores de luz en lugar de una pura bombilla colgando sobre sus cabezas con un cordón al lado para encenderla. Más que nada, deseaba un barrio mejor o, al menos, seguro para los niños—. Vimos un apartamento en Los Sures la semana pasada, pero no hay manera de que podamos meter las dos camas en el dormitorio.

—¿Están buscando en su viejo vecindario?

—Está cerca de la escuela y puedo ir caminando a la fábrica.

Valeria movió hacia adelante el labio inferior.

—Y a mi primo el taxista… ¿cómo le va en el trabajo?

—Las cosas han mejorado desde el fin de semana de Acción de Gracias, y ayer estuvo muy ocupado. Tú fuiste su último viaje esta mañana. Esta noche no trabaja.

—¿Cómo que esta noche no trabaja? Alquiló el carro para el turno de noche, ¿no?

—Sí, pero esta noche no trabaja —repitió ella—. Ni la víspera de Año Nuevo.

Valeria adoptó un tono burlón:

—Bueno, el carro no es suyo. Posiblemente sea mejor que se quede en casa la víspera de Año Nuevo, con todos esos borrachos por la calle. El trabajo ya es peligroso en sí. Siempre cuentan de choferes asaltados o cosas peores... Pero ustedes necesitan ese dinero. Dios sabe que eso parece ser más importante que la seguridad de Lucho, ¿no?

—Por supuesto que no —dijo Ana—. Pero no podemos dejar de trabajar por miedo.

—Nadie está diciendo eso —dijo Valeria—. Pero, créeme, sería mucho más fácil si estuvieran solo ustedes dos aquí. —Valeria ofrecía ese consejo de manera tan automática que Ana se preguntaba si, a fin de cuentas, entendía lo que implicaba ser madre—. Ya sé que Filomena está envejeciendo, pero igual me parece que quiere ayudar. ¿Y quién mejor que su abuela para criar a Vicki y Pedro?

La sola idea de que alguien sustituyera a Ana como madre le erizaba los pelos.

—¿Con todos esos coches-bomba explotando en Lima —dijo— y soldados en cada esquina? Sí, claro, es mucho mejor para mis niños.

—Los soldados deberían hacerte sentir segura.

—¿Segura? El ejército es igual o peor que los terroristas.

—Era terrible cuando te fuiste —dijo Valeria—, pero las cosas no están tan mal ahora. Y tampoco hay bombas explotando por todos lados. Mi tía vive en un vecindario seguro. Más seguro que la mayoría. Tú y Lucho pueden quedarse aquí, trabajar y enviar dinero de vuelta. Y Vicki y Pedro podrían tener una buena educación en Lima. Podrían enviarlos a una escuela privada si quisieran. ¿Qué opciones tienen en Brooklyn? Gangueros, viciosos. Apartamentos infestados de ratas y cucarachas. Techos de mierda, como ese que se les desmoronó aquella vez, cuando vivían en Montrose. ¿Te acuerdas de eso?

—Me acuerdo, pero estás exageran…

—No, no lo estoy. Tuvieron suerte de que ese techo no le cayera encima a uno de los niños. Pero, si hubiera ocurrido… ¿qué? Tendrían un hijo herido o algo peor. ¡Y a los servicios de protección a la infancia y la policía encima! Y luego la oficina de inmigración, así de rápido —dijo y chasqueó los dedos—, esperando a ponerles las esposas y subirlos a un avión de vuelta a Perú. —Se volvió en su silla, dejando caer la cabeza hacia atrás y apoyándola en la pared—. Inmigración va a andar siempre siguiéndoles los pasos, ¿no te agota eso, Ana? ¿Andar todo el tiempo corriendo, escabulléndose, solo porque no tienen papeles?

Papeles. Cuánto más fácil hubiera sido todo si tuvieran los famosos papeles. Una *green card* bien hecha, o un número de seguridad social que alguien rara vez utilizara, podían significar la oportunidad de un empleo mejor, incluso de tener una educación. Paga por papeles bien hechos, le habían dicho, por si alguien quisiera verificarlos, y ella así lo hizo. Pagó centenares por documentos que, según le dijeron, su familia necesitaba. Pronto aprendió que, realmente, nunca nadie los pedía.

Podías resolver con documentos falsos, eso seguro, pero si tenías los verdaderos —una *green card* y un número de seguridad social reales— eras prácticamente un gringo. Casi norteamericano. Ese era el caso de Valeria.

—Ya sé que no quieren separarse de los niños —insistió esta—. Eso lo entiendo, yo también soy madre. Y quizá la solución esté en que se vayan todos de vuelta. No hay nada vergonzoso en eso. Tienen que ser realistas. No tienen dinero ni un lugar donde vivir. Tienen a los dos niños en una escuela católica y no quieren que vayan a una pública. Bueno, eso es su decisión. Pero es un orgullo tonto.

—No es orgullo —dijo ella—. Ahí están seguros. Hay disciplina, tienen una buena educación. Victoria ha comenzado a hablar inglés y a escribir frases. Pedro está empezando a leer. La mitad del tiempo se la pasa traduciendo lo que su hermana dice. Si estuvieran en una escuela pública, separarían a mis hijos del resto de la clase, tú lo sabes.

—Pero, ¿cuánto tiempo crees que podrán pagar esa escuela? —contratacó Valeria—. ¿Qué van a hacer cuando deban comenzar a pagar renta de nuevo?

Ella no supo qué responder. Cómo harían para pagar la escuela una vez se fueran del apartamento de Valeria era algo en lo que había evitado pensar hasta ese momento, simplemente porque la matrícula era —incluso más que el alquiler— algo que no podían dejar de pagar.

—Tienes que superar ese orgullo tuyo, Ana. Tú eres como cualquier otra chola. Esos pocos semestres en esa escuela técnica aquí no significan nada. Aquí trabajas en una fábrica; Lucho maneja un taxi.

Ana se apoyó en la encimera, con un nudo en el estómago.

—Son ilegales, Ana.

El estómago se le comprimió otro poco.

—Ya sé lo que somos, Valeria. Pero no nos vamos a ir a ninguna parte. Mis hijos tampoco. Vinimos aquí en familia y nos quedaremos en familia. Yo seguiré cosiendo cortinas y limpiando baños si tengo que hacerlo, y Lucho también. —Esperó a que su estómago se estabilizara—. Pero nos quedamos.

Esta vez no hubo respuesta. El consejo de Valeria era muy práctico, una solución al dilema financiero de Ana. Pero ella no estaba dispuesta a que otro criara a sus hijos.

Tomó un paño que había dejado en la encimera y abrió la puerta del horno. Del interior emanó una nubecilla caliente y salada que le dio a Ana en el rostro. Una silla crujió tras ella.

Vete, pensó.

Pero, aunque Valeria se había ido, sus palabras todavía resonaban con la intensidad de los condimentos que ahora llenaban con su aroma la cocina. Un aire que le sabía más amargo cada vez que lo inhalaba.

Cogió el tenedor. El calor penetró en sus pulmones. Pinchó la gruesa piel del pollo, que había comenzado ya su transformación de cadáver en sustento, absorbiendo el polvillo dorado, crujiente por efecto del calor. La piel estaba aún cruda, ciertas partes del ave aún sangraban.

2

ANOCHECIÓ TEMPRANO ESE DÍA DE NAVIDAD Y, ALREDEDOR DE LAS cinco de la tarde, unos matices purpúreos se habían ya filtrado en el cielo azul sin nubes. Vestidos para la misa dominical, Lucho y los niños abandonaron Lexar Tower rumbo a la parroquia de la vecindad, a la que acudían desde que se habían mudado a ese sector. Ana permaneció en el apartamento para terminar de hacer la cena y hasta se las ingenió para dedicar unos minutitos a sí misma antes de dirigirse al edificio de la Mama.

Necesitaba recomponerse un poco antes de ir allí y lo hizo sentándose frente al altarcito, vestida con una blusa ceñida de mangas largas y unos vaqueros desteñidos. Se había recogido el pelo, ahora liberado de la cola de caballo, con un broche de mariposa. Encendió una vela e intentó reunir sus pensamientos en una oración. ¿Por qué reza uno cuando no puede pagar una deuda? Para poder pagarla, desde luego, pero Ana tenía miedo de esas oraciones en particular, consciente de que ellas iban a menudo asociadas a una enfermedad, una muerte o alguna otra pérdida que sabía no podría tolerar. En vez de eso, rogó por cosas a las que los santos no pudieran oponerse. Calma, fortaleza, la habilidad de decir solo lo que necesitaba ser escuchado.

El cuarto se enfrió. Abrió los ojos esperando que lo que fuese que le hubiera provocado un tiritón hubiera extinguido a la vez la llama, pero esta seguía ardiendo. La apagó de un soplo, invadida por la sensación repentina de que alguien la observaba. Alcanzó su chompa rojo oscuro, colgada en la silla junto a la cómoda. Era la prenda que había envuelto su cuerpo durante sus embarazos en Perú, y aún seguía confortándola en las noches frías de Nueva York. Junto a la silla, descansando al borde de la cómoda, había una libreta que reconoció de inmediato. No era uno de esos cuadernos de tapas marmóreas que Lucho había comenzado a llenar cuando conducía el taxi, sino la libreta desvencijada y forrada en piel que ella le había obsequiado años antes durante una cena, semanas después de que él le confesara que le gustaba escribir poesía.

Se puso la chompa y observó instintivamente a su alrededor para asegurarse de que nadie la espiaba. Abrió la libreta con cuidado, como si sus páginas pudieran desintegrarse ante el trajín de unos dedos que no eran los de su dueño. Pasó las páginas llenas de viejas direcciones y crucigramas tachados, y se detuvo momentáneamente en aquellas que estaban escritas hasta la mitad, fragmentos que no llegaban hasta el margen de la página. *Letras de canción*, pensó, *o líneas de un poema*. "¿Serían efectivamente sus poemas?", se preguntó. Hacía años que no veía esa libreta. ¿Habría dejado alguna vez de escribir?

Cerró la libreta. Fuera lo que fuese que su esposo había escrito en esas páginas, no era para que ella lo viera. Apagó de nuevo la vela de un soplo, cogió la bolsa roja de regalo con la loción de manos que había apartado ese mismo día, y se dirigió a la puerta.

Caía una lluviecita fina ese atardecer, más tibio de lo que esperaba. Una vez que estuvo en el asiento gris y duro del tren de la línea 7 con destino a Manhattan, se echó hacia atrás la capucha del abrigo, se aflojó la bufanda y abrió la cremallera de su abrigo a medida que el tren avanzaba como catapultado por las partes más espinosas de Queens. La visión desde allí le resultaba ahora familiar, y algunas de las paradas a lo largo de las vías había comenzado a formar parte de su historia. El centro comercial donde había hecho la mayoría de las compras navideñas. El cementerio donde ahora estaba enterrado un antiguo vecino de su primer apartamento en Brooklyn. Incluso la casa de empeños, con el gran diamante en su toldo, era visible cuando el tren pasaba por esa estación. Allí había empeñado sus alianzas matrimoniales, los aretes de su suegra y hasta el anillo de oro que había tomado del cajón de su madre días después de que muriera.

Aparte de los edificios, que le hablaban de sus propios recuerdos, el tren iba en silencio, y ella terminó por darle la bienvenida a ese espacio en el que podía dejar de pensar en el dinero, en el trabajo, en los niños, en si debía quedarse o regresar. Ella no iba a regresar.

Giró la bolsa roja de regalo en su mano y advirtió que del asa todavía colgaba la tarjetita. Estaba dirigida a la tía Ana, de parte de Michael. Desprendió la tarjetita y la deslizó dentro de su bolso de mano. Allí hurgó en busca de su libreta de direcciones y el bolígrafo, y repasó el listado que la Mama le había dictado por teléfono el día anterior:

- *mantequilla*
- *arroz*
- *Advil*
- *palitos de pan*
- *té*

Había llamado ella misma a la mujer para decirle que iría a verla al día siguiente, dando a entender que le haría algún pago de lo que le debía, aunque también ahora le hacía mandados a la Mama y no tenía problemas con eso. La mujer tendría unos setenta años, caminaba con lentitud y tenía los dedos retorcidos, con nudos que sobresalían a pesar de sus anillos relucientes y uñas cuidadas. La curva de la parte superior de su espalda era más pronunciada que la de su barriga. Nunca se quejaba de ningún dolor o malestar, pero se tomaba su tiempo cada vez que debía sentarse o ponerse de pie, y Ana había advertido hacía poco que las manos le habían comenzado a temblar.

Y estaba, además, aquel hombre. Era más joven que la Mama, pero daba la impresión de que solo por una década. Aun así, la diferencia de edad era llamativa, así como la distancia que había entre ambos. Ana desconocía la razón por la que la mujer lo mantenía cerca.

Pero que la Mama necesitara ayuda en su casa no era la única razón por la que Ana le hacía mandados; se trataba, a la vez, de un intercambio, un *quid pro quo*. A cambio de que pasara a veces a recoger sus compras de alimentos o medicamentos, Ana recibía una tasa de interés menor en su préstamo; valía la pena cuando lo que invertía eran unos pocos dólares, o la tarde de un día festivo. Solía comprar los encargos de la Mama en la tienda junto a la estación de trenes, abierta las 24 horas, y de ahí se dirigía al edificio de esta.

La mujer vivía en una manzana silenciosa donde había luces y decorados navideños en la mayoría de las ventanas, aunque el otoño, ya pasado, insistía en aferrarse a los árboles de los alrededores, formando una especie de dosel en el corredor de entrada de piedra rojiza. A diferencia de las manzanas ubicadas más al sur, el sector de la Mama parecía inmune a los vidrios rotos y los cubos de basura que abundaban en los demás rincones del vecindario. Allí los pórticos estaban normalmente vacíos, y nadie merodeaba por los portales pintados de negro y erizados de púas que protegían los apartamentos de la planta baja del mundo y sus amenazas. Las casas, pintadas en variantes diversas de un fuego pálido, eran de aspecto majestuoso, aun cuando parecían siempre listas a devorar a quienquiera que osara pasar frente a ellas.

La Mama estaba apoyada en su ventana sin decorados, con su rostro blanquecino oscurecido en parte por los lentes de sol cuadrados que reposaban sobre el puente de su nariz, robándose el último destello de luz diurna. Sus labios maltrechos estaban apretados, por lo que Ana adivinó que se le venía un sermón. Levantó la maceta con tierra junto a la puerta de calle, y recogió la llave que había debajo.

La Mama la esperaba al fondo de la sala. La luz de la cocina a sus espaldas formaba un aura que bañaba su ancha figura y su vestido floreado con un resplandor parecido al de la yema de un huevo.

—Quítate los zapatos —le dijo a Ana con una mano apoyada en el marco de la puerta, y le indicó el perchero en la pared—. A menos que quieras pasar tú misma el trapeador después.

Ana dejó sus zapatillas junto a un par de mocasines recién lustrados, cuidando de no tocar sus bordes brillantes. Dentro del apartamento el calor del radiador difundía el aroma de una vela de vainilla. La cocina y la sala parecían dos espacios simbióticos, cada elemento de ellas en tonos oscuros, acentuados por las flores cobrizas que ascendían por el papel mural. Media docena de sillas rodeaba la mesa del comedor, sobre la que reposaba un velón no encendido y el pilar de base que lo sostenía. A un extremo de la mesa había un único mantel individual. La sala consistía en un sillón de vinilo y una mesita de café, sobre la que reposaban un sinfín de números de la revista *Vanidades*, algunos con fecha anterior al arribo de Ana a Nueva York, todos los cuales ya había hojeado en sus primeras visitas al lugar.

La sala daba paso a otras dos habitaciones: a la izquierda estaba el cuarto de estar de la Mama, donde trataba sus asuntos de negocios; a la derecha, su dormitorio, siempre con la puerta entreabierta. A esas alturas, Ana conocía la preferencia de la anfitriona por los cobertores con diseños en tonos rosados y enormes almohadones.

—¿No trajiste paraguas? —le preguntó, apoyada contra el respaldo de su silla—. ¿Ha dejado de llover?

—No —dijo Ana, desprendiéndose el abrigo y quitándose la bufanda—. Pero es solo una llovizna.

—¿Y por qué demoraste tanto, entonces?

—Es que es feriado —respondió ella—. Los trenes pasan menos seguido.

La Mama alzó las cejas como si acabara de recordarlo.

—Feliz Navidad.

—Feliz Navidad —replicó ella, y le extendió la bolsa roja de regalo, escaneando a la vez la sala—. ¿Dónde está don Beto?

La Mama extrajo la botella de loción de manos.

—Ha ido por ahí a hacer algo —dijo, girando la botella en una mano y descartando la mención de su cónyuge con un ademán de la otra. Sus dedos resplandecían incluso bajo la luz cenicienta. Devolvió la loción a la bolsa y enseguida se dirigió hacia la sala de estar—. Hay agua hervida en la tetera. Prepáranos un té y trae algo de comer.

Minutos después, Ana volvió con una bandeja de dulces y dos tazas de té. Depositó todo en la mesa de café frente al sofá de dos plazas. La Mama ocupaba un rincón y, a su lado, había una bandeja con ruedecillas donde mantenía sus medicinas y una botella con agua. Ana se encogió en el rincón opuesto del sofá. La televisión rugía con estruendo. *El derecho de vivir*, el nombre de una telenovela, apareció escrito en tono marfil y cursivas en la pantalla. Ana apartó los ojos para ahorrarse una migraña.

La Mama subió el volumen cuando la protagonista, María Rosario, comenzó a sollozar.

—Miguel la dejó —explicó la Mama. Se echó unas cuantas pastillas a la boca que acompañó de varios tragos de agua de la botella—. Descubrió que estaba embarazada. ¿Te sabes la historia?

Ana negó con la cabeza.

—Es la segunda vez que la veo en este país, pero la primera vez que la oí fue en la radio, cuando vivía en Cuba. —Tomó su taza y sopló el té para enfriarlo. Los lentes se le empañaron y desempañaron una y otra vez—. Yo era mucho más joven entonces. Tenía el pelo como la miel y los ojos del color del mar. Me imaginaba que María Rosario lucía como yo. —Una sonrisa fugaz cruzó sus labios y desapareció al instante—. No sé por qué estos mexicanos escogieron a una morena para el papel de María Rosario. —Hizo una pausa antes de dar otro sorbo a la taza. Al aclararse la niebla de sus lentes, miró a Ana—. ¿Sabes? Te pareces un poco a ella. Tienes los ojos claros y tu pelo es casi tan oscuro como el de ella. —Dibujó el rostro de Ana en el aire con los dedos—. Solo que tú eres más india que negra.

Ana se llevó el tazón hirviendo a los labios. Quiso decirle a la mujer que ella no era del *todo* india. Sus ojos, por ejemplo, apuntaban a cierto ancestro europeo lejano, pero al instante supo lo ridícula que iba a sonar diciéndolo, en especial a alguien como la Mama.

—En fin —continuó la anfitriona, apuntando ahora a las manos de Ana—, veo que has estado cocinando.

Ana estiró sus dedos color mostaza frente a ella.

—Así es —dijo sonriendo—. Mi tía me envió un condimento especial. De la chacra donde trabajaba mi pá.

—Ajá —dijo la Mama—. El desaparecido. No me digas que aún haces ir a tu pobre tía hasta allí con la esperanza de encontrarlo.

—No, no —dijo ella en forma entrecortada—. Ya sé que nunca volveré a verlo.

No había visto a su padre en casi diecisiete años, pero cada tanto algún olor o sonido le traían un vago recuerdo de él, que parecía hacerse cada vez más vívido con el correr de los años. Cada diciembre, el aroma de los pinos recién talados y apilados en las aceras la llevaban de vuelta a sus brazos, a cuando se sentaba en su regazo y sentía ese aroma que emanaba de su cuello, de su piel tan delgada como el papel. Siempre que escuchaba un silbido, se volvía instintivamente con la esperanza de verlo haciéndole una seña con la mano para que regresara a casa. Había deambulado muy lejos por un camino polvoriento y solitario.

Su padre trabajaba en el rancho junto a su cuñado, el hermano de la madre de Ana, y juntos penetraban las profundidades de la selva para extraer lo que fuera que el patrón estuviese cosechando esa temporada. Cada tres semanas, viajaba río abajo en una lancha motora, y se quedaba en casa pocos días antes de irse de nuevo. Disfrutaba de lo que le cocinaban, dormía la siesta en la hamaca de la huerta y se sentaba con su hija en la silla mecedora del patio cuando las estrellas comenzaban a brillar en el cielo, un cielo color pastel. Las mañanas que estaba en casa, Ana iba temprano al mercado, a menudo con Betty, en busca de capironas maduras. A él le gustaba beber chapo de plátano en el desayuno, y Ana no se conformaba con nada excepto las capironas, los más dulces de los plátanos, para preparar el batido de su padre.

Una noche, cuando él llevaba ya más de un mes fuera, su tío Marcos apareció en el umbral solo. Traía consigo una única bolsa. Cuando la madre de Ana le vio la cara, salió de la choza y se quedó agachada junto a la puerta, incapaz de moverse en lo que parecieron varios días.

—Aquí tiene que haber un hombre siempre —dijo el tío en tono de pesar mientras desempacaba, y le pasó a Ana tres palillos, todo lo que su padre había logrado conservar bajo su catre. Ella preparó el polvillo utilizando los palillos con discreción para hacerlos durar varios meses. Tuvo que contener las lágrimas al usar el último palillo de su padre, no mucho después de que el propio Marcos regresara al bosque, a pesar de las protestas de su hermana, y nunca más volviera.

En cierta ocasión, Ana le dijo a su madre que había olvidado el rostro de su padre. Recordaba vagamente su sonrisa, la forma en que la espuma del chapo matinal quedaba adherida a su labio superior. Mírate al espejo, le había dicho su madre aquella vez, y lo verás… En tus ojos, tu boca. Tienes la misma sonrisa. Por un tiempo, eso logró reconfortarla al saber que así volvería siempre a ver a su padre.

Pero cuando doña Sara murió Ana deseó que su reflejo fuera parecido al de su madre.

—Mejor así —dijo la Mama—. Probablemente sea mejor que no sepas lo que le sucedió a tu padre. Esos terroristas son unos animales. Aunque siempre es bueno tener una tumba que visitar. En fin, imagino que estuviste de fiesta anoche.

Ana carraspeó.

—Con solo unos pocos amigos que vinieron.

—Con razón te ves agotada. De todas formas, deberías lavarte mejor las manos.

—A mí me gusta el color que le da a mi piel.

—Te hace ver como una cocinera. —dijo la mujer. Cogió el control remoto y bajó el volumen del televisor—. He oído que a tu esposo le va bien en su nuevo emprendimiento.

Era la señal para que Ana procediera. Hurgó en el interior de su bolso y extrajo el sobre blanco en el que había llegado ese mes la cuenta del gas a casa de Valeria. El celofán crujió cuando se lo extendió a la Mama.

—Va bien —dijo, y desvió la mirada, intentando minimizar la buena fortuna de Lucho y encubrir su propia incomodidad al pasarle el dinero a la anfitriona.

—¿En qué servicio de taxis está?

—RapiCar —dijo ella, y casi al instante se arrepintió de haber compartido esa información.

—¿Y por qué ese?

—El hombre que nos alquila el vehículo —dijo Ana— trabaja allí, en esa base.

—Ya veo. Supongo que tu familia ayuda entonces con el arriendo, ¿o no?

—Su primo nos prestó el dinero —mintió ella.

—¿Por cuánto tiempo?

—Tres meses.

La Mama alzó las cejas.

—Tú solo querías un mes cuando viniste a verme.

—Ahora solo tenemos el vehículo por las noches. El dueño se va a Ecuador en el verano y Lucho cree que, si demuestra que es responsable y trabajador, quizá podamos trabajar el auto por todo el período que el hombre ande fuera. Aunque a nosotros, por supuesto, nos encantaría tener nuestro propio vehículo.

—Primero paguen sus deudas —dijo la Mama y hurgó entre los billetes de veinte dólares dentro del sobre—. De nuevo me quedan debiendo.

—Me pondré al día la semana que viene, Mama.

—Ana, la única razón por la que hago negocios contigo es porque me dijiste que pagarías tus deudas, que podía contar con eso…

—Y puede hacerlo, Mama —dijo ella—. Yo *pago* mis deudas. Es solo que Lucho acaba de empezar a trabajar el taxi. Tenemos que pagarle a su prima algunas de las cuentas, la del gas, la luz… Y es Navidad…

—Mira. Esto es mejor que nada —dijo la mujer enarbolando el sobre—, pero te lo digo muy claro: no creas que voy a extenderte el préstamo para siempre. Pueden saltarse un pago, atrasarse, es algo que pasa. Pero yo espero que se pongan al día. No que sus pagos se vuelvan cada vez más reducidos.

—Le prometo que me pondré al día la semana que viene y hasta le pagaré más de lo acordado.

—Bien. —La anfitriona puso el dinero de vuelta en el sobre y lo deslizó dentro del espacio que quedaba entre el cojín y el brazo del sillón—. Estoy siendo muy razonable, Ana, y muy paciente contigo. Entiendo el dilema en que estás. He estado ayudando a mujeres como tú desde que llegué a este país. Algunas en mejor situación que tú, otras peor. Madres solteras sin marido ni familia.

Ana había oído acerca de las mujeres que a la Mama le gustaba ayudar. Eran solo mujeres, y solo aquellas con un bien inmueble u otra propiedad valiosa que ofrecer en garantía. Pero tenía, al parecer, cierta debilidad por un cierto tipo de ellas. Las indocumentadas. Sudamericanas. Madres. Eso era lo que Carla Lazarte, amiga de Ana y hermana mayor de Betty, le había dicho. Ana y su familia habían vivido los primeros meses en Nueva York con Carla y Ernesto, su marido. Pero al llegar el otoño de ese año, Carla sugirió que era el momento de que Ana y su familia se mudaran. Ella misma le propuso a Ana que se reuniera con una mujer llamada Patricia Aguilar. La llamaban "la Mama" porque, a diferencia de otros prestamistas, era bastante indulgente. No reaccionaba tan rápido cuando las cosas se le ponían duras al cliente. Entendía los desafíos de ser un inmigrante reciente y además mujer, habiendo sido madre soltera ella misma en su día. Le gustaban las mujeres jóvenes, ambiciosas, que no reparaban en obstáculos; del tipo que deseaba tener una casa en Estados Unidos, otra en su país de origen, cualquiera que este fuese, automóviles suficientemente buenos para posar ante ellos en las fotos y universidades prestigiosas para sus hijos. Le gustaba esa clase de mujeres porque eran orgullosas y, por ende, siempre terminaban pagándole. Y ella era, a la vez, más generosa con esas mujeres; eso fue lo que le dijeron a Ana.

—Ya sé que las cosas no han sido fáciles —continuó la Mama—, y cómo no va a ser así con tu esposo sin trabajo. Pero ¿te imaginas si te hubiera prestado ese dinero para el arriendo del taxi? Las dos sabemos que no podrías pagarlo. No tendría más opción que quedarme con la casa esa.

Esa casa era la que Lucho, como primogénito, había heredado de su padre. Siempre le había estado destinada, pero era ahora de su madre. Ana había pensado alguna vez que podrían hacer su vida en esa casa; se había imaginado preparando sus comidas en su cocina con olor a ajo, comiendo en el comedor con candelabros, sentada en el jardín con una taza de té de manzanilla mientras la luna arañaba en su trayectoria el patio detrás del palto. Pese a la presencia allí de su suegra, Ana había imaginado que algún día la casa podía ser de ella.

Solo que, ahora mismo, era de la Mama.

La mujer cambió de posición en la silla.

—Además, tu familia debería ayudarte. Tu marido está sin trabajo y tienen dos niños pequeños. Ellos deberían saber lo que es estar aquí, siendo tú tan joven e inexperta.

—Mama, los primos de Lucho tienen una experiencia muy distinta a la nuestra —dijo ella—. Y nos están facilitando desde ya un lugar donde vivir.

—Es lo menos que pueden hacer por ti. Puede que lleven la sangre de tu esposo, pero él se casó contigo. Son también *tu* familia. —Hizo una pausa, golpeteando con los dedos en el brazo del sillón—. Por otra parte, puedo entender por qué no los ayudan. Hay gente que viene aquí después de que todos los demás han hecho ya el trabajo pesado. Así es como consigues un trabajo, como te conectas con gente como yo. Alguien más ha conseguido entrar, entonces te vienes y te beneficias de todo lo que han hecho otros. Eso tampoco es correcto, tienes que aprender a pararte en tus propios pies.

—Lo sé, Mama, pero Lucho perdió el trabajo...

—Y no será la última vez que debas huir de la gente de inmigración —dijo la Mama alzando la voz—. Yo te ayudé entonces, durante esos meses en que él no trabajó. Él está ahora trabajando y yo espero que se me pague exactamente lo que acordamos, y cada semana. ¿Está claro, Ana?

Ella se mordió el labio y asintió.

—No te escucho.

—Sí.

—Bien. Limpia esto antes de irte. He perdido el apetito.

Ana hizo lo que se le decía, se enfundó en su abrigo y bufanda, y le dio a la Mama un beso de despedida, aunque esta no le dijo nada. Al recoger sus zapatillas aun mojadas por la caminata, estas rozaron los mocasines lustrosos que tan cautelosamente había evitado cuando las dejó allí al llegar. Ana les pasó la manga para secarlos.

Descendió la escalinata delantera, mirando por encima de su hombro para ver si la Mama se había acercado a la ventana, pero no había nadie en ella. Los apuros de la doliente María Rosario eran, al parecer, más entretenidos y menos costosos de observar que los de la sufriente Ana, y se alegró por eso. Tenía que devolverle el préstamo de algún modo. Esa semana trabajaría más aprisa en la factoría, y más tiempo. Quizás podía venderle algo de su palillo a las que trabajaban allí.

Había recorrido media cuadra cuando vio a don Beto parado bajo un paraguas negro, unos metros delante de Ana. Era un individuo unos quince centímetros más alto que ella, conformado por varias partes y resquicios esféricos: una nariz redonda, manos redondas y rulos al extremo del cabello cano, que iba desapareciendo sobre su cabeza redonda. Iba bien vestido, con una chaqueta liviana en el mismo tono del amueblado de su sala, el cierre subido solo hasta la mitad, revelando la presencia de una guayabera transparente bajo ella, y pantalones de una tela tan frágil como las hojas muertas que ahora cubrían las aceras. Sus zapatos brillaban en la lluvia.

—Hola, niña —dijo con su voz ronca y gruesa—. Tanto tiempo. —Una sonrisa le cruzó el rostro al dirigirse hacia ella. Se detuvo frente a Ana y ella pudo oler el aroma a café y tabaco que persistía en su aliento—. Feliz Navidad —le dijo, pero ella no respondió—. ¿No vas a saludarme?

Ella se inclinó hacia él y le dio un beso escueto en la mejilla.

—Hola —dijo en un susurro—. Feliz Navidad.

Cuando ella separó su cara, los ojos de él se detuvieron en la boca de Ana.

—¿Dónde has estado?

—He estado… —dijo ella y retrocedió un paso—. Ha sido una semana ocupada. Con los niños. El trabajo. La Navidad.

—Ajá —dijo él—. Pensé que quizá me estabas evitando.

Ella apretó los labios y se subió la capucha cuando empezó a llover más fuerte.

Él se acercó otro paso, quedando ambos bajo su paraguas.

—¿Vas a entrar?

Ana quiso decirle que no. Los encuentros de ambos se habían vuelto cada vez más íntimos, y solo su carácter clandestino debería haberle bastado a ella para no volver. Finalmente lo hizo, pero no sin antes haber cruzado ambos un límite. Durante tres semanas se las había arreglado para evitarlo, yendo siempre a horas distintas a pagarle a la Mama, en lugar de ceñirse al horario de los viernes después del trabajo, que era lo que había acordado meses antes con ella. Él conocía ese horario. Ahora necesitaba mantener la distancia, decirle que no, pero no consiguió reunir el coraje para hacerlo. Tuvo a la vez miedo de lo que podría ocurrir si lo hacía.

En vez de ello, le dio una excusa:

—Tengo que ir a casa con mis niños. De hecho, ya estoy atrasada.

—Me *estás* evitando —dijo él, soltando una risita.

—No me gustó hacia donde estaban yendo las cosas —admitió ella.

Él se acercó otro poco.

—Las cosas fueron donde tú dejaste que fueran.

Entonces ella se acordó de su bolso de mano y comenzó a hurgar en él.

—Voy a pagarle.

Él detuvo su mano:

—No quiero un centavo de ti, Ana.

—Pero es que tengo su dinero —insistió ella, extrayendo unos cuantos billetes doblados, y se los entregó. Un dinero que debería haber ido a manos de la Mama, pero ella lo había apartado para él. Necesitaba saldar también esa deuda.

—Por favor —dijo él—. No hiciste nada malo, está todo bien. Tú estás bien, nuestro acuerdo está bien. ¿Por qué quieres cambiar ahora las cosas?

Para él estaba bien. Para un hombre mayor y con dinero. Ana conocía a los hombres así. Solían usar su aparente bondad como disfraz; su amistad como velo. Ella había necesitado el dinero para alquilar el automóvil y que pudieran usarlo en el turno de noche. Necesitaba que su esposo volviera a trabajar. El rollo ese de enviar a los niños de vuelta, de que su familia volviera a Perú, todo eso resonaba perpetuamente en sus oídos. La Mama no le prestaría el dinero que necesitaba, al menos no todo el dinero, y Lucho no quería pedírselo a Valeria, quien, como él decía, estaba ya brindándoles muchísimo. Igual Ana sospechaba que les diría que no.

Entonces pensó en don Beto, el hombre que siempre tenía para ella una sonrisa cuando iba a ver a la Mama, a quien había sorprendido desnudándola con la mirada, y que solo la saludaba con un beso cuando la Mama no estaba mirando. Quien, en cierta ocasión, al acompañarla a la salida y luego por esa misma acera, le había dicho que ella podía recurrir a él para lo que fuera, cualquier cosa; que no solo la Mama podía ayudarla.

Don Beto le había dado el dinero que necesitaba, pero ella comenzó a pagárselo casi de inmediato.

—Echo de menos verte —dijo ahora—. Hace mucho que no venías por aquí.

—Tres semanas no es tanto tiempo —replicó ella.

—¿Para una mujer como tú, joven y bella? No, claro, pero… ¿para un hombre viejo y solitario como yo?

Ella carraspeó.

—Yo aprecio su ayuda, pero nunca quise caridad. Le dije que se lo pagaría por completo, y tengo toda la intención de hacerlo.

—Estoy seguro de que podrás pagármelo algún día. ¿Cuánto

lleva tu esposo conduciendo ese taxi? ¿Un mes? Puede que te tome algún tiempo pagarme, pero no tienes que hacerlo. A mí me basta simplemente con tu compañía.

Estaba en lo cierto, no podía devolvérselo todo. No ahora, al menos; antes debía pagarle a la Mama, y antes incluso debía irse de casa de Valeria. Pero ella sabía hacia dónde iban las cosas.

—Un mes siendo su… —buscó la palabra precisa— compañía es más que justo, ¿no cree?

Él se le acercó y le rozó los labios con un dedo.

—No, no lo creo.

Ella retrocedió apretando la boca.

—Ven al garaje mañana —le dijo—. Después del trabajo.

Ella fijó la mirada en el suelo, en la hojita tan porfiada que seguía adherida a su zapatilla, y la restregó contra el pavimento, buscando en su mente una excusa—. No puedo. Vamos a ver un apartamento —mintió.

—Eso está bien, espero que resulte. El martes entonces.

Iba a tener que verlo de todas formas, estaba claro. Ya fuera al día siguiente o después, estaría obligada a estar a solas con él hasta que le pagara el dinero que él le había dado, y aun entonces no estaba segura de que pudiera librase de él.

—Igual no podré quedarme mucho tiempo —dijo al fin—. Tengo que volver a casa con mis hijos.

—Lo entiendo —dijo él—. ¿Media hora, entonces?

Ella asintió.

—Bien —dijo él, e inclinó la cabeza hacia ella—. Te veré el martes, entonces.

Sin darle esta vez un beso de despedida, se alejó de ella. Sus pisadas resonaron en la calle vacía, un eco sonoro se proyectaba con cada paso que daba.

Era justo lo que ella había supuesto: un sucio. Un hombre con dinero que actuaba como un depredador ante mujeres como ella, mujeres de las que podía aprovecharse. Y lo maldijo en su interior. Y a la Mama por no prestarle el dinero que necesitaba. Detestaba, sobre todo, el hecho de necesitar el dinero.

Cuando el ruido de sus zapatos al fin se diluyó, Ana se irguió, enderezando la espina dorsal. La lluvia caía con más fuerza contra el pavimento, pero ella mantuvo la frente en alto y se alejó del lugar.

3

SE TARDABA DIEZ MINUTOS A PIE DESDE LA ESTACIÓN DE TREN HASTA LA factoría. A Ana le sentaba bien esa caminata. Le gusta perderse entre los cláxones de los autos y el gruñir de los autobuses, las suaves colisiones con otros cuerpos envueltos como el suyo, la melancolía del aire invernal. Podía sentir el pulso de la ciudad a cada paso que daba.

Los sonidos tendían a diluirse cuando se alejaba del área más transitada en aquel sector específico de la ciudad. Los gorriones la sobrevolaban y su trino se hacía cada vez más nítido a medida que se aproximaba al río gris que circundaba la isla. Ese color la había sorprendido la primera vez que lo vio. Los ríos en Santa Clara eran del color de la tierra, oscuros, amarronados, como la propia gente que dependía de ellos para sobrevivir. En Nueva York eran los edificios los que se desangraban hacia las aguas.

Casi todas las mañanas se desplazaba aprisa entre la muchedumbre, deteniéndose más de lo necesario en las señales de las intersecciones. Entonces el mundo a su alrededor se iba acallando, hasta que solo quedaban ella y la manada de gorriones con el valor suficiente para quedarse allí durante el invierno.

Pero no aquel día. Había despertado más temprano que otras veces, en el momento en que la luna se replegaba y el sol avanzaba, con una inquietud que no había experimentado desde la época previa a su arribo a Nueva York; la misma que la mantuvo despierta por las noches antes de anunciarle a Lucho sus embarazos. Solo que esta vez era la petición de don Beto lo que oprimía su pecho. Su promesa de volver la asediaba ahora, y no importaba lo mucho que caminara o adónde fuera, no conseguía relegarlo dentro de su mente. A él y su boca, a él y sus dientes clavados en ella como esa bandada de gorriones a la que habitualmente daba la bienvenida por las mañanas, pero que ahora la aturdía.

La bandada permaneció, de hecho, sobre ella hasta que dio la vuelta a la esquina y se dirigió hacia el río, congelado en esa época. La factoría era el último edificio de esa manzana; se destacaba sobre los demás, vigilante de lo que ocurría a su sombra, como si fuera una iglesia. Sus ventanas, empañadas por la edad y las heladas, se enfrentaban desafiantes al sol matinal.

En la puerta principal, las mujeres se agrupaban bajo las nubes que el humo del tabaco formaba sobre sus cabezas. Al pasar entre ellas, todas le desearon "feliz Navidad". Pese a su desánimo, ella les devolvió el saludo y, al repetir las palabras, su pecho se volvió un poco más ligero, sus pasos más lentos. La Navidad había concluido; un nuevo año estaba por comenzar. Pese al torbellino de los últimos meses —de los últimos años—, se recordó a sí misma su buena fortuna. Había sido bendecida con dos hijos saludables y un trabajo. Su esposo estaba junto a ella y estaban a salvo. No importaba cuán difíciles fueran las cosas, eran solo obstáculos mayores o menores; nada que no pudiera arreglarse o rectificarse. No había razón para suponer que el año entrante no sería mejor. Así que, en lugar de simplemente desear a las mujeres una feliz Navidad, añadió "y un próspero año nuevo" a su saludo, deseando genuinamente que todas tuvieran buena fortuna en el nuevo año.

—Veo que está de buen ánimo esta mañana, comadrita —le dijo Carla Lazarte cuando pasó junto a ella y a otras costureras paradas junto a una farola. Carla llevaba trabajando en la factoría varios años cuando recomendó a Ana para un puesto allí. Y había hecho lo propio por su hermana Betty cuando esta llegó a Estados Unidos pocos meses después.

Betty Sandoval era la amiga más antigua de Ana. Había crecido en la casa vecina a la suya en Santa Clara. Ahora estaba a varios metros de la puerta principal de la factoría, con un grupo cuyas integrantes parloteaban bajo otra nube de humo. De hecho, cuando vio venir a Ana, Betty se separó del grupo y fue hacia ella con un cigarrillo colgando del labio inferior, bebiendo café a sorbitos de un vaso de polietileno manchado de lápiz labial.

—No me digas que eso es tu desayuno —le dijo Ana, indicándole el cigarrillo.

Betty se paró a medio camino.

—¡Buenos días! —dijo abriendo los ojos, pero ni la cafeína ni el entusiasmo fingido lograban sacudirle esa especie de languidez que se le había instalado en la mirada desde hacía un tiempo. Sus ojos habrían parecido, alguna vez, al borde de hundirse en un sueño, un sueño tan dulce que bien podría no haber despertado jamás de él, pero ahora estaban solamente cansados—. ¿Cómo estás? —le preguntó—. Yo, fenomenal, gracias por preguntar.

Carla gritó desde el sector de la farola.

—Que no te quite el sueño, Anita. No puede dejar el tabaco ahora que anda vendiendo esa mierda.

—Nadie está hablando contigo, hermana —le gritó Betty de vuelta. Y le dijo a Ana en un murmullo—: No te pongas ahora como esa otra, a darme lecciones de lo que puedo y no puedo hacer. Este país convierte a todos en unos jodidos santulones. —Miró a Carla de reojo al tiempo que exhalaba el humo del cigarrillo—. Ella misma, sin ir más lejos, se ha olvidado de todas esas noches en el club, ¿te das cuenta? Ahora es una señora, esposa y madre. ¡Por favor! Este es el único trabajo respetable que ha tenido desde Dios sabe cuándo.

Carla se había tomado efectivamente muy en serio su papel de esposa y madre. Estaba ya en el umbral de los cuarenta y era quince años mayor que Betty. Las dos se habían reunido en Nueva York a principios del verano, cuando Carla y Ernesto hubieron reunido dinero suficiente —y el papeleo necesario— para llevar finalmente a sus tres hijos a Estados Unidos. Para entonces, Betty ya había pasado casi una década criándolos en Lima y arguyó razones suficientes para unírseles en Nueva York. Podía ayudar a los niños a adaptarse a su nuevo ambiente, y a Carla con la transición de la maternidad por vía telefónica en vivo y en directo, y a diario. Como mínimo le debían un viaje.

Se necesitaron varias llamadas adicionales para que Carla aceptara y, aunque Betty se las había ingeniado para conseguir visa de turista, su permanencia ya había sobrepasado el plazo autorizado.

—Yo estoy intentando dejarlo, es todo —le dijo Ana.

—¿Desde cuándo? —preguntó Betty cuando ambas caminaron hacia el grupo—. Tú siempre has fumado, ¿no? ¿Crees que podrás dejarlo así no más?

—No, no siempre he fumado —aclaró ella—. Además, no importa si he fumado un día o diez años. Si quiero dejarlo, puedo.

Betty hizo una mueca sardónica.

—No lo harás.

Había algo en la forma en que Betty le hablaba, siempre con cierto grado de certeza, que enervaba a Ana. Su amiga Betty sabía más cosas de ella que nadie, incluso más que su propio esposo. Habían pasado la infancia jugando en el mismo camino de tierra, en casas separadas por solo unos metros. Ana, hija única, Betty, la menor de una familia de seis hijos. Por la época en que la última de sus hermanas dejó Santa Clara, solo quedaba Betty en casa con doña Sara y dos hermanos mayores. Ocasionalmente se unía a Ana y su madre en sus caminatas tempranas al mercado, a menudo usaban la misma pastilla de jabón cuando lavaban sus ropas en el río, y solían zambullirse a hurtadillas cuando el sol calentaba al rojo la tierra. A diferencia de Carla, ella era blanquiñosa, lo suficientemente blanca para que le ardiera la piel si pasaba demasiado tiempo al aire libre. Blanca y de pelo castaño, de un color cobrizo y apagado bajo cierto tipo de luz. Pero no era del todo blanca. Lo indígena era más notorio en Carla y sus otros hermanos, con sus cabellos tiesos y gruesos y la nariz aquilina, pero los ojos almendrados de Betty, como medias lunas, eran los mismos de las mujeres que viajaban a Santa Clara desde las profundidades de la selva. Y eso la delataba.

—Incluso cuando estabas embarazada, te fumabas a escondidas un cigarrito de vez en cuando —dijo ahora a su amiga.

—Oye, ¿puedes bajar la voz? —murmuró Ana.

—Ya, claro, me imagino que eres como esa otra, después de todo —dijo Betty—. De todas formas, vendrás a la farmacia conmigo más tarde, ¿no?

Estuvieron de acuerdo en irse tan pronto como sonara la campana para no perder el bus que las llevaría hasta La Farmacia Pérez. Necesitaban ungüentos varios y medicinas, y Betty tenía asuntos pendientes que discutir con el dueño.

Cuando Ana les dijo a las mujeres que ya no fumaba, todas la felicitaron, aun cuando Betty les hacía difícil dejar el tabaco.

—Te dije que estos eran de los buenos —insistió Betty cuando una de las costureras extrajo otro cigarrillo de un paquete igual a los de ella—. Ahora no tengo muchos, pero la próxima semana tendré algunos para vender.

—¿Fue eso lo que Valeria te trajo? —le preguntó Ana.

Betty le hizo un gesto con la mirada y, aun cuando Ana lo interpretó como que todo cuanto había obtenido de Valeria debía quedar en secreto, Betty nunca había perfeccionado el arte de la sutileza. El gesto se vio más como un tic nervioso.

—Supongo que la respuesta es "sí" —dijo una de las costureras, y el resto rio por lo bajo. La mujer apuntó con la barbilla al otro lado de la calle y dijo—: Miren quién viene ahí.

Todas se volvieron, casi al unísono.

—Disimula, disimula —añadió alguien más, pero la persona que había llamado la atención del grupo ya había hecho contacto visual con ellas y se dirigía hacia allí.

Nilda, la ecuatoriana, no parecía tener prisa al cruzar balanceándose la calle. Su chaqueta color arándano le llegaba hasta un poco más abajo de las caderas, y Ana pensó al verla que el tono era parecido al de la piel dura del aguaje, esa fruta que crecía en todo Santa Clara. El vaquero, por su parte, le estrangulaba el flanco trasero y los muslos; cómo había entrado en ellos era algo difícil de imaginar. Sus rizos negros con mechas claras estaban aún mojados por efecto de la ducha matinal, y Ana advirtió el aroma a fresas que emanaba de su balanceo.

—Chicas, buenos días —exclamó al ir hacia ellas, con su boca y dentadura radiantes, pero solo Ana le devolvió el saludo.

No había ninguna razón para ser maleducadas con Nilda, que siempre saludaba a todo el mundo, añadía una sonrisa a sus frases incluso con esfuerzo, y a veces traía consigo humitas sobrantes de su casa, esas porciones de maíz envuelto que decía preparar siempre que su espíritu necesitaba un aventón.

Era igual un poco histriónica para ser una trabajadora fabril. Se sujetaba el cabello en la nuca con un broche de mariposa brillante de color rojo cuando trabajaba en su máquina, no con una banda elástica como las demás. Nunca dejaba que sus mechas doradas se apagaran, y sus uñas de acrílico estaban siempre salpicadas de brillitos que relucían bajo la aguja de su máquina. Ana había visto las muchas formas en que Nilda resplandecía y se había sentido tentada de ser su amiga. Eran iguales en muchos sentidos. Ambas eran más jóvenes que muchas de las costureras, pese a que Nilda llevaba trabajando allí varios años. Ambas eran sudamericanas e indocumentadas, estaban casadas y tenían hijos. Y se sentaban en la misma isla de costureras, con Betty y Carla. Ana no se imaginaba ella misma con tantos accesorios relucientes en su cuerpo, ni tenía atuendos como los que Nilda era capaz de desplegar cada mañana; sin embargo, había en ella cierta audacia que Ana admiraba.

Pero cada viernes los murmullos subían de tono. Ese era el día en que Nilda, justo antes de marcar el reloj de salida, se embadurnaba más de lo habitual con sombra de ojos y delineador, y todo el mundo sabía que de allí partía a su otra ocupación, consistente en servir tragos en un club nocturno en Northern Boulevard. Igual pudiera haber dicho que iba a trabajar en un burdel.

—¿Cómo pasaste la Navidad? —le preguntó Ana.

—Uff —dijo Nilda con un sacudón gentil de la cabeza—. Agotadora. Trabajé en Nochebuena. —Rara vez mencionaba su otro trabajo, así que todas prestaron atención—. Y tendré que trabajar de nuevo la víspera de Año Nuevo, pero no me puedo quejar. En una sola noche hago lo que aquí se hace en una semana. —Su sonrisa se hizo más amplia—. De hecho, casi no vengo hoy.

—¿Y por qué viniste? —le preguntó Betty con tal resentimiento que Ana le apretó el brazo, dándose cuenta de ello solo después de haberlo hecho, y sin advertir que las demás le lanzaban a Nilda la misma mirada despectiva que Betty.

Ana hizo contacto visual con Nilda y se sonrojó de vergüenza.

—Porque este es mi verdadero trabajo —dijo Nilda, como indicando algo evidente—. Además, tengo puesto el ojo en un anillo que combinaría perfecto con estos de aquí. —Se sujetó el cabello detrás de las orejas para que brillaran al sol los aretes gruesos y recargados que llevaba puestos—. Mi esposo me los regaló para Navidad. Además, mi niño necesita un nuevo par de zapatillas. Así que —dijo encogiéndose de hombros— aquí estoy.

Nadie más preguntó nada, y cuando Olga, la ayudante del capataz, llegó hasta la puerta principal, Nilda la siguió al interior.

Cuando la ecuatoriana hubo desaparecido de vista, una de las mujeres se acercó al grupo y conjeturó que el esposo de Nilda no le había dado esos aros. Un vecino, señaló, había visto a un hombre llevarla a su casa por la noche. Nunca conducía hasta la puerta y aparcaba el carro en una calle lateral. La mujer estaba segura de que era ese hombre y no el marido de Nilda el que le había dado los aros.

Ana rio.

—¿Por qué? ¿Es tan difícil creer que fue su esposo el que se los regaló?

La mujer inclinó la cabeza.

—No seas estúpida, Ana. Si él tuviera tanto dinero, ella no trabajaría aquí… No, yo creo que tiene a otro. O quizá se quitó los calzones las veces suficientes para poder comprárselos ella misma.

—Si fuera así, bien por ella —dijo Ana—. Y no vuelvas a llamarme estúpida.

A lo lejos sonó la campana de una iglesia. Las mujeres que aún tenían el cigarrillo en sus manos le dieron una última y larga calada mientras las demás iban entrando. Un hombre de abrigo beige y barriga generosa que usaba una gorra de béisbol de los Mets, pasó junto a ellas.

—Chicas, ¡avancen! —gritó.

Era George Milas, que ingresó estrujando su cuerpo por la puerta.

Ana corrió hacia la puerta; Betty y las otras mujeres se quedaron ligeramente atrás. El vestíbulo bullía de mujeres a la espera de los elevadores. George ya se había abierto paso hasta la fila de adelante. Ana y Betty se dirigieron a las escaleras, como siempre hacían, y subieron a toda carrera hasta la cuarta planta.

Y, como de costumbre, llegaron casi sin aliento. El piso de costura era una sala cenicienta, con hileras de pequeñas luces distribuidas sobre una docena de máquinas de coser manejadas exclusivamente por mujeres. Las estaciones eran grupos de cuatro, formando sendas islas a lo largo del salón. Entre cada isla había el espacio justo para pasar entre ellas apenas de lado. Además, había ventiladores distribuidos por todo el lugar y en las esquinas, provocando un zumbido monocorde y una especie de neblina con el polvillo circulante que nunca parecía disiparse. Contra las paredes y en cada salida había apiladas montones de telas. Las ventanas tenían persianas que retenían dentro el calor y mantenían a raya la luz. Por las mañanas, las agujas de las máquinas cercanas a las ventanas brillaban con la luz diurna, que de algún modo se las ingeniaba para colarse en el interior.

George, aún jadeante tras abrirse paso hasta allí, observó a las mujeres cuando se dirigían a sus estaciones respectivas. Hablaba español con un acento muy marcado, y solo conocía algunas pocas palabras del idioma, pero decía esas pocas con tanta certeza como cualquier hispano nativo.

—Vamos, muchachas, adentro.

Dicho eso, le pasó a Olga su abrigo y el gorro. Olga era la mujer a la que se debía acudir si se tenía alguna pregunta acerca de los pagos y horarios, los materiales o la falta de papel higiénico en el baño. Era una de las pocas puertorriqueñas en la planta, y actuaba como intérprete de George, aun cuando las dominicanas y salvadoreñas pensaban que el español de Olga era atroz. Ana, en cambio, no creía que fuera mucho peor que el de ellas.

Cuando Ana y Betty llegaron a sus puestos, las demás costureras cerca de su isla ya estaban instalándose. Ana las saludó con un "feliz Navidad" mientras colgaba su abrigo y la chompa rojo oscuro en su silla. Algunas expresaron su decepción por el fin del feriado; a otras, en cambio, les preocupaba cómo iban a pagar todo lo comprado al llegar enero.

—Ana no —se mofó Betty—. Ella tiene grandes esperanzas para el nuevo año. Hasta ha dejado de fumar.

Carla dejó en la mesa el trozo de tela que tenía en la mano.

—Y tampoco estás bebiendo, ¿no? —dijo.

Ana había rechazado un trago de tequila de una botella que Carla había llevado la semana anterior. Lo había extraído de su bolso de dimensiones exorbitantes para enseñarles a las costureras el gusanillo que aún nadaba al fondo de la botella. Para un brindis prenavideño con las chicas, había dicho, pero Ana se había negado a beber. ¿Qué pasaría si se metían en un lío por beber en el trabajo? ¿Y si se embriagaba un poquito y se cortaba un dedo, o hacía un enredo con la tela o rompía una máquina...?

—No es eso —respondió—. Dije que no bebería *aquí*, en el trabajo. Honestamente, tampoco bebo mucho en ninguna parte, me cae mal al estómago.

—Eso es porque no sabes beber —dijo Carla—. Y, a menos que practiques cada vez que puedas, cada trago se sentirá como el primero, te lo aseguro.

Nilda se coló en la conversación y lo corroboró.

—Eso es verdad. —Carla se puso tensa de inmediato—. Es como el sexo. Si no lo haces seguido, te olvidas de todo, de cómo agarrar la cosa y qué hacer con ella... Te olvidas de lo que te gusta. Te vuelves remolona.

—¡Nilda! —exclamó Carla.

—¡Pero si es verdad! Uno tiene que saber qué tipo de alcohol le gusta, y cuánto, igual que en el sexo. De qué tipo y cuánto de él. Son dos cuestiones muy importantes cuando se trata del sexo y el alcohol. De otro modo, lo tienes en la boca o en el culo antes de darte cuenta de lo que está pasando. —Rio abiertamente, incluso al ver a Carla mirando a su alrededor con nerviosismo para ver si alguien más las estaba escuchando—. De todas formas, Anita —continuó Nilda—, espero de verdad que el nuevo año sea mejor para ti. No he oído de ningún avión que se haya caído, así que me imagino que tu cuñada estará de vuelta.

Ana lanzó un resoplido.

—Es la prima de mi marido, no mi cuñada. Y sí, está de vuelta. Llegó en un vuelo ayer por la mañana.

—Bien, entonces quizás ella pueda cocinar para Año Nuevo —dijo Betty—. Darte un respiro después de que has estado a cargo de su casa y su hijo durante un mes entero.

—Al menos no tuviste que preocuparte de hacer almuerzo para hoy —dijo Nilda, que había prometido llevar humitas para todas—. Traje unas cuantas para tus niños también.

Sus humitas eran uno de los platos favoritos de Victoria y Pedro, y a pesar de que Ana deseaba prepararlas, no se atrevía a pedirle la receta a Nilda. No se le pide al chef que comparta su magia.

Fue durante el horario de almuerzo, cuando iban por el corredor rumbo a la cafetería, que Nilda le tocó la espalda a Ana e hizo un gesto indicándole el cuarto de limpieza junto al baño. Ana miró a su alrededor, pero las demás se dirigían hacia la cafetería y no parecieron notarlo. Le incomodaba un poco que la vieran entrando sola a ese cuartito con Nilda, pero igual lo hizo. El cuartito, atiborrado de enseres de limpieza, fregonas y escobas, no le era desconocido. A menudo se colaba allí antes de irse a casa, llenando su cartera de papel higiénico y toallas de papel. Las pilas amontonadas de ambos elementos parecieron absorber ahora la fragancia a fresas de Nilda, que desbordaba el lugar, tragándose a Ana por completo.

—Tendré que irme temprano algunos días de la próxima semana —le dijo la ecuatoriana—. El miércoles y el jueves. Olga mencionó que querías hacer horas extras.

Antes de Navidad, Ana le había pedido a Olga que la tuviera en cuenta en caso de que hubiera alguna posibilidad de hacer más de las diez horas que trabajaba actualmente. Las mujeres que llevaban más tiempo en la factoría, como Carla y Nilda, tenían prioridad en cuanto a trabajar tiempo extra. Mientras más prendas hicieran, más se les pagaba. Cada costurera debía trabajar como mínimo diez horas al día, pero en ocasiones tenían turno en el médico, una llamada de la escuela de sus hijos, una madre que fallecía en el país de origen, y todo ello hacía difícil cumplir con el mandato de las diez horas diarias.

Si no podían hacerlo, debían tener una muy buena razón. Y necesitaban que alguna otra se hiciera cargo del trabajo. Ese alguien era normalmente una veterana, una costurera que sabía cómo hacer la labor bien y rápido. Alguien a quien George no pudiera decirle que no.

—No se lo he dicho aún a George —continuó Nilda—. Quiero asegurarme primero de que haya alguien dispuesto a cubrirme. Verdaderamente, no estoy para otro sermón acerca de la responsabilidad y de cómo no valoro este lugar. Y prefiero pedírtelo a ti antes de que se lo den a una de las otras.

Sin duda, otras le harían la misma petición a Olga, ansiosas por pagar cualquier deuda contraída con la compra de muñecas Barbie y autitos Matchbox. Pero ahí estaba Nilda con sus aros navideños resplandecientes y la perspectiva de una gloriosa víspera de Año Nuevo, brindándole la oportunidad de colarse en la fila.

—Serían solo dos horas extras cada día, no es tanto —le dijo—. ¿Qué dices?

Solo un par de horas extras. Eso era cuatro horas más. Cuatro horas en que debería trabajar tan rápido como le fuera posible, probar que era alguien merecedora de las horas extras cuando se necesitaba su ayuda. Quedó impactada, no solo por el gesto de Nilda, sino por lo oportuno de este.

Dios es grande, pensó.

Nilda tomó su silencio y perplejidad como un sí.

—Okey —dijo—, se lo diré a George. Y no me des las gracias, aún falta que él diga que sí.

Dicho esto, abandonó el lugar, yéndose en la dirección opuesta a la cafetería, hacia el despacho de George. Ana no tenía dudas de que él aceptaría, no porque fuera generoso o porque Nilda le tuviera ya el reemplazo, sino porque la propia Nilda iba a hacer lo que fuese preciso para convencerlo.

Ella debía hacer lo mismo, así que al unirse a las demás en la cafetería no les dijo nada de su conversación con Nilda. Incluso cuando Carla se le acercó y le susurró: "¿Qué quería esa?", Ana solo masculló un "Nada" entre dos bocados de puré de maíz con queso. Sintió que los ojos de todas examinaban su rostro y su cuerpo buscando indicios de Nilda, pero las dejó hurgar. ¿Sería que percibían la sonrisa afectada de la ecuatoriana en ella, su meneo de caderas? ¿O que ella misma olía ahora a fresas…?

Después del almuerzo, Olga se llevó a Ana a un costado, alzando las cejas del modo habitual. Sí, claro, le indicó, podía hacer horas extras, y Ana le agradeció una y otra vez la oportunidad de ponerla a prueba. El dinero que hiciera en esas horas podría destinarlo a ponerse al día en sus pagos a la Mama. Hasta podía ir a manos de don Beto. Quizás la deuda con él fuera la más importante ahora. Iba a necesitar que Valeria cuidara a Victoria y a Pedro mientras trabajaba esas horas, pero Valeria no le diría que no, no después de dejar a Michael a su cuidado durante un mes entero, no si ello significaba que Ana estaría un paso más cerca de irse de Lexar Tower.

En la isla, las otras mujeres le clavaron la mirada y ella evitó, en especial, los ojos de Betty. Entonces Carla acotó:

—Se te ve muy feliz.

Ana había sido siempre muy cautelosa a la hora de compartir las buenas noticias. Se cuidaba mucho de no despertar sentimientos de envidia, especialmente en el trabajo. Y si había algo que ciertamente podía activarlos era el dinero y cualquier otra mujer. Decidió no dar ninguna explicación a nadie. Pronto sabrían de todas formas que iba a trabajar unas pocas horas extras cuando la vieran quedarse en su máquina mientras las demás recogían sus bártulos al terminar la jornada. Y la entenderían.

Con todo, no pudo dejar de lado el alivio y la sensación de esperanza que ahora se atrevía a cultivar en su interior. Y siguió así, sonriendo, y respondió:

—¿Sabes, Carla? Pienso que el que viene *será* un buen año.

4

ESA TARDE, ANA Y BETTY CORRIERON A TOMAR EL AUTOBÚS EN dirección al este, hacia La Farmacia Pérez. Se sentaron en la parte trasera del vehículo, lejos de unos adolescentes que —con impertinencia— imponían a los demás pasajeros el estruendo que salía del gran reproductor de música que uno de ellos llevaba en el regazo. Betty volvió a preguntarle qué quería Nilda y quedó sorprendida por la respuesta de Ana.

—¿Quiere que la cubras? —dijo, abriendo los ojos como platos—. No sabía que eran tan amigas.

—Y no lo somos —dijo Ana—. Pero necesito ese dinero tanto como tú. ¿No es por eso que le pediste a Valeria que te trajera esos cigarrillos?

No dijo nada más el resto del trayecto, y el autobús empezó a vaciarse gradualmente al ingresar en la parte más alejada hacia el este, un área habitada mayormente por caribeños, a dos vecindarios de la factoría. En las calles había luces navideñas desplegadas entre uno y otro poste de luz, encendidas ahora que la luna del atardecer remontaba en el cielo. Algunos escaparates lucían maniquíes femeninos ataviados con brasiers rojos de lentejuelas y botas de piel con cordones, desafiando la mirada angelical de los maniquíes al otro lado de la calle, enfundados en vestidos de boda y de quinceañera, en tonos marfil. Las tiendas de electrodomésticos y muebles anunciaban que estaban por cerrar, pero que antes lo liquidaban todo. En una esquina, un menú en la vitrina de un lugar donde servían desayunos contenía la única palabra en inglés en la avenida: "Cup". Cuando descendieron del autobús, a solo una calle de La Farmacia Pérez, la brisa les trajo el olor de las aves enjauladas en el matadero cercano.

Lety Pérez estaba detrás de la caja en la farmacia. Desde su silla giratoria y con lapicera en mano, pasaba las hojas de una libreta desbordante de anotaciones. A su derecha, un televisor portátil oculto en un resquicio emanaba unas voces apagadas. Detrás de ella, en la pared, había una imagen de su hija con frenillos y un uniforme a cuadros. Ana la saludó en un tono que normalmente reservaba para la gente mayor o los profesionales: las abuelitas, los doctores, los curas. La esposa del farmacéutico tenía un estatus similar para ella, aunque fuera dos décadas más joven que su marido y tan solo unos años mayor que Ana.

—Hoy no está tan ocupado —les aseguró con esos ojos que tendían a desaparecer de su rostro cuando sonreía, delineados en el borde superior con un tono azulado que los hacía ver demasiado pequeños para su cara.

Llevaba los rizos en espiral, recogidos sobre las orejas con pequeñas hebillas. Tenía un lunar muy visible en la mejilla, lo primero que Ana había notado al verla por primera vez, pero aparte de eso su rostro era inmaculado, sin la menor arruga. Aun con un lunar del tamaño de un grano de arroz cerca de los ojos, era una mujer bella.

—No sé qué tiene de grandioso —le susurró Betty cuando caminaban hacia la parte trasera del local.

Desde que había conocido a la exitosa esposa del farmacéutico, no conseguía desentrañar la clave de su atractivo. Lety había sido madre soltera hasta que conoció a don Alfonso. Bonita, claro, pero… ¿para casarse con ella?

—Y tiene esa cucaracha que le anda en la mejilla.

—No todo radica en el físico, Betty —acotó Ana—. Tiene educación. He visto algún título universitario colgado por allí detrás.

—Tuvo suerte, más bien —dijo Betty—. Y *todo*, Ana, es cuestión del físico. Ya vas a ver cómo en unos años más empieza a hacerse algunas mejoras.

En la trastienda, había un grupo de clientes reunidos bajo un letrero azul con la palabra "farmacia" escrita en letras blancas e inclinadas en el centro. El sector de espera dentro de la tienda consistía en dos sillas apoyadas contra una pared, una junto a la otra. En una había un hombre sentado; sobre la otra, una mujer con bastón había depositado bolsas con víveres. Ella esperaba de pie.

Había letreros más pequeños en ambos extremos del mostrador. Una mujer fornida y de delantal blanco se detuvo bajo el cartel que decía "Entregas", con una bolsita también blanca en su mano, y gritó: "¡García!". La mujer del bastón respondió gritando de vuelta: "¡Aquí estoy!".

El otro letrero decía "Consultas". Bajo este, también de pie, se encontraba don Alfonso Pérez, un individuo enjuto y de piel lustrosa como la madera húmeda bajo su delantal de farmacéutico. Sostenía un frasco de algún remedio en su mano y le explicaba algo a una mujer de moño gris y pelo muy rizado. El pelo del farmacéutico estaba cortado al ras sobre su rostro alargado y de aire inquisidor. Siempre que leía en voz alta las etiquetas a su clientela, una de sus cejas permanecía eternamente levantada sobre sus lentes de marco dorado.

Cuando la presentaron en La Farmacia Pérez, Ana había dudado si aceptar o no consejos de salud de un hombre como Alfonso. Era peruano, por cierto, uno de los pocos que ella había conocido en Nueva York, pero se había criado en un pueblo joven de las afueras de Lima. Siendo pobre y de raza negra, ahora hablaba de lo que era ser negro y lo que significaba ser negro, y de lo que significaba ser indio y negro a la vez. Ella lo había oído hablar con rabia contenida de cuando la policía creyó que un chico dominicano del vecindario tenía un arma, o de cuando sus clientes eran tratados como ganado y metidos a empujones en camionetas. Que se vayan al infierno esos secuestradores e invasores, había dicho, que han asesinado a nuestros padres y violado a nuestras madres, que nos han disparado como a animales y nos dicen que debemos irnos de *nuestras* tierras, todo lo cual incomodó a Ana.

Pero, eso sí, era un verdadero farmacéutico, formado en Lima y Estados Unidos. Había llegado a Nueva York unas décadas atrás y, con la ayuda de un amigo, se las había arreglado para abrir una farmacia, incluso cuando aún no tenía papeles. Fue Lety, una joven madre panameña que trataba de hacer el Community College, la que finalmente lo ayudó a obtener la *green card*. Los diplomas de ambos colgaban de una de las paredes en la farmacia y Ana no podía evitar mirarlos cada vez que estaba allí. Eran los únicos diplomas que había visto en su vida.

En aquella primera visita, don Alfonso le había vendido

a Ana una medicina para la tiroides igual a la que tomaba en Lima. Ella hacía lo posible por mantener a sus hijos alejados de los médicos con todos sus instrumentos de pinchar y sus preguntas inquisitivas. Bajo la guía de don Alfonso, esperaba a que pasaran los resfriados, atiborraba el cuerpo de sus niños de agua y bebidas deportivas hasta que lo que fuese que infectaba su sistema los abandonaba. Ella misma fue fortaleciendo sus defensas con dosis diarias de aceite de bacalao de la marca preferida por el farmacéutico y varios tazones de caldo de gallina. Él disponía igual de otros remedios y tratamientos. Analgésicos a base de hierbas del Brasil; cremas blanqueadoras de Colombia y cremas reductoras de grasa de Venezuela; incluso pequeñas botellas azules de aceite, sus propias pociones, que atraían la buena suerte y el dinero, y desviaban el mal de ojo. La farmacia olía a Palo Santo, cuyos fragmentos solían estar dispersos por todo el lugar. Su savia mentolada, le dijo él una vez, ayudaba con las alergias.

Don Alfonso ofrecía, también, cosas inmencionables que las señoras y señoritas pedían en voz baja: cosas para aliviar la picazón y el olor allí abajo, pastillas anticonceptivas, condones para las que tenían la audacia de pedirles a sus hombres que se los pusieran.

—¡Don Alfonso! —llamó Betty cuando se dirigían hacia el cartel de Consultas.

—Muchachas, buenas tardes —replicó él con su voz seca.

Intercambiaron algunos datos jocosos sobre las festividades, la Navidad relativamente apacible pero muy costosa que había pasado con su hija y los sobrinos de Lety, y sus planes de viajar en un crucero alrededor de Manhattan para el Año Nuevo. Él supuso que habían ido a proveerse del medicamento habitual, pero entonces Betty le preguntó si podía hablar con él de "algo", y miró a Ana con intensidad. Ella se disculpó y fue a entretenerse con la oferta cercana de champús y jabones corporales, con un ojo atento a su amiga. El rostro de Betty permaneció inmutable y sus labios se movieron aceleradamente junto al oído de don Alfonso, que se encontraba reclinado hacia ella. Cuando él habló, Betty siguió el movimiento de sus labios como si hubiera sido un adivino diciéndole la buena fortuna.

Cuando fue su turno, Ana se acercó a don Alfonso con una sonrisa nerviosa, le dijo hola de nuevo y jugueteó con la correa de su cartera. Presintiendo su incomodidad, don Alfonso la observó por sobre sus lentes y le susurró:

—Has venido por tus pastillas, ¿no?

Ella supo que aludía a las pastillas correctas. Después de todo, no había necesidad de hablar en voz baja sobre un medicamento para la tiroides.

—¿Cuándo fue la última vez que las tomaste? —le preguntó él.

—Hace unas semanas —tartamudeó ella.

Él extrajo una libreta de debajo del mostrador y pasó rápidamente sus páginas. Esa libreta siempre la había puesto nerviosa. Lo único que ella quería era pasar inadvertida, resultar imposible de rastrear, pero Alfonso llevaba el registro de sus visitas y lo que consumía.

—La última vez que te las di fue… —Desplazó el índice a lo largo de un listado hasta dar, en apariencia, con la información buscada—. En noviembre.

Ella se empinó en puntas de pies y echó un vistazo a la libreta, esperando, como siempre hacía, que él utilizara algún tipo de clave para seguir su rastro y el de los medicamentos que tomaba, pero él cerró la libreta de golpe y la devolvió a su sitio bajo el mostrador.

—¿Hay alguna posibilidad de que estés embarazada? —le preguntó.

Ella negó rotundamente con la cabeza y miró a su alrededor para ver si alguien más había oído la pregunta.

—¿Estás segura?

—Me cuido —dijo ella.

—¿Quieres el mes completo esta vez?

Ella dijo de nuevo que no.

—Dos semanas. Volveré luego por el resto.

—Eso mismo dijiste la última vez —dijo él alzando una ceja sobre sus lentes. Ella siguió jugueteando con la correa de la cartera—. Dame quince minutos.

Ana se distrajo con los aceites mientras esperaba lejos de Betty, que examinaba los analgésicos. Nunca le preguntaba a Betty sobre lo que esta le pedía a don Alfonso; asumía que era lo mismo que ella solicitaba. O condones. Aunque solo estaba en Nueva York desde el verano, Betty nunca andaba sola, sin algún amante de turno. Siendo niñas, en Santa Clara, había sido Betty quien le había contado de esa parte que crece en un hombre cuando ve o siente algo que le gusta. Fue Betty la que había sofocado una risita, como si supiera un secreto, cuando el coronel Mejía comenzó a visitar a la madre de Ana. El coronel era un hombre robusto y de tez rosácea, y vestía siempre de uniforme, un uniforme que les recordaba a las niñas las hojas de bijao. Fue solo más tarde, cuando Ana pilló a Betty observándolos desde la ventana del dormitorio de su madre y se agachó junto a ella, que entendió cuál era el secreto: qué era exactamente lo que el coronel y su madre hacían.

Años después, cuando Ana trabajaba ya en la notaría, Betty se fue a Lima, donde vivió con Carla y sus hijos. Para entonces, Sendero Luminoso y el ejército se habían vuelto más osados, intensificando su presencia en la selva. En las tardes, reunían a los profesores y les decían de lo que debían enseñar al día siguiente. Había ruidos de disparos por las noches, algunos con un blanco específico, la mayoría al azar. Hombres y mujeres, especialmente las niñas, eran detenidos y allanados, interrogados y retenidos durante días. Cada vez más personas parecían desaparecer. El movimiento necesitaba soldados: los soldados necesitaban cuerpos. Necesitaban mujeres. Betty tuvo que irse antes de que la necesitaran a ella.

La hermana mayor de los Sandoval se llevó con ella a la menor, pero puso reglas. Las faldas tenían que llegarle hasta las rodillas. No se permitían tacones altos, perfumes o lápices labiales; nada que sugiriera que andaba en busca de un polvo. Tenía que pensárselo dos veces antes de llevar a casa a alguna amiga, salvo a Ana. Ana era una chica decente. Se las había ingeniado para conseguir un trabajo de oficina y eso la convertía, inevitablemente, en la cortina de humo para cualquier cita de Betty con su novio del momento. Y siempre había uno; cualquier cifra mayor que esa solo servía para complicar las cosas. Es fácil conseguirlos, le dijo a Ana. "Son como animales, es simple", le había dicho con llaneza. Pese a que vivía de nuevo bajo el escrutinio de Carla y su baja opinión del sexo opuesto, en la mente de Ana no había dudas de que Betty tenía ahora mismo a alguien.

Pensaba en cómo sacar el tema en el autobús de vuelta cuando Lety Pérez le dio una palmadita en el hombro, con una bolsa de papel blanco en la mano. Ana la siguió a la caja registradora, pero en vez de presionar una tecla y abrirla Lety se limitó a deslizar el dinero de Ana en una caja.

—Vuelve en dos semanas —le susurró—. Si tienes problemas de dinero, algo podremos hacer. —Deslizó la bolsa de papel blanco sobre el mostrador y dio unos golpecitos en ella antes de decirle—: Necesitas estar muy atenta a esto.

Ana metió rápidamente la bolsa en su cartera y caminó por los pasillos en busca de Betty, haciéndole una seña de despedida a Alfonso y asintiendo con la cabeza en dirección a Lety.

—No te olvides —dijo esta cuando las dos salían de la farmacia.

Fueron entonces hacia el matadero, donde Ana había encargado que le sacrificaran un pollo y recogió una chuleta de cerdo antes de tomar el autobús hacia el oeste.

Esta vez el bus se fue llenando a medida que avanzaba en su recorrido, con el español desapareciendo gradualmente en su interior y el inglés ocupando de a poco la sección delantera del vehículo. Las dos viajaban calladas en la parte de atrás, hasta llegar al paso a nivel de la autopista, a solo unas calles de la parada de Ana. Entonces Betty le preguntó:

—¿Estás enojada conmigo? ¿Por lo de los cigarrillos?

Ana sujetó sus bolsas por la agarradera.

—No me gusta que entres en tratos con Valeria —admitió—. Es otra cosa más que luego puede echarme en cara. Lo de hacerles favores a mis amigas.

—Pero no me está haciendo ningún favor. Le *pago* para que me los traiga. Necesito el dinero, Ana, tengo que irme de donde Carla. Un día voy a perder la cabeza, te juro, con la forma en que Ernesto trata a esos niños. —Hizo una pausa, apoyando los codos en las rodillas y rascándose la frente con ambas manos—. Y necesito el dinero también para otras cosas —agregó.

Ana miró por la ventanilla, advirtiendo que llegaban a su parada. Jaló de la cuerda sobre su cabeza para indicar al conductor que se detuviera.

—¿Quieres caminar un poco? —le preguntó.

Había sido en sus paseos de la niñez que Ana había aprendido lo que era ser como Betty. En una caminata al mercado una mañana de domingo, aprendió que Betty aún le pedía a Papá Dios que cuidara a su padre, aunque ya no podía recordar su aspecto. Y fue durante esas caminatas matinales a la escuela, evando Betty tenía un moretón en la pierna o un corte en la mejilla, que Ana aprendió que uno podía aliviar una herida escuchando el canto de los pájaros o absorbiendo el aire matinal. Ella le enseñó a Ana a cerrar los ojos y a respirar.

Faltaban aún varias calles para la parada de Betty, pero ella igual se levantó de su asiento cuando el autobús se sacudió hasta detenerse. Y se fueron caminando juntas por una avenida angosta y residencial, a dos calles de la estación de trenes. El pavimento estaba húmedo, con la pátina brillante que ese invierno más bien suave adhería al asfalto. Las luces de las farolas se filtraban por entre las ramas de los árboles, generando redes de sombras bajo sus pies.

—¿Te acuerdas —comenzó a decir Betty, cruzando los brazos sobre el pecho—, te acuerdas de esa vez que…?

Después de lo que le pareció una pausa demasiado larga, Ana preguntó:

—¿Qué vez?

Betty cerró los ojos.

—¿Esa vez que te dije que estaba embarazada?

Ana aminoró el paso. Betty había mencionado por primera vez lo del embarazo una noche luego de una fiesta improvisada en la casa de la tía Ofelia en Bellavista. Ana tenía apenas dieciocho años; Betty, dieciséis. Solían emborracharse las dos con solo un par de chelas y Betty estaba demasiado ebria para volver donde su hermana, así que se comprimieron en la cama doble de Ana. Fue cuando Ana estaba a punto de dormirse, con el estruendo de la música zumbando todavía en los oídos, fantaseando con tener la boca de Lucho pegada a la suya, que Betty masculló la razón por la que debía abandonar Santa Clara. No podía tener al bebé allí. No podía tener al bebé, punto. Ana se limitó a escucharla con la certeza de que, a pesar de la cerveza y de que su amiga farfullaba, había escuchado exactamente lo que creía haber oído. Pero no se atrevió a hacerle ninguna pregunta. Betty estaba cansada; había estado bebiendo. ¿Qué pasaría después si eso era algo que Ana no debía saber? ¿Qué pasaría si era algo de lo que no podría olvidarse…?

Salvo esa vez, Betty nunca volvió a mencionar lo del embarazo, y Ana dudó siempre a la hora de traer el tema a colación. Asumió que Betty se había hecho cargo del problema. Después de todo, no tenía hijos.

Ahora hubo de admitirlo:

—Me acuerdo, sí —dijo, aun cuando seguía sin estar muy segura de cuánto quería saber—. La verdad es que entonces pensé que no había escuchado bien. Éramos las dos incapaces de bebernos una cerveza sin emborracharnos.

—Fue una fiesta muy divertida la que hizo tu tía esa noche —agregó Betty, y una sonrisa tenue se dibujó en sus labios—. Nunca pensé que nos iba a dejar beber tanto. Pero escuchaste bien, quedé embarazada allí en Santa Clara. Por eso terminé en Lima.

—¿Y qué pasó? —preguntó ella—. ¿Perdiste el bebé?

Tan pronto como hizo la pregunta adivinó la respuesta, pero igual esperaba que su amiga dijera que sí, que había perdido el bebé. Podría sentir compasión y hasta consolarla por la pérdida. Ante cualquier otra cosa, no sabía cómo iba a reaccionar.

—Así fue —dijo Betty—, Carla me ayudó. —Extrajo un cigarrillo y fósforo de su abrigo—. Ya sabes cómo son las cosas por allí. Aquí puedes ir a un lugar en la avenida Roosevelt, comprar unas pastillas en una clínica, o comprárselas a Alfonso. Incluso en una de estas bodegas, ¡y ya! Puedes volver a la normalidad más rápido de lo que te tomó quedar embarazada. —Se mordió el labio inferior—. Allí tuve que ir primero al curandero.

El curandero. Los don Alfonsos de Santa Clara. Los químicos que hacían magia y eran los únicos en quienes se podía confiar. No se apoyaban en la ciencia o la medicina, contaban con la tierra, el sol, los santos y los espíritus para que guiaran su labor.

—Me dio unas hierbas —continuó Betty—. Me hice un té, pero igual no sangraba. No sentía ningún dolor en absoluto. Así que me fui a Lima. Carla me llevó a un lugar donde lo hacían. Resultó que no tenía que preocuparme por el asunto, después de todo. Tengo quistes.

—¿Dónde? —preguntó ella.

—En todos lados —respondió Betty, haciendo un movimiento circular con el dedo sobre el abdomen—. En un ovario y en el útero. Es difícil para mí quedar embarazada, de partida. Incluso más difícil me resulta *seguir* embarazada.

Una repentina tristeza invadió a Ana. Betty era muy buena con los niños de Carla, protectora y hasta un poco permisiva, rasgos de los que carecía la propia Carla. Había pasado años criando los hijos de otra mujer cuando quizá los podría haber dedicado a criar los suyos. Se le vino a la mente una idea igual de repentina, de la que no se pudo desprender. ¿Qué hubiera pasado si ese niño estaba destinado a existir? Si las pócimas del curandero no habían resultado, quizás fuera señal de que Betty necesitaba *seguir* embarazada.

—¿Y fue esa tu única vez? —le preguntó. Y enseguida agregó—: Lo siento, no quise…

—Está bien —dijo Betty—. Ya sé lo que estás pensando. Yo he pensado lo mismo. —Comenzó a pellizcarse la piel bajo el labio inferior—. Puede que haya sido así, pero no me arrepiento. Tenía catorce años cuando quedé embarazada, Ana. ¡Catorce! ¿Qué iba a hacer con un bebé a los catorce años?

¿Qué iba a hacer Betty con un hijo a esa edad? Doña Sandoval, la madre, solo tuvo dos niños varones y fue maldecida con cuatro hijas, todas las cuales se fueron de casa al crecer lo suficiente para hacer dinero en la capital o en otras provincias. El futuro de Betty había sido incierto desde que estaba en el útero. Había sido desde su concepción un añadido inesperado al clan Sandoval. Desde temprana edad, todos, desde su madre hasta las monjas de la escuela, habían dicho que ella era la estúpida y la imprudente en el hogar de los Sandoval. Nunca hubo lo suficiente para ella y sus hermanos, y los hermanos eran después de todo los únicos que podían encontrar algún trabajo para apoyar a la familia. Si ella no hubiera puesto termino a su embarazo, su propia madre probablemente se lo habría hecho perder a golpes.

—Alfonso me está ayudando con los dolores y con mis ciclos, que parecen ser, ahora mismo, impredecibles. Me dio un nuevo remedio, pero me ha advertido que vea a un médico. Solo que eso es lo último que quiero hacer. El dolor no es tan fuerte; esperemos que el nuevo remedio funcione. Igual es caro, aun con el descuento de Alfonso. Dios no permita que tenga algo más serio, ¿no? ¿Qué haría en ese caso? ¿Pedirle dinero a Carla? Olvídalo. Por eso estoy tratando de hacer dinero extra con los cigarrillos, Ana.

Ella asintió y ambas se sumieron en el silencio, tras lo cual la caminata se transformó en un paseo. Comenzaban a soplar ráfagas de viento, y la quietud en la calle vacía hubiera hecho a Ana correr normalmente hacia un sector más cálido e iluminado. Aun así, ninguna de las dos consiguió apurar la marcha. Ana había quedado casi plantada en el concreto tras absorber todo lo que Betty le había revelado.

Llegaron a la estación de trenes y Betty tiró la colilla del cigarrillo hacia lo que quedaba de su propia sombra, aplastándola contra el suelo antes de encender otro.

—No soy de las que andan llorando por cualquier cosa, tú lo sabes, pero a veces me parece injusto, especialmente cuando veo a Carla y Ernesto con los niños.

—No debe de ser fácil tampoco para ellos —dijo Ana, invadida de pronto por un impulso inesperado de defender a la pareja—. Nunca habían sido verdaderos padres hasta ahora. Están recién comenzando a conocer a sus hijos cuando estos son ya mayores. No es como si fueran bebés. Imagina lo difícil que debe ser para ellos.

—Imagina lo mucho más difícil que es para los niños —contestó Betty—. De todas formas, tengo que ir a ver al bodeguero ese para lo de los cigarrillos. Me siento horrible de tener que dejar a mis chiquitines, pero cuanto antes me vaya de donde Carla, mejor.

Al despedirse, Ana retuvo a su amiga más de lo habitual. Estaba apesadumbrada, como si algo siguiera pesándole. No era pena, Betty no era alguien que anduviera lamentándose por las circunstancias de su vida, aun cuando tenía todas las razones para hacerlo. Ella era siempre la audaz, la fuerte. De pronto se le ocurrió que quizá su amiga estuviera ocultándole algo más.

Y le susurró:

—¿Quién fue? —dijo, todavía reteniéndola—. No me digas que fue Pepito —bromeó como para aligerar la seriedad de su pregunta.

Por la época en que Betty tenía catorce años, Ana llevaba ya dos años en Lima. Su padre había desaparecido; al igual que su tío. Estaba el coronel, a quien no había visto desde la muerte de su madre. De pronto deseó saber quién había sido, indagar si se trataba de alguno de los hombres que habían entrado y salido de su propia vida.

Betty la abrazó con más fuerza.

—¿Te acuerdas de que solíamos espiar a tu madre? —dijo. A Ana se le puso la piel de gallina al evocar la imagen de las dos en cuclillas junto a la ventana del dormitorio de doña Sara, el polvo de la media tarde formando una nube alrededor de ellas, y las botas y el revólver del coronel tirados en el piso de la habitación—. ¿Te acuerdas de *él*? Solía venir por tu madre, todo el tiempo. Siempre era tu madre, y yo me siento tan agradecida de ella por eso. —Miró al cielo y cerró los ojos—. Y después, no estaba.

El cuerpo de Ana se erizó.

—Iba a llegar nuestro turno, cualquier día —agregó Betty—. Tú solo te fuiste antes de que llegara el tuyo.

5

LLEGÓ A LEXAR TOWER BAÑADA EN SUDOR Y DIEZ MINUTOS TARDE. SU horario y el de Lucho coincidían en menos de una hora durante la semana: al llegar a casa, la esperaban una serie de tareas escolares por concluir, cabellos enmarañados y televisión que había que controlar. Esa tarde, tras su visita a La Farmacia Pérez, tuvieron incluso menos tiempo para hacer el intercambio.

—¡Llegué! —anunció al abrir la puerta, aun aturdida por su conversación con Betty.

Victoria corrió desbocada hacia ella.

—¡Mami! —gritó arrojándole los brazos a la cintura y retrocediendo de forma instantánea. Acababa de clavar la nariz en algo—. ¿Qué es eso? —dijo, y señaló las bolsas que llevaba Ana.

—Un pollo —dijo ella, dirigiéndose a dejar las cosas en la encimera de la cocina—. Y cerdo para el Año Nuevo. No pongas esa cara, a ti te encanta la sopa de gallina.

Victoria simuló un temblor de todo el cuerpo y corrió de vuelta a la sala.

—¿Por qué te demoraste tanto? —le gritó Lucho desde el pasillo.

—El autobús llegó tarde —respondió mientras él cerraba la puerta del baño.

Se quitó el abrigo y volvió a colgarse la cartera al hombro de camino al cuarto de Michael para saludar a su hijo. Entonces prefirió seguir de largo hasta la habitación de ellos, donde escondió las pastillas anticonceptivas en un cajón de la cómoda antes de sacarse la ropa y ponerse una camiseta holgada y pantalones deportivos.

Victoria estaba en la sala, acurrucada junto a la mesa de centro, sobre la cual había un libro de ejercicios abierto rodeado de lápices de colores. En la pantalla del televisor se veía *Me lo contó un pajarito*, un programa de noticias entretenidas en español. Ana tuvo que mirar dos veces cuando Lucho entró en la sala, vestido con los pantalones negros de corte fino y los mocasines recién lustrados, según pudo apreciar.

—Sabías que ella tenía tarea, ¿no? —inquirió él mientras metía la cabeza por el cuello alto de la chompa morada.

—Lo sabía —dijo Ana volviéndose hacia su hija, ahora cabizbaja y con la barbilla apoyada en la palma de la mano—. Victoria, tú me dijiste que ya habías hecho la tarea.

—Papi —dijo la niña enderezándose—, eso no es verdad. Yo dije que estaba *haciendo* mi tarea y mira… —Le indicó su nombre garabateado en letras con formas de ramitas en la parte superior de varias hojas—. La *estaba* haciendo.

—Te estoy hablando yo —le dijo Ana—, no tu padre. Y tú me dijiste la otra noche que ya la habías hecho.

—Pero si la estaba haciendo, mami, es lo que estoy diciendo —dijo la niña, pestañeando varias veces. Luego sacudió con un movimiento gentil la cabeza—. Está bien, mami, te olvidaste. Yo también me olvido a veces de las cosas.

Ana le clavó la mirada a Lucho, pero él se limitó a sonreír, aparentemente satisfecho con la respuesta de su hija.

—Hagamos mejor un poquito cada día, Victoria. No me gusta ver que la terminas apurada la noche antes de volver a la escuela. Y practica tus "emes". —Le dijo Lucho e indicó la próxima letra que la niña debía trazar—. Entonces te enseñaré a escribir *mentirosa*.

Victoria presionó la punta del lápiz contra el papel.

—No soy mentirosa —murmuró.

—No le digas eso —dijo Ana.

La verdad es que no recordaba las palabras que había empleado su hija, y sabía que Victoria tenía cierta propensión a ser muy precisa al responder a instrucciones. Necesitaba, por ejemplo, que fueran claros en cuanto a la hora de irse a la cama (¿se suponía que debía *estar* en la cama a las ocho y media, o ya debía estar *dormida* a las ocho y media?). Negociaba con los adultos cuánta comida debía ingerir si el alimento no le gustaba particularmente (solo cuatro cucharadas de estofado de tripas, porque le tomaba bastante tiempo masticarlo y ya era casi la hora de irse a la cama). Por ello, a Ana no le sorprendió que su explicación para justificar la tarea inconclusa fuera que su madre la había malinterpretado. Quizá fuera cierto que Ana no había formulado la pregunta con la especificidad que su hija requería. Con todo, prefería cumplir con el hábito de aclarar las palabras de su hija antes que ver a alguien llamarla mentirosa, especialmente su padre.

—Está bien, puede que se me olvidara —concedió.

Lucho extrajo un peine del bolsillo trasero de su pantalón y se fue al cuarto de baño. Ella lo siguió.

—Ana, no puedo imponerle disciplina si tú la disculpas siempre —dijo y añadió agua y gel a su cabello.

—No estabas imponiéndole disciplina —replicó ella—. Te estabas burlando de ella.

—No es así. ¿Mintió o no?

Ana se apoyó en el marco de la puerta.

—Tengo buenas noticias —dijo, intentando cambiar de tema—. Voy a trabajar tiempo extra la semana que viene. Solo cuatro horas. Dos el miércoles, dos el jueves.

—Eso está muy bien —dijo él y se volvió a estamparle un beso fugaz en los labios—. Hola, a propósito.

Ella miró al piso y luego agregó:

—Y mañana me atrasaré de nuevo un poco. Debo hacerle un mandado a la Mama.

Él se peinó los cabellos hacia atrás, mirándose atentamente en el espejo.

—Te vistes verdaderamente bien para alguien que va a estar toda la noche al volante de un taxi —comentó ella.

—Me gusta verme como mi antiguo yo a veces —dijo él—. Además, no tienes de qué preocuparte. No es que tenga mucho tiempo para conseguirme una novia.

A ella no le hizo gracia la acotación, aunque él nunca, en los varios años que llevaban juntos, le hubiera dado motivos para dudar de su fidelidad. Cuando se conocieron en la cena que un amigo de Lucho dio en San Borja, él parecía ajeno a todo lo que no fuera la política. Ella había ido a esa cena como pareja de Carlos, el hermano de él, y Lucho andaba solo, destacando no solo por su altura y su tez pálida, sino también por la fuerza de su voz y el fulgor que despedían sus manos, como si hubiera estado dispuesto a marchar hacia la Plaza de Armas y desencadenar una revolución en ese preciso momento. El nuevo presidente electo, Sendero Luminoso, todos los que eran ahora desplazados de sus tierras, eran razones suficientes para que no tuviera fe en el nuevo gobierno, ni confianza en que restauraría la paz en las provincias peruanas. Era solo cuestión de tiempo, había dicho entonces, hasta que Sendero comenzara a desplazar a los propios limeños.

Ya estamos siendo desplazados, declaró alguien, y todas las miradas recayeron sobre Ana. Eran, después de todo, los indígenas del interior del Perú los que escapaban de los pueblos y aldeas para refugiarse en Lima, tanto de Sendero Luminoso como de los soldados enviados presuntamente a proteger a los pueblos. Que se la viera como a una especie de invasora no la sorprendió. Había trabajado en la recepción de la notaría el tiempo suficiente para que ya no la perturbara la expresión de sorpresa de algunos de los clientes cuando venían en busca del consejo de su abogado, que cobraba altos honorarios, y eran recibidos por alguien que lucía como la criada que mantenían en casa.

Lo que sí la sorprendió, esa noche al menos, fue que Lucho, y no su hermano, fuera el que saltó en su ayuda.

—Somos un único pueblo —dijo en ese momento—. Es esa forma de pensar la que nos está haciendo pedazos. La idea de que tú y yo somos en algún sentido distintos a esta dama. Eso es basura pura y simple.

En el camino a casa, le preguntó a Carlos cómo podía ser que Lucho fuera soltero.

—¿Por qué, te interesa? —dijo él en broma, aunque igual apartó los ojos de la vía para calibrar la reacción de Ana.

—Solo me parece la clase de hombre que no debería serlo —respondió ella.

Carlos le explicó que su hermano estaba más interesado en su labor de investigación en la universidad y en las convulsiones dentro del gobierno que en encontrar pareja.

Cuando Carlos comenzó a trabajar hasta tarde y ya no pudo recogerla del trabajo para llevarla a su casa, Lucho se ofreció a hacerlo él. Fue durante esos atardeceres que le preguntó a Ana por su pasado, aunque solo le hizo unas pocas preguntas acerca de sus padres. ¿Eran originarios de Santa Clara? ¿Su padre había trabajado siempre en las montañas? ¿Cómo era eso de ser hija única?

Fue bueno, había respondido ella, aunque admitió que a veces le hubiera gustado tener un hermano o hermana.

Entonces le preguntó por el ejército. ¿Habían llamado alguna vez a su puerta? ¿Qué le hacían a la gente cuando la arrestaban? ¿Hacían terrorismo ellos también? ¿Eran ciertas las historias que se cuentan de asesinatos y violaciones de aldeanos…?

Sí, el ejército se hacía presente, le informó ella, pero nunca le mencionó las visitas del coronel. Habló con calma de los disparos que oía por las noches cuando estaba en su cama, y del gemido estridente que a veces los acompañaba, pero aparte de eso, dijo, sus noches eran tranquilas. Le confesó que nunca podía decirse si la violencia provenía de Sendero o no.

Eso bastó para que él sintiera un escalofrío bajo la piel. *Pero nadie hace nada*, había dicho él apretando los dientes. Es solo cuando los pitucos de Lima no pueden tener su cena en paz que a alguien empieza a importarle.

Ella se sorprendía ahora buscando a menudo esos estallidos de antes, esa pasión que tanto lo impulsaba en aquella época, pero era algo que se había desvanecido en Nueva York. Ahora estaban lejos de esa realidad, y la paz relativa que les trajo la decisión de abandonar Perú había aquietado el torbellino que antes parecía fermentar justo bajo la superficie.

—¿Vas a pedirle a Valeria que cuide a los niños? —le preguntó él dirigiéndose de nuevo hacia la sala—. Ya sabes que no le gusta dejar el taller demasiado temprano.

—Hablaré con ella —dijo Ana—. Aunque no sé, la verdad, para qué tiene que estar siempre allí. No hay nadie allí ahora con quien Rubén pueda distraerse.

Victoria paró las orejas.

—¿Qué estás diciendo del tío, mami?

—Tu padre y yo estamos conversando, Victoria.

—Okey. Perdón, mami, pero… ¿qué están diciendo del tío Rubén?

—Date la vuelta y haz tu tarea.

Lucho miró a Ana de reojo. Había ciertas cosas que en la familia no se discutían. La relación de ella con Carlos era una. El amorío de Rubén, otra. Los niños eran en parte la razón de eso; otras razones eran la privacidad y el orgullo.

—No se trata de eso —murmuró él y una línea le atravesó la frente—. No estoy seguro de lo que está ocurriendo. A ella no parece gustarle que Rubén esté allí solo, eso es todo.

—Y no lo está —replicó ella—. Tiene a otros dos mecánicos, no necesita más ayuda, ¿te acuerdas?

Ella estaba aún resentida por la reticencia de los Sosa a darle trabajo a Lucho. ¿Era demasiado para ellos ofrecerle algo mientras buscaba empleo? Aunque fuera instalar llantas o tapizar los asientos de los autos, cualquier cosa. Y cualquier dinero que ello les diera sería mejor que no tener trabajo en absoluto.

—¿Pasará algo con el negocio? —conjeturó él.

Rubén había adquirido el negocio Falcón Autos & Carrocerías después de años de trabajar como mecánico, poco después de que él y Valeria se casaran, en gran parte con el dinero que ella había heredado de sus padres y la venta de la boutique de su madre en Lima. Por eso es que ella insistía en que su apellido de soltera fuera el que figuraba en el toldo. Los Sosa, por cierto, tenían un estilo peculiar de vida que sostener: el apartamento, los automóviles, la escuela privada de Michael, los viajes frecuentes de Valeria. Ana nunca los había oído quejarse de problemas de dinero, ni se había topado jamás con un sobre estampado con el sello "CUOTA IMPAGA", pero Valeria había comenzado a fijarse en lo rápido que desaparecían las cajas de jugo del refrigerador. Hasta le pidió a Ana que cubriera el gasto en toallas absorbentes, papel higiénico y productos de limpieza. Ana había recurrido a meter en su cartera tanto como cupiera de las cosas que había en el cuartito de limpieza en su trabajo. Aun cuando le pareció mezquina, la petición de Valeria no era del todo descabellada. A fin de cuentas, el grupo familiar de Ana constituía la mayor parte del hogar ahora, aunque igual se preguntó si el pedido de Valeria no sería simplemente una forma de reducir gastos; quizás era un indicio de que el negocio no iba tan bien como los Sosa hacían creer.

—No les voy a preguntar eso —continuó Lucho—. Ella se guarda para sí todos los temas relacionados con el negocio. No me sorprendería que dijese que no puede cuidar a los niños, es todo.

—No lo hará —le aseguró ella—. Tú cuidas a Michael cuando ellos no están aquí, y yo me hice cargo de prácticamente todo cuando ella estuvo de viaje. Además, quiere que nos vayamos.

—No empieces con eso de nuevo —dijo él, y fue hacia el dormitorio de Michael.

De allí emergió con un Pedro sonriente en uno de sus brazos. Victoria saltó entonces al sillón y él la cogió en su otro brazo después de dos torpes intentos que a los niños les parecieron muy divertidos. Y lo envolvieron con tanto afán que su rostro desapareció entre sus cabezas.

Pedro llamó entonces:

—Ven, mami, ven.

Pero, como cada noche, Ana permaneció donde estaba, disfrutando de esa visión pasajera, dejando que los estallidos de carcajadas, esos que hacían erupción cuando Lucho jugaba a simular el ruido de los pedos en sus cuellos, la transportaran de vuelta a los brazos de su padre. Siempre era la vuelta de su padre a casa la importante, no su partida. Segundos después de que él daba el primer paso dentro de la choza, después de todas esas semanas lejos, la tomaba a ella entre sus brazos delgados, exhaustos, y le llenaba la cara de besos. Ella hacía correr sus dedos por su pelo suave, su nariz rota, sus ojos hundidos y las líneas marcadas que se arremolinaban como riachuelos en sus mejillas. Lo tocaba, como si no hubiera sido real y el aroma a tostado de su aliento y la pegajosidad de su piel hubiesen sido algo que ella solo había imaginado. Sentía un miedo extraño a que fuera a resquebrajarse en cualquier momento bajo sus dedos.

Lucho terminó soltando varios bufidos exagerados.

—Asegúrate de que termine su tarea —dijo al depositarlos de vuelta en el suelo.

Enseguida se puso el abrigo, le dio un beso de despedida a Ana y juntó suavemente su frente con la de ella antes de salir por la puerta.

• • •

CUANDO LLEGARON LOS SOSA POR LA NOCHE, ANA HABÍA PUESTO YA LA
mesa para la cena. Ambos optaron por darse una ducha antes de
sentarse a cenar. Ella esperó pacientemente a que terminaran de
comer y entonces, con Rubén presente, le preguntó a Valeria
si por favor podría cuidar a los niños al día siguiente y durante
unas pocas horas el miércoles y el jueves.

—Acabo de volver del Perú, Ana —dijo esta—. Tengo
muchísimo que hacer en el taller, como poner los libros en
orden para el contador. Incluso perseguir a unos cuantos desca-
rados que no han pagado aún el trabajo que les hicimos el mes
pasado.

—Te dije que yo me encargaría de eso —dijo Rubén.

Olía a lavanda y a madera cuando estaba en casa, pero el
taller aún emanaba de sus poros, a través de su voz gutural y de
la yema renegrida de sus dedos.

—Es lo que pasa cuando haces trabajos para gente como
Mosca y Pescadito —dijo ella—. No pagan. O quizás el problema sea, de partida, tener esos amigos.

Él ignoró a Valeria y le preguntó a Ana:

—¿Cuánto tiempo la necesitas aquí?

—Lucho recoge el taxi a las seis, o sea que a las cinco y media
—dijo ella, alternando la mirada entre uno y otro.

—¡A las cinco y media! —exclamó Valeria—. Cerramos a
las ocho, Ana, tendría que dejar el negocio tres horas antes. Y
solo tenemos un vehículo.

—Pero yo pensé que el tuyo ya estaba arreglado —dijo Ana.
Antes de irse de viaje, Valeria había mencionado que su carro

necesitaba una puesta al día y que por esa razón nadie podía usarlo mientras ella anduviera fuera.

Valeria hundió su tenedor en lo que le quedaba del pollo y el arroz amarillo.

—Estamos esperando un repuesto del extranjero —explicó.

—Yo puedo traerte hasta aquí —le dijo Rubén—. O uno de los muchachos puede hacerlo.

Valeria siguió negando con la cabeza.

—Es solo un par de días —le suplicó Ana.

Valeria tragó la comida y cuando estaba a punto de abrir la boca para responder Rubén la interrumpió:

—Desde luego, Anita. Con todo lo que haces tú aquí, es lo menos que podemos hacer. Ella estará aquí a tiempo.

Valeria le clavó los ojos, pero Rubén le sostuvo la mirada. A pesar de todas sus excusas, le resultaba imposible decir que no cuando su esposo, un hombre acostumbrado a tener la palabra, estaba allí para responder por ella. Dejó caer el tenedor con un *clinc*, llenó su vaso de jugo de naranja, se levantó de la silla, extrajo una botella de vodka del armario bajo el mostrador y vertió un poco en su vaso antes de abandonar la escena.

—No quiero causar ningún problema —dijo Ana cuando Valeria cerró tras ella la puerta de su dormitorio—. Los dos sabemos que nunca le he gustado mucho, y ahora estoy claramente en su camino.

Valeria nunca había ocultado su desdén por Ana. Había ido a Perú dos veces cuando Ana y Lucho aún vivían allí, y las dos veces se había mostrado fría y lejana; no entablaba ningún diálogo con Ana a menos que alguien más formara parte de él. Nunca, en ninguna de las dos visitas, cogió a la Victoria bebé en sus brazos, aunque siempre comentaba lo sorprendente que era que la niña fuese tan pálida considerando la tez de su madre. Ana daba por sentado que esa era la causa de su disgusto: Ana era de piel más oscura y del interior, no tenía un apellido importante y era huérfana; una mujer absolutamente carente de raíces. No podía esperar plantar raíces en el territorio de la propia Valeria.

—Echa de menos su privacidad —admitió Rubén, que no sabía ocultar la verdad. Ese candor era lo que a Ana más le agradaba de él—. Están ocurriendo muchas cosas y, con ustedes aquí, ya no puede descargarse conmigo como querría. Yo debería agradecerles por eso.

Ella se deslizó hasta la silla junto a él. Normalmente, hubiera seguido sentada al otro extremo de la mesa para mantener la distancia apropiada entre ellos. Después de todo, había algo inadecuado en que dos personas casadas, y no precisamente casadas entre sí, estuvieran juntas y a solas. Ella había sido particularmente cuidadosa respecto a la forma en que otros podían percibir su relación. Nunca se permitía, por ejemplo, fumarse un cigarrillo con Rubén. Siempre había un tercero presente y, en Lexar Tower, era Lucho el que los acompañaba al balcón a fumar. Jamás aceptó la oferta de Rubén de llevarla al trabajo por las mañanas, y hasta evitaba bailar con él en las fiestas.

El hecho de que él la dejara vivir gratis en su casa, sin cobrarles alquiler, bastaba para hacer más formal su vínculo. En muchos sentidos, era otro acreedor. De haber estado ambos en Perú, él hubiese estado obligado a ayudarla, o en última instancia a ayudar a Lucho, y a ella por extensión. Pero la sangre parecía diluirse cuando se estaba lejos de la patria, y existían límites respecto a cuánto podía una familia ayudar a sus miembros en un lugar en el que todos luchaban por abrirse paso.

Luego de que se mudaran a Lexar Tower, Ana se hizo el firme propósito de demostrarle siempre su gratitud tratando de que su hogar pareciera un hogar de verdad. Lo llenó del aroma y el sonido de la nostalgia, con lo que cocinaba, la música que ponía, e incluso su permanente afán de mantener todo en orden. Se granjeó el aprecio y la amistad de Rubén, que bromeaba con Betty siempre que esta venía de visita, e insistía en jugar al bingo con ellas, siempre apostando, él, su propio dinero en nombre de los tres. Los domingos en la noche, él se sumaba al grupo familiar para la cena, la única en que estaban juntos los cinco, aunque él permaneciera por lo general de pie. Con todo, ella había evitado toda situación que pudiera ser vista como inapropiada.

No obstante, cuando Valeria viajó al Perú, Ana comenzó a flexibilizar sus propias normas de decoro. Después de que los niños se dormían, ella y Rubén se encontraban a menudo solos por la noche y, aun cuando ella había decidido dejar el hábito, no le molestaba que él fumara dentro del apartamento cuando hacía demasiado frío para estar en el balcón. Sus conversaciones eran al principio superficiales, sobre el clima, los niños, lo que Lucho quería para su cumpleaños. Luego derivaron al chismorreo. ¿Había oído ella sobre el vecino al que le habían robado el auto en Nueva Jersey, o de la viejecita de una calle más abajo que había muerto solo semanas después que su chihuahua? Él nunca había entendido por qué los norteamericanos eran tan apegados a sus perros.

Entonces, pasando al fin de temas como el clima y los pesares de sus vecinos, él comenzó a recordar su juventud, cuando ordenaba los anaqueles en un supermercado de Bay Ridge, y se había dado cuenta de que no tenía el rigor suficiente para ir a la universidad. Le habló de su infancia en Perú, cuando pasaba los veranos al norte del país contando los botes alineados a orillas del Pacífico, en Máncora. A veces parecía perderse en algún recuerdo, uno que creía olvidado desde hacía mucho pero que, sin embargo, recordaba en detalle. Como esa ocasión en que sus primos lo clavaron al suelo y le apretaron los testículos para obligarlo a cantar el himno nacional del Perú. El asfalto le había dejado un raspón en la cara que le duró varios días. Casi se echó a reír mientras contaba la historia. Con frecuencia, los recuerdos eran de su madre y de cómo ella hacía un camino distinto a casa los domingos después de la iglesia para buscar en las alcantarillas a la hermanita de él, cuya imagen colgaba aún en la sala de sus padres, pero a quien él no conseguía recordar.

Las revelaciones fueron erosionando de a poco el muro que Ana había erigido entre ellos, y aunque él no había confesado mucho al respecto ella pronto adivinó que nada había salido muy bien entre él y su esposa. Ahora había suficiente familiaridad entre ellos como para que a ella no le preocupara preguntar:

—¿Qué está sucediendo exactamente?

Él se revolvió en su asiento.

—Es por mi hija —murmuró.

Aludía a la hija que había tenido con una mujer dominicana que trabajaba para él en el taller. Peor que una chola, le había oído decir ella a doña Filomena, hablándole a Lucho. Rubén la había contratado para que atendiera la caja, mantuviera los documentos en orden, pagara las cuentas, enviara los recibos. Primero le había pedido ayuda a Valeria. Después de todo, el negocio era también de ella, pero doña Filomena, en esos años en que parecía siempre atenta a las artimañas de los hombres, sospechaba que Rubén sabía que su esposa se rehusaría. Valeria quería un trabajo de oficina, un sitio donde pudiese utilizar tacones altos y maquillaje, y verse como una profesional. ¿Qué mujer educada querría trabajar en un taller mecánico? Doña Filomena estaba segura de que Rubén solo andaba en busca de alguien que se acostara con él, y la forma más fácil de hacerlo fue simplemente contratar a alguien por quien se sintiera atraído.

Por esa época a Ana no le importaban los problemas entre Valeria y su marido, ya que vivían a miles de kilómetros de distancia y en otro país, pero igual se sintió vagamente reivindicada por el rumor de que Rubén estaba teniendo un amorío con alguien que Valeria no dudaba en considerar muy por debajo de ella.

Más vergonzoso que el romance fue la hija que este generó.

Una expresión de abatimiento ensombreció el rostro de Rubén al hablar de la niña. Ana había detectado destellos de esa mirada en sus otras confesiones, cuando hablaba de la búsqueda sin sentido de su hermana muerta por su madre, y de la forma en que sus primos lo toqueteaban cuando era niño.

Ahora miró por sobre su hombro, como si su esposa pudiera estar oyéndolo.

—Quiero decírselo a Michael. Necesita saber que tiene una hermana.

Ana dejó caer la mandíbula.

—¿Te has vuelto loco, Rubén? ¿En serio crees que Valeria va a dejar que Michael tenga algo que ver con la niña?

—Es mi hija y la hermana de Michael. Todo el mundo sabe de ella a estas alturas, pero yo debo hacer de cuenta que no existe. Estoy harto de eso.

—Pero ahora no es el momento de decírselo a Michael —dijo ella en voz baja—. Es solo un niño, no lo entenderá.

—Es mejor que sepa la verdad de mis labios y no de los de su madre. Ya conoces a Valeria. Intentará envenenarlo antes de que yo tenga siquiera oportunidad de explicárselo.

—Lo hará si la madre de la niña está aún en escena.

Ana dijo eso sabiendo que la otra mujer estaba, de hecho, en escena. No podía sino sentir compasión por Valeria. Ahí estaba su esposo, un individuo al que supuestamente amaba, o al que al menos había amado alguna vez, envuelto en una relación —otra familia— con otra mujer. ¿Qué podía hacer la propia Valeria excepto intentar ignorarlo, hacer que no lo veía? La alternativa parecía demasiado cruel: preguntarse todo el tiempo dónde andaba él, qué estaría haciendo cada vez que se iba por la puerta o no volvía a casa.

—Es complicado —dijo él.

—Siempre lo es —dijo ella—. Pero no va a envenenar a Michael por decirle su versión de la verdad. Tú le dirás la tuya un día, y él podrá sacar sus propias conclusiones al respecto.

Él se restregó los ojos con las palmas de las manos.

—Solo quiero que mis hijos se conozcan, es todo. —Se limpió los labios con la servilleta de papel que ella había dispuesto bajo los cubiertos, y la arrojó en el plato—. Ya sé que he cometido varios errores, Anita, no soy perfecto. Ella tampoco lo es. Pero mis hijos no deberían sufrir por lo que nos hemos hecho el uno al otro.

Ella cerró los ojos, súbitamente sobrepasada por la fatiga.

—No, no deberían —dijo reclinándose hacia atrás en la silla—. Pero es lo que siempre pasa, ¿no?

■ ■ ■

ESA NOCHE EL SUEÑO PARECIÓ ELUDIRLA DE FORMA SISTEMÁTICA.
Betty, Rubén, al parecer todos tenían algún secreto guardado,
incluso ella, que había tenido su propia dosis de noches en vela
desde que se había mudado al apartamento 4D. Solo que ninguna de ellas había sido tan inquieta como esta, la víspera de
su cita con don Beto. Había cerrado los ojos, deseosa de que la
oscuridad derritiera esa fatiga que ahora le pesaba en los huesos,
pero todo cuanto vio fue a sus hijos aferrándose a su padre y a
ellos mismos, como si un diluvio estuviera a punto de arremeter
y ellos fueran la única salvación uno del otro. Ella no lograba
aferrarlos del todo y temía que se le deslizaran entre los dedos.

6

AL DÍA SIGUIENTE AMANECIÓ ALETARGADA, Y LE LATÍA LA CABEZA POR la falta de sueño. De camino a la factoría se bebió un gran tazón de café, resuelta a pasar el día de la forma más automática posible, y a decir tan poco como fuera necesario, para evitar dar algún indicio de que algo podía estar fuera de lugar.

Al llegar fue directamente hacia las escaleras, evitando a las habituales fumadoras que se reunían en el exterior y la entrada. Sin embargo, cuando estaba por subir los escalones Carla la llamó desde atrás.

—¡Comadrita! —gritó—. Le tengo noticias, algo bueno. —Al decir esto, ladeó la cabeza y le dirigió a Ana una mirada de desconcierto—. Tienes un aspecto terrible —dijo.

—Gracias —dijo Ana—. No dormí mucho anoche. ¿Te importa si hablamos más tarde? Ahora solo necesito sentarme, de verdad.

—Seguro, hablemos durante el almuerzo. Son buenas noticias —volvió a asegurarle su interlocutora, aunque Ana no pudo imaginar algo suficientemente bueno como para sustraerla del vacío en que estaba cayendo.

Todo lo que deseaba era adormecer su mente, evitar pensar en nada, excepto la tela entre sus dedos y el rumor de fondo de la máquina. Las horas pasarían —era ineludible—, pero ella podía de algún modo prepararse, ir adormecida a lo que la esperaba; podía reunir fuerzas para ello. No prestó atención a las conversaciones sobre la telenovela, la pareja de celebridades o la caída bancaria en Venezuela. En varias ocasiones sorprendió a Betty mirándola, pero Betty la conocía lo suficiente para evitarle preguntas. Aun así, cuando una de las costureras reparó en su actitud distante, Ana le explicó que simplemente estaba cansada. Se había quedado dormida recién a las cuatro de la madrugada y ni siquiera oyó a Lucho cuando se metió en la cama.

—No te vayas a enfermar —le dijo la mujer—. Ninguna de nosotras puede permitirse el lujo de caer enferma.

—Ya te lo dije, solo estoy cansada —le aclaró Ana y ninguna de ellas le volvió a hablar por el resto de la mañana.

Durante el almuerzo, ocupó su mesa habitual en la cafetería, encorvada sobre los restos de comida en su plato. La cabeza todavía le retumbaba. Estaba a punto de levantarse para servirse un tercer café cuando Carla se deslizó junto a ella en la banqueta.

—¡Comadrita! —exclamó, apoyando en la mesa un cuenco de plástico transparente lleno hasta el tope de sopa de res—. Te dije que quería hablar contigo, ¿te acuerdas?

Ella asintió, sin poder reprimir un bostezo.

—Tengo buenas noticias —insistió Carla con alboroto.

Betty detuvo el tenedor a medio camino de su boca y se le adelantó:

—Quiere que te mudes a uno de los edificios de nuestro casero. Ya te lo dije, hermana. Ese irlandés ¡es un tacaño!

—No es avaro —dijo Carla mirando de reojo a las demás mujeres en la mesa para calibrar su reacción.

—¿Por qué se ha demorado entonces dos meses en arreglar el caño? —preguntó Betty —. ¿Y lo ha arreglado siquiera? Hoy en la mañana aún perdía agua…

—Ya, ya, hermanita —dijo Carla entre dientes. A esas alturas, ya habían captado la atención de las demás mujeres en la mesa. Carla se aclaró la garganta para tranquilizarse—. El hombre está siempre muy ocupado —dijo, bajando la voz hasta que se volvió casi un susurro—. Que no es lo mismo que ser tacaño.

Su casero siempre *estaba* ocupado porque tenía otros tres edificios que atender en Brooklyn y ("…esta es la buena noticia, Anita…") un par de apartamentos disponibles en un edificio no muy lejano a la factoría.

—La renta es un poco alta —admitió Carla—, pero los está arreglando. Parece que el dormitorio principal es del tamaño de mi sala. Puedo pasarte el dato si quieres ir a verlos.

Ana dudó. Debían abandonar tarde o temprano Lexar Tower, pero esperaba poder quedarse allí un poco más, como mínimo durante el invierno. Así no tendría que preocuparse de no tener calefacción o agua caliente.

—Gracias, comadrita —dijo al fin—, pero vamos a esperar un tiempo. Lucho quiere dedicarse unas semanas más a lo del taxi, y yo voy a hacer aquí horas extra. Será más fácil dejar lo de Valeria si disponemos de algunos ahorros.

—Ya veo —dijo Carla, y se inclinó hacia ella, aproximándole el rostro—. Ya sé que por eso estuviste hablando con esa huachafa. —Ana clavó sus ojos en Betty y, cuando esta la evitó, supo que le había dicho a su hermana lo de Nilda—. Ay, no le eches la culpa a esta otra —agregó Carla—. Todas íbamos a descubrirlo tarde o temprano. Y ayer estábamos hablando de la pérdida de tiempo que es, ¿no, Betty? Estarías mucho mejor guardando abrigos en ese restaurante. Por lo menos, te pagarían por debajo de la mesa. Y estarías más cerca de aprender a administrar el lugar.

Ana había considerado la posibilidad de volver al restaurante aquel más a menudo de lo que estaba dispuesta a admitir. El Regina's era un establecimiento italiano en el Distrito de los Teatros a donde iban, sobre todo, turistas europeos y abogados noctámbulos que trabajaban en el edificio de enfrente. Ana había pasado su primer invierno en Nueva York, cuando vivía con Carla y Ernesto, trabajando en el guardarropas de aquel restaurante. Su meta había sido abrirse paso hasta la cocina del Regina's, que era regentada por hombres que decían las órdenes demasiado rápido y en un idioma —mezcla de inglés, italiano y español— que ella no podía entender. Pero no pudo darse el lujo de comenzar como aprendiz. Las horas eran demasiado largas, la paga, demasiado baja, y se sentía incómoda al ser la única mujer en una cocina llena de hombres, aunque aceptó un trabajo de fin de semana en el guardarropas con la esperanza de desarrollar lentamente la confianza y seguridad necesarias para abrirse paso y llegar hasta la cocina. Lucho había combatido inicialmente la idea de que ella trabajara. Él trabajaba de noche en una planta frigorífica y, aun cuando Carla se había ofrecido a cuidar a los niños, no quería que Ana trabajara de noche, menos en ese sector de Manhattan. Aun así, ella lo convenció de que era un primer paso hacia algo más grande, algo que algún día podrían quizá dejarles a sus hijos: un restaurante, un negocio propio. Él la acompañó una noche para examinar la clientela y hablar con el gerente, y cuando vio que la estación de trenes estaba en la esquina, y que la caminata de la estación al apartamento de Carla era de solo dos calles, accedió.

Pero entonces concluyó el invierno y, a medida que los comensales dejaron de lado el abrigo y las veladas se hicieron más cálidas, Ana sintió que no cabía pedir que la dejaran estar en la cocina. Para entonces, Carla había comenzado a decirle a esta o aquella amiga, siempre a oídos de Ana, que iba a tener que perderse una fiesta de cumpleaños o una noche de bingo porque esa noche le tocaba de nuevo hacer de niñera. Lucho se negó a descartar el trabajo de los fines de semana y, así, ella nunca pasó del guardarropa.

Ahora le parecía muy lejana la posibilidad de cocinar en un establecimiento como el Regina's, hablar el idioma de los hombres de la cocina, e inyectarle sus propios términos y órdenes. Pero lo que resultaba incluso más remoto era la posibilidad de ver que sus propias recetas cobraran vida en platos de porcelana y se abrieran paso hasta una mesa de clientes bien vestidos y deseosos de devorar su escabeche o sus tallarines verdes. Clientes que seguirían volviendo al lugar, ávidos de probar algo nuevo en el menú de La Inmaculada. Así lo llamaría: La Inmaculada. Porque el lugar estaría en efecto inmaculado, y la comida, perfecta. Inmaculado como la mismísima Virgen.

—Sí, Ana, vuelve allí para que puedas aprenderlo todo —le dijo ahora Betty—. Entonces quizá puedas contratarnos y podamos todas decir adiós a este lugar.

—Puede que eso no ocurra nunca —dijo Ana.

—No seas tan negativa —agregó Carla—. Nunca se sabe. Quizás algún día tengas ese restaurante y entonces Betty podrá ser tu camarera, y las dos podrán servirme a mí y a Ernesto cuando celebremos allí nuestro aniversario. Pero lo primero que tienes que hacer es irte de lo de Valeria. Es la única forma de que salgas adelante. —Sacó un bolígrafo de su bolsillo, cogió una servilleta de papel y comenzó a escribir en ella—: Su nombre es Bob —dijo—, pero todo el mundo le dice Sully.

Recortó el trozo de papel y se lo pasó. Ana examinó el nombre y número telefónico. Un código de área que empezaba con 7-1-8, un nombre que ella hubiese pronunciado "su-yi" si Carla no lo hubiese dicho en voz alta.

—Tú solo llama y ve a ver el apartamento, ¿qué pierdes?

■ ■ ■

ESA TARDE FUE A LO DE LA MAMA. SE SENTÍA ANESTESIADA ANTE LA idea de lo que pudiera ocurrir una vez que estuviera en la casa de atrás, a espaldas del edificio principal. En las semanas anteriores a lo del dinero del radiotaxi, había ido en dos ocasiones a ver a don Beto.

La primera vez, él actuó como ella se lo esperaba. Fue cortés y galante. Olía a colonia y le ofreció vino dulce. Habló de Cuba. Se sentó cerca suyo, y después más cerca, tanto que ella pudo oler su sudor y contabilizar las marcas de varicela en su rostro. Él le dijo que ella le gustaba, le puso una mano en la cara interior del muslo y la besó. El cuerpo de ella se puso tieso y no paró de beber. Él siguió besándola, luego le tocó los pechos y, aunque ella pudo sentir todo lo que estaba ocurriendo, no le pareció que estuviera ocurriéndole a ella. Estaba como fuera de sí misma, como viéndolo todo desde el otro extremo del cuarto. Esa vez solo le había permitido que la tocara.

La segunda ocasión que se vieron, él olía aún más a colonia. La botella de vino estaba sin descorchar y la copa de ella ya servida hasta el borde. Para entonces, la Mama le había dicho que no al dinero que ella y Lucho necesitaban para alquilar el automóvil de Gil. Ana estaba atrasada en los pagos y la Mama no quería perder más dinero. Ana tuvo que beber lo suficiente para permitir que lo que iba a suceder sucediera, pero no tanto como para perder la oportunidad de formular su petición. Él le había desabotonado la blusa y besaba su cuello cuando le dijo que necesitaba dinero.

—¿Para alquilar el taxi? —preguntó él, y ella se dio cuenta de que había hablado con la Mama.

—Sí —dijo ella.

—Yo te lo puedo dar. Cuatro semanas, para que puedas pagar el mes por adelantado.

Ella abrió muchísimo los ojos.

—Puedo empezar a devolvérselo en dos semanas —se comprometió.

—No, yo te lo voy a *dar*.

Dijo esto al tiempo que deslizaba sus manos en torno a su cintura y la depositaba en el sofá. Se desabrochó el cinturón. Ella vaciló y estiró hacia atrás, pero él le puso la mano en la nuca y atrajo su rostro hacia el de él.

Al final de esa visita, Ana tenía el dinero que necesitaba para arrendar el taxi.

Siempre había habido un límite que no deseaba cruzar con don Beto. Si él se hubiera conformado con sus encuentros hasta ese punto, ella bien podría haberlos tolerado un poco más. Pero ella sabía que él esperaba algo más que caricias, besos y juegos sexuales, que ella apenas conseguía tolerar. Estaba dispuesta a verlo de nuevo, pero no quería cruzar esa línea imaginaria. Ni quería saber si podría tolerarlo.

Ahora, caminando hacia la casa de la Mama en ese atardecer sombrío, se refugió en una posible vía de salida: podía devolverle el dinero a don Beto. Tenía suficiente dinero oculto en los bolsillos como para demostrarle que hablaba en serio. Podía lograr algún tipo de aplazamiento en los pagos. Quizá con pagos no tan frecuentes como los que le hacía a la Mama, un par de veces al mes. Podía idear la forma de pagarle poquito a poco, pero le devolvería el dinero.

La verdad era que solo quería salir corriendo de vuelta a la estación de trenes con el efectivo aún oculto en los bolsillos. Ella merecía algo por lo que había ocurrido entre ellos. Si iba a tener que vivir con el desagrado de ese momento, debería recibir algo en compensación. Pero no era un encuentro que quisiera repetir, y no lograba imaginar alguna forma de quedarse con el dinero sin que él entrara otra vez en escena. Hasta urgió a su Virgencita que le pidiera al Señor que llamara al hombre junto a él. No pidió una tragedia, bastaba con un infarto o un derrame. Le pidió una muerte piadosa, aunque él no se la mereciera. Pero el Señor no pareció escucharla.

Al aproximarse al lugar se alzó la capucha, pero no vio a nadie en la ventana del apartamento de la Mama. Apresuró el paso por el sendero adoquinado que llevaba a la casa de atrás. Un vehículo color violeta de hacía al menos dos décadas la observó con sus ojos rectangulares cuando cruzó a toda prisa hacia la vivienda. Llamó con unos golpecitos débiles a la puerta de color cobalto, y él apareció en el umbral con una guayabera color crema y pantalones plisados de color canela.

—Entra, niña —le dijo—, antes de que escape el calor.

Ella entró a toda prisa, pero se quedó con la capucha puesta en la cabeza. El espacio había sido alguna vez un garaje, pero ahora era como un pequeño estudio que a Ana le pareció extrañamente tranquilizador. Las paredes eran de color crema y carecían en gran medida de adornos, con excepción de una de ellas, en la que había una gran ventana que daba al patio y la parte de atrás del edificio principal. Las persianas estaban cerradas. En otra pared había una imagen en blanco y negro de una mujer tendida de espaldas con la palma de la mano en la frente y una pierna levantada. Don Beto había instalado un pequeño bar en una esquina. En la otra colgaban varias herramientas, y bajo ellas había una mesa con tres orbes de madera que era preciso lijar. Al centro de la habitación había un futón café con una manta color vainilla de adorno. Junto a él había un sillón reclinable cubierto de otro paño estampado con flores y hojas, el único elemento dentro de la estancia que Ana sospechó que había pertenecido alguna vez a la Mama. Una mesa de centro ocupaba el espacio en medio de todo. La madera, barnizada de un tono rubí, brillaba bajo las luces empotradas en el techo. En ella había una botella de vino, grandes uvas rojas y galletitas perfectamente perforadas.

—Permíteme tu abrigo —se ofreció él, pero ella no cedió. No tenía ninguna intención de quedarse, y menos de quitarse el abrigo—. No te preocupes —insistió él—. Tu patrona no está.

Ella sacudió la cabeza. La Mama jamás abandonaba el santuario de su apartamento en el primer piso, ni siquiera para cobrar el alquiler de los inquilinos que vivían escaleras arriba. Dependía de sus clientes para conseguir lo que fuera, desde recoger víveres en la tienda hasta llenar formularios para envíos postales. Que hubiera dejado sus tibios aposentos para salir al aire frígido de fines de diciembre parecía ciertamente extraño.

—¿Dónde está? —preguntó ella.

—Adelante —la invitó él—. Ponte cómoda y ya te lo diré. —Advirtió que ella dudaba—. Te vas a asar aquí dentro si te dejas ese abrigo puesto.

Ella no supo si fue por lo acogedor del espacio, las uvas rozagantes o la noticia de que la Mama no estaba, pero finalmente accedió. Se quitó los guantes y luego la bufanda. Se desprendió del abrigo y las botas. Tenía los pies fríos dentro de las medias. Se cruzó de brazos, añadiendo otra capa improvisada a su vestimenta.

—¿Y dónde anda? —preguntó de nuevo.

—Mateo está en la ciudad —dijo él—. Ha venido a ver a los médicos con su "novio".

Mateo era el único hijo de la Mama, un hombre de unos treinta y algo. Ella lo había mencionado solo una vez y de paso. Le gustaba ver el noticiario de las cinco de la tarde, había dicho, porque uno de los locutores se lo recordaba.

—Tienen los ojos parecidos —había comentado esa vez que Ana había ido a hacer un pago. Y eso fue todo, lo único que dijo alguna vez de él. No había fotos en las paredes, ni ningún dibujo, cerámica u otro recuerdo infantil que pudiera recordarle a la Mama o al resto del mundo que allí había vivido un niño.

Eso es porque es gay, le había susurrado Carla cuando Ana le preguntó por él. Vive en Miami, le había dicho, así que puede hacer su vida como le plazca.

—¿Te sorprende? —dijo ahora don Beto, dejando sus prendas en un taburete junto al bar—. A mí también, ¡el hijo pródigo ha vuelto! Despúes de tanto tiempo. Yo pensé que se había ido para siempre.

—¿Cuánto hace que se fue? —preguntó ella, curiosa por oír más acerca del hijo perdido de la Mama.

—Un buen rato —respondió él cogiendo una botella de ron y dos vasos—. Todo porque ella intentó "curarlo". Yo se lo advertí, no hay nada que deba curarse. Las cosas son lo que son y punto. Pero ella era obstinada. Lo metió en fútbol, béisbol, toda clase de deportes, y él era bueno en ellos. Después se gastó un dineral en esos baños que te ofrecen esas tiendas que llaman *botánicas*. Unas rateras todas esas brujas, si quieres saber mi opinión. El hermano de ella hasta lo llevó a algunos burdeles en Woodside, pero nada. —Depositó la botella y los vasos en la mesa de centro y volvió a donde estaba ella para tocarle suavemente la espalda, invitándola a sentarse—. Entonces matriculó en la universidad en la Florida —siguió él, y fue con ella hacia el sofá—. Y eso fue todo. Se olvidó completamente de su madre. Ni una carta, ni un telefonazo más. Ni siquiera para su cumpleaños o el Día de la Madre. —Llenó uno de los vasos de ron y, devolviéndolo al instante a su sitio, murmuró—: Ingrato.

Quizá se hubiera mostrado más tolerante con la ingratitud de Mateo si hubiese sido su padre biológico o adoptivo, pero él había llegado a la vida de la Mama cuando el chico estaba aún en la secundaria, jugando en ese equipo de fútbol que la Mama esperaba lograra enderezarlo. Para entonces, una seguidilla de hombres había pasado por la vida de ella tras la muerte de su primer esposo, el padre de Mateo. Ninguno, sin embargo, había logrado lo que don Beto: casarse con ella solo meses después de que Mateo se marchara.

—¿Y ha venido aquí a consultar médicos? —preguntó ella—. ¿Está mal?

Él se encogió de hombros.

—Quién sabe. No pregunté. Ni es asunto mío. —Vertió una pizca de vino en el segundo vaso y se lo pasó—. Para serte sincero, no me importa. Ha sido una espina clavada en el costado de la Mama desde que tengo memoria, debiera simplemente mantenerse alejado. —Ella sostuvo el vaso bajo su nariz; una dulce fragancia subió hasta sus fosas nasales al llevarlo al borde de los labios—. ¿Cómo ha ido lo de ese apartamento? —preguntó él.

—No es para nosotros —dijo ella dando un gran sorbo de vino—. Y tengo su dinero.

Él alzó la palma de la mano.

—Te dije que no era un préstamo, Ana.

—Es que no suelo aceptar dinero de la gente así como así. Le dije que se lo devolvería cuando lo tuviera y ahora lo tengo.

Miró su abrigo desordenado en el taburete y estaba a punto de pararse cuando él le tomó el brazo.

—Tu esposo acaba de iniciarse en un trabajo nuevo, Ana. No tienen aún un lugar donde vivir. Estoy seguro de que habrán gastado un montón para hacer de la Navidad algo especial para los pequeños. Considéralo un regalo.

Ella volvió a sentarse, ablandándose. Realmente necesitaba el dinero. Además, ya le había pagado la deuda de otro modo. Musitó un "gracias", pero no le pareció que él la hubiera oído.

Las manos de Ana, antes frías, ahora sudaban. Él la miró fijamente. Una capa de gel le enmarcaba los ojos. Su sonrisita de satisfacción la incomodó, y no supo qué hacer con las manos.

Terminó por frotarlas contra sus pantalones para evitar mirarlo a la cara.

—¿Cómo anda todo donde tus primos? —le preguntó él.

—Bien —dijo ella—. Todo bien.

Tomó una uva y se la llevó a la boca a toda prisa. Luego miró a su alrededor, metiendo los dedos dentro de las mangas. Él se acercó otro poco. Ella percibió su aliento a ron. Casi le pareció tentador, si ese mismo aroma hubiera provenido de otro hombre.

—Tranquila —susurró—. Has subido algo de peso.

Ana se puso tensa cuando la mano de él subió por la cara interior de su muslo y llegó más arriba. Sabía lo que él esperaba, pero igual preguntó:

—¿Qué es lo que quiere?

Él se inclinó hacia ella, con su hálito dándole de lleno en el rostro.

—Tú ya lo sabes. No eres una niña, Ana.

Ella se erizó y respiró algo más lento, para evitar que la ira se convirtiera en lágrimas. Sus torpes intentos de cortejarla con vino y uvas, su colonia punzante, todo le revolvía el estómago. ¿Por qué no lo presentaba como una transacción comercial? Al menos, en tal caso, podrían ir directo al grano. Se acabaría de una vez y ella pudiera irse a casa.

Él le tomó la cara y acarició su labio inferior con el pulgar.

—Me gusta ayudarte, Ana. —Apretó otro poco su rostro y rozó sus labios contra la boca fruncida de ella—. No me importa lo que hagas con el dinero. Es tuyo.

Aflojó la tenaza en torno a su rostro y acomodó una hebra perdida del pelo de ella detrás de su oreja, acariciándole la curva del cuello. El cuerpo de Ana se recogió de manera instintiva, pero se esforzó por permanecer quieta. El aliento de él le rozaba la piel y sus labios descendieron, sus manos la invadieron, se apartaron de su cara y se deslizaron bajo su blusa hasta sus pechos, hurgando en su cuerpo, yendo de un punto a otro, buscando como un carterista. Cuando su cuerpo se recostó en el sofá, Ana fijó la vista en los focos del riel a lo largo del techo. Él halaba y empujaba, y ella contaba las luces sobre ella. Oyó la costura de su blusa rasgarse contra su piel. *Respira*, se dijo. Él hizo una pausa para hurgar en su pantalón. Ella advirtió que una luz se había atenuado al extremo del riel. No dolía tanto mirarla directamente. Se fijó en ella, y cuando él presionó contra su cuerpo, ella enterró los ojos en esa última luz hasta cegarse con su resplandor.

7

ESA NOCHE UN SUEÑO LA HIZO SALTAR DE LA CAMA, EL MISMO QUE
venía soñando desde hacía semanas. Le habían crecido alas a lo
largo de la espina dorsal, y se empeñaba en volar con ellas de
noche, sobre un río iluminado por la luna. Varios monos chilla-
ban mientras se lanzaban de una rama de árbol a otra, y un grupo
de delfines surcaba el río persiguiéndola. La llevaban contra una
pared, hecha de algo que se movía, aunque no conseguía saber lo
que era. Despertó justo al estrellarse contra ella.

El corazón le latía agitado dentro de las costillas. Su espalda
y camiseta estaban empapadas en sudor, así como el resquicio
bajo sus pechos. Sus medias se habían deslizado de sus pies en
el sueño, y ahora los sentía entumecidos por el frío. El cuarto
estaba muy quieto; la noche azul y sus rayos de luna se filtraban
por la persiana, tocando el cobertor rosa. Estaba en su cama, no
en el sueño, supo ahora, aunque el aroma del río persistía en sus
fosas nasales.

Bajo la frazada, un bultito subía y bajaba al ritmo de una respiración sibilante. Descorrió la sábana y descubrió a Pedro con
su mejilla aplastada contra la almohada y las piernas recogidas a

la altura del pecho. Le apartó los cabellos mojados de la frente, y le sopló el rostro y el cuello. Sintió ganas de despertarlo; los ojos del niño la obligaban a mostrarse siempre más fuerte de lo que era. En vez de eso, le dio la vuelta y barrió la saliva que brotaba de su boca antes de cubrirlo hasta el pecho con la sábana.

Encontró sus medias al pie de la cama, pero el frío se filtró igualmente desde el piso por las suelas de sus chancletas, hacia arriba y a lo largo de sus piernas. Era la primera noche auténticamente fría del invierno. A ella no la afectaba la humedad de los veranos en Nueva York. La sensación pegajosa asociada a ellos no la perturbaba tanto como a Lucho o a Valeria, pero sí la desagradaba el otoño ese que solía estirarse hasta diciembre. Había conservado los grandes abrigos, los calzoncillos largos y las camisetas que ella y Lucho habían usado el invierno anterior, pero debía comprar ropa de invierno nueva para los niños. Aun así, el invierno se tomaba su tiempo y había bastantes otras cosas que podía hacer con ese dinero.

Pegó su mano a la litera de arriba, donde Victoria había transformado su frazada en un verdadero capullo. Ana la destapó lo justo y necesario para ver a su hija recogida en posición fetal —como dormía siempre—, con las dos trenzas que ella misma le había hecho aún intactas y su muñeca Liliana junto a ella. A diferencia de su hermano, Victoria casi no hacía ruido al respirar, algo que inquietaba a Ana y, como hacía siempre, sostuvo un dedo bajo la nariz de la niña esperando que un ciclo entero de su respiración le recorriera el cuerpo, solo para cerciorarse de que aún respiraba.

Salvo por las camas, la habitación estaba vacía. Miró hacia

el reloj sobre la cómoda. La luminosidad verde de los números indicaba las 2:23 de la madrugada.

Se puso de nuevo en movimiento.

Cogió la chompa rojo oscuro de la silla ante la cómoda, sacó su libreta de direcciones y un bolígrafo de la cartera, y salió al pasillo. Todas las puertas dentro de la unidad 4D estaban cerradas. La suya se cerró a sus espaldas con un ruidito, y Ana avanzó en la oscuridad por el pasillo, rozando apenas el piso con los pies. Los ornamentos del árbol navideño brillaban en la sala, también a oscuras. Su corazón seguía resonando en su boca. Llegó hasta la cocina tiritando, con la esperanza de que una taza de té la ayudara a conciliar el sueño.

Era su intento de aplacar la intranquilidad vivida ese mes. Se despertaba siempre a la misma hora, entre las dos y tres de la madrugada, y se preparaba un té de manzanilla que ocasionalmente funcionaba y la devolvía a la cama poco antes de las cuatro. Solía despertarse cuando Lucho se colaba entre las sábanas, quedándose en la orilla del colchón, dándole la espalda a ella y a Pedro. "Duerme tranquila", le susurraba, y en ocasiones ella lo hacía de un tirón, hasta que llegaba la hora de levantarse y comenzar el día.

Otras veces se quedaban tendidos uno junto al otro, cuchicheando. Ella le preguntaba si había comido algo y él le decía que sí. Ella asumía que comía en el vehículo, aunque nunca estaba muy segura. Él le contaba si la noche había sido buena o lenta, preguntaba si Victoria había terminado su tarea escolar o si Pedro estaba sosteniendo el lápiz correctamente al escribir su nombre. Siempre se volvía del lado derecho, con la espalda hacia ella. A veces ella se aproximaba y lo abrazaba por la cintura, y a veces él tomaba su mano, se la llevaba a los labios y la besaba de manera imperceptible. Era mucho mejor que las noches que él había pasado en el sofá, viendo televisión o releyendo el mismo diario, lejano y en silencio, en esa época en que le resultaba tan difícil encontrar trabajo. Ahora se dormía rápido y sus ronquidos comenzaban casi al instante. Ella permanecía tendida a su lado, sintiendo en el aire la fragancia de su colonia, el óleo de su cabello, el tapizado de cuero del taxi, y su propio aroma —el olor de su piel— bajo todo eso. Conocía muy bien el olor de Lucho, como el de ella misma. Era especial, como el del sudor azucarado de Pedro o el aliento lechoso de Victoria.

Ahora recordaba con igual precisión el olor de don Beto. Ese aroma a café, tabaco y ron, y la acritud de su estómago, un revoltijo. Un olor permanente y descifrable, distinto a cualquier otro que hubiera sentido. No se arrepentía de haberse acostado con él ese día, pero, aunque se empeñaba en dejarlo de lado, el asunto volvía cada tanto a su mente. Era así de fácil obtener por esa vía el dinero que necesitaba. Bastaría con tener sexo con él de vez en cuando, y él le daría lo que ella le pidiera. Dinero para el vehículo, el alquiler y la escuela de los niños. Podrían mudarse de casa de Valeria. Podrían permanecer en Nueva York y acallar toda sugerencia en sentido contrario. Nada de regresar a Perú y tener que preocuparse de los coches-bomba o cualquier individuo con uniforme. Nada de la necesidad de probar cuán lejos se hallaba de la niña huérfana de provincia que había sido alguna vez. Podría volver al Regina's y ver si había sitio para ella en la cocina. Podría mantener a su familia intacta.

¿Había hecho mal, entonces, al hacer lo que había hecho?

Puso la tetera en uno de los quemadores y, mientras esperaba a que hirviera, pasó las hojas de su libreta de direcciones de tapas de vinilo. La había adquirido en una tienda de descuentos, justo antes de mudarse a Lexar Tower. Era una de las muchas libretas que había llenado desde que se fue a Nueva York. Rara vez añadía el número telefónico o la dirección de una persona. En lugar de ello, las utilizaba para hacer la lista de las compras, de las cosas por hacer durante la semana, de cualquier recado que la Mama le pidiera. Todo quedaba enumerado en las primeras páginas, al inicio del alfabeto. Había considerado incluso la posibilidad de usarlas como diario de vida. Sus noches de insomnio le traían a la mente todo aquello en lo que no quería pensar durante el día, aunque había ciertas cosas que simplemente no toleraba ver escritas en ningún lado. La reflexión podía resultar demasiado para ella, intolerable. Así que no escribía nunca sobre eso: nada de su día o sus pensamientos, ni del padre que nunca volvió a casa o de la madre que nunca lo haría, lo sabía con certeza. Ni siquiera sus recetas de cocina.

Pero el sueño aquel sí estaba siempre en la libreta, garabateado en las páginas de atrás, bajo la Z. En las noches que la hacía despertarse, se sentaba a la mesa de la cocina con su té y escribía lo que podía recordar, buscándole algún sentido. La humedad de su piel, el zumbido de las hojas, el borboteo de las aguas. Dejaba registro de todo lo que su memoria lograba recuperar:

- *río*
- *alas*
- *árboles*
- *monos*
- *bufeos*

A ese listado añadió:

• *cayendo*

Miró fijamente la palabra nueva. Cayendo. En su sueño tenía alas, pero no conseguía hacer que funcionaran. Caía, golpeándose con los árboles inclinados que le recordaban los brazos de su padre, al río, que olía tan claro como el que dividía Santa Clara en dos mitades. Solía bañarse en esas aguas cuando era niña. Esperaba ver a su madre en el sueño, sentada en la ribera como lo hacía en la vida real, pero nunca llegó a verla.

Luego venían los monos y delfines del río, esos que —pensaba con un estremecimiento— terminarían consumiéndola.

La tetera comenzó a vibrar, y aunque corrió a apagarla no logró impedir que sonara el silbato. La mayoría de las noches intentaba hacer tan poco ruido como fuera posible. Había pocos momentos dentro de su jornada en que pudiera disfrutar del silencio y del ocio. Solo que esa noche en particular el tiempo estaba transcurriendo demasiado lento y pareció poblársele rápidamente de demasiadas reflexiones.

Así que realmente no le importó cuando Rubén apareció en la cocina. Con los ojos entrecerrados y el cabello enmarañado, parecía haber despertado recién de un sueño profundo. Su voz, así y todo, era gruesa y estaba alerta como siempre.

—Yo tampoco puedo dormir —dijo y permaneció de pie en el umbral de la cocina, como esperando una invitación antes de entrar.

Ella le indicó la silla próxima y cerró la libreta de direcciones, que deslizó de vuelta en su bolsillo.

—No quiero molestarte —dijo él tras sentarse—. Sé que, posiblemente, este sea el único tiempo del que dispones para ti.

—Solo me estaba organizando para mañana —dijo ella con una sonrisa para diluir la preocupación de él—. Además, es tu cocina, ¿no?

Él rio por lo bajo.

—Sí, ya, pero tú le has dado mucho mejor uso que yo mismo o Valeria, bien podría ser la tuya. —Ana le puso al frente un tazón con una bolsita, que él hundió una y otra vez en el agua hervida—. ¿Y qué ha sido, esta vez, lo que te ha quitado el sueño?

—Ah, lo mismo de siempre —dijo ella—. Una pesadilla. El trabajo. El dinero.

—Bueno, eso es algo que siempre nos preocupa —dijo él—. Puedes ser millonario e igual te preocupará el dinero.

—Puede ser —dijo ella—, pero igual facilita muchísimo las cosas, ¿no?

—Es verdad —reconoció él—. Es mejor preocuparse por tener demasiado que por no tenerlo.

—Mi padre estaría muy de acuerdo con eso —dijo ella.

—Entonces entendía la importancia del trabajo.

—Y trabajaba demasiado él mismo. Semana tras semana se iba a la selva. Quedaba tan quemado por el sol, que era como si la sangre se le hubiera subido hasta los poros y se hubiera quedado allí en la superficie… ¿Y todo para qué? Para tener apenas lo básico. La comida y nuestra casa, eso era todo. Y no es que la casa fuera gran cosa tampoco. De tablones y techo de zinc. Si necesitábamos una puerta en el interior, colgábamos una sábana del techo. Ese tipo de casa.

De pronto se vio allí de vuelta, sus pies levantando el polvo de la tarde al caminar por el suelo, los muros de tabique largos e imperfectos. El sol filtrándose a través de los agujeros recién abiertos, hechos por los disparos que oía en mitad de la noche, cuando su madre la aferraba con tanta fuerza que Ana creía que iba a desaparecer entre sus brazos.

—Estoy seguro de que hizo lo que creyó que sería lo mejor —dijo él—. Es lo que intentamos hacer todos.

—Sí, claro, él pensaba que su deber era estar allá afuera juntando dinero, como todos los hombres. Recuerdo que yo odiaba verlo irse, aunque para mi madre fue peor. Yo era una niña, que ella debía alimentar y proteger, y no siempre tenía la paciencia para ello.

Se frotó instintivamente una cicatriz en el muslo. Podía sentir aún la vara cayendo sobre ella. Como había intentado desviarla con sus delicados dedos, el palo le dio también en la muñeca y en la pierna.

—No debe haber sido fácil para ella —dijo Rubén—, que en paz descanse. Sola y con una hija.

—No lo fue —corroboró ella—. Hacía lo que podía. Y la cosa se puso peor cuando los chicos comenzaron a rondar alrededor. Digo chicos porque a mí me lo parecían. Eran muy jóvenes, adolescentes casi. Eso la hacía estar alerta. Venían a nuestra casa y preguntaban si estábamos listas para una revolución. Entonces mi padre desapareció. Y luego mi tío. Y ella supo que no iban a volver.

Ana no se dio cuenta de ello hasta después; incluso ahora, una parte de ella no terminaba de aceptar del todo que su padre no fuera a emerger un día de esa selva. Nunca logró resignarse a llorarlo.

—Entonces murió ella —continuó— y la tía Ofelia vino a buscarme. —La muerte de su madre sí era un hecho. Había visto el cuerpo; lo había enterrado. No había nada más que pudiera decir al respecto, salvo que nunca malgastaría la oportunidad que eso le dio de comenzar de nuevo—. Pude dejar todo eso atrás y pensé que en Lima conseguiría que todo desapareciera de una vez.

—No, Anita —dijo él, negando con la cabeza—. Eso nunca pasa. Es una de las grandes mentiras que uno suele contarse. La idea de que uno puede irse a otro lugar y hacer que algo desaparezca. No es posible. Los fantasmas se vienen con uno.

—Pero tú al menos has sido capaz de convertirte en alguien aquí —dijo ella—. Yo no pude hacerlo en Lima y nunca lo haré. Mi suegra me dejó eso muy claro.

Rubén volvió a reír por lo bajo.

—Seguro que lo hizo. Si hay algo que a Filomena le encanta es asegurarse de que la gente sepa cuál es su lugar en el mundo.

—Y le gusta también tener un buen apellido —bromeó ella—. Y dinero. Tú tampoco tienes un buen apellido, Rubén, pero al menos tenías dinero. ¡Yo no tengo nada! Recuerdo cuando le dije que no me había enterado del apellido de mi padre hasta que entré a la escuela primaria. Siempre fui la hija de mi madre. Yo era Ríos. Tendrías que haber visto la cara que puso Filomena. —Con un ademán hizo callar a Rubén, que se estremecía de risa—. Ahora es gracioso, pero entonces no lo fue tanto.

No había habido nada gracioso respecto a doña Filomena Falcón. Ana la había conocido en un almuerzo en la mansión cercada de esta, en la Avenida Las Almendras. Los pisos eran de madera bruñida, la luz de un candelabro impregnaba la sala de un tono merengue, y doña Filomena estaba sentada al borde de un sillón de terciopelo. Su rostro delataba esa pizca de sangre gallega que, al decir de Carlos, tanto la enorgullecía. Su piel era traslúcida como el polvo, y el cabello, negro como el carbón en trozos que Ana hacía arder en su altarcito. En su frente, un pico de viuda destacaba como si hubiera sido un tercer ojo. Era mayor de lo que Ana esperaba, con la piel fláccida alrededor de los labios y los ojos, y la nariz curva como un pico. Aun así, sus mejillas eran redondeadas y suaves como pecho de ave, y sus pestañas parecían erguirse, altas y negras, sobre unos vívidos discos de arena. Tenía el cabello rizado y formando lo que parecían pequeñas manitos empuñadas. Y un toque de lápiz labial rosado enmarcaba el tajo de su boca.

Observó a su invitada durante un largo rato, pero solo le habló a su hijo. Cuando finalmente se dirigió a Ana, fue para preguntarle si aspiraba a hacer algo más que recibir a las visitas detrás de un escritorio.

Carlos rio incómodo.

Sí, había murmurado Ana, aunque no pensaba hablarle a doña Filomena, ni siquiera a Carlos, de su sueño de abrir un restaurante por miedo a que les pareciera una tontería. En lugar de ello, explicó que por la noche estudiaba computación.

Doña Filomena no supo qué quería decir eso, así que le preguntó a Ana por su padre y su madre. ¿Qué hacían ellos? ¿Quién era esa tía con la que estaba viviendo?

La tía de su padre, había dicho ella, mientras una jovencita fornida les servía el té y las galletas. Ana supo que su piel era muy oscura, y su acento, muy fuerte, y que lucía como una escaladora social cuando vio a esa otra muchacha, que doña Filomena explicó era de un pueblito situado a unos kilómetros al sur de Santa Clara. Su piel era más clara que la de Ana, fruto del muy esporádico sol limeño y los largos días que pasaba encerrada en casa de doña Filomena, y Ana podía escuchar el son cantarín al final de sus palabras, un acento que ella se había esforzado por disimular. Desvió la mirada tan pronto como vio a la chica, pero doña Filomena preguntó si no serían primas, siendo que habían crecido tan cerca la una de la otra y eran las dos casi tan oscuras como los pisos de la casa. Eso lo dijo riendo por lo bajo, y Ana se quemó la lengua con el té para reprimirse de decirle algo.

Un año después de que Carlos la llevara a casa, Lucho le comunicó a su madre que Ana estaba esperando un hijo suyo e iba a casarse con ella. Doña Filomena le cruzó el rostro de una bofetada; ella no iba a aceptar a esa basura, a una cualquiera, una don nadie que se acostaba con sus dos hijos, y seguro lo hubiera hecho también con su marido si hubiera estado vivo. Cuando Ana escuchó eso desde la cocina y salió corriendo de la casa, incapaz de oír el resto.

—Así que hay alguien que jamás me va a aceptar —dijo ahora—. Para doña Filo, solo soy una pobre cholita que, de algún modo, consiguió trabajo como recepcionista. Es lo más lejos que iba a llegar yo en la vida, a menos que hallara a algún idiota que se casara conmigo. Y como no pude enganchar a uno de sus hijos, me embaracé del otro para asegurarme de que no se me escapara.

—Pero eso no es así —dijo Rubén—. Yo veo la forma en que miras a Lucho.

Ella alzó las cejas.

—Bueno, pero no fue lo mismo que vio ella. Ni es lo que ve tu esposa. Todos ven lo que quieren ver, Rubén. Una vez que han tomado una decisión, ya no hay forma de cambiarla.

—Exactamente —dijo él, girando en su silla y apoyándose

sobre la mesa—. Por eso creo que es tiempo de que Michael conozca a su hermana.

—Ah, claro —dijo ella—. Ya estás de nuevo con eso. ¡No me extraña que no puedas dormir!

—Es como tú dices, Anita, no habrá diferencia para Valeria. Ella va a pensar siempre lo peor, sea como sea. Pero a Michael y a Nora les cambiará la vida.

—¿Nora? —repitió ella—. Esa es buena. Bautizar a la niña en honor a tu madre. —Se imaginó a Valeria secándose las lágrimas a dos manos, con las pestañas pegoteadas como aceite quemado, al escuchar el nombre de su suegra asignado a la hija de otra mujer—. Honestamente, Rubén, no sé cómo sigues vivo.

—Créeme que, si Valeria me hiciera alguna vez algo, tú jamás lo sabrías —dijo él riendo por lo bajo—. A veces pierde el control, pero nunca deja que nadie lo presencie. Nadie excepto yo, claro.

Ella dejó escapar un suspiro de derrota.

—Para serte honesta, dudo de que alguna vez te deje. No lo ha hecho hasta ahora y, como has dicho tú mismo, es orgullosa.

Él se pasó la lengua por los dientes y murmuró algo por lo bajo. Ana sentía, en realidad, poca compasión por Rubén. El amorío, las mentiras, la desconexión entre los niños…, él era el causante de todo. Pero, aun cuando estaba hiriendo a tanta gente, se sentaba allí, en la cocina de su casa, siendo un hombre adinerado con una esposa atractiva y un hijo saludable, a lamentarse por las circunstancias de su vida. De no haber estado viviendo bajo su techo, Ana le hubiera dicho que no tenía derecho a sentir lástima por él mismo. En su interior, deseaba fervientemente que Valeria encontrase alguna vez la fuerza para dejarlo y llevarse su precioso taller mecánico con ella; que sus hijos nunca llegaran a quererlo como para llorar su ausencia; que su amante no desperdiciara su vida a la espera de un divorcio que él debía haberle prometido muchas veces, pero que jamás llegaría.

De pronto, emergió una especie de aparición por el marco de la puerta. Era Valeria, en pijama rosado, con el rostro brillante por una capa de crema facial de noche y los cabellos recogidos en un moño sobre la cabeza.

—¿Qué hacen despiertos? —preguntó en español.

Rubén se sonrojó y saltó de su asiento.

—No podía dormir —le explicó—. Y Ana fue tan gentil de ofrecerme un té.

Ana se levantó y retiró la taza de Rubén de la mesa, acordándose al instante de preguntar a la recién llegada:

—¿Quieres un poco? Aún hay agua hervida…

—No, gracias —respondió Valeria en tono cortante.

—Gracias por el té, Ana —dijo él, y le hizo un gesto a su mujer para que fuera delante suyo, tras lo cual la siguió en silencio al dormitorio. Sin duda, a Valeria no le había gustado lo que acababa de ver, y Ana supo que debería mantener distancia de ella en los próximos días.

Sin embargo, estaba agradecida por la interrupción. Eran suficientes revelaciones para una sola noche. Y estaba claro para Ana que Rubén seguía con Valeria por obligación, que no la amaba. No sentía remordimientos por lo que había hecho y tampoco iba a dejar de ver a la otra, sin importar lo mucho que eso hiriera a quienes supuestamente amaba. Ni siquiera percibía el mal que les había hecho a Valeria o a sus hijos. ¿Estaba ciego, acaso? Fue lo que ahora se preguntó a sí misma.

¿O lo estaba ella misma?

No, ella no era como él. Ella y Lucho estaban a un paso de recuperarse y volver a pararse en sus dos pies. Habían extraviado el rumbo por un momento, pero las cosas estaban cambiando para mejor. Él tenía un empleo, y ella el suyo. Pronto irían a ver el apartamento que Carla les había recomendado. Él la miraba de nuevo de la forma que alguna vez lo había hecho. Besaba su cuello a puertas cerradas, aventurándose a tocarla enfrente de otros. Ella lo amaba. Todo lo que hacía lo hacía por ellos, no por lujuria o codicia, ni por oportunismo, sino por necesidad. Nada de lo que ahora tenían —el trabajo de Lucho, el dinero para la escuela de sus hijos, los ahorros para alquilar un nuevo apartamento—, nada de eso hubiera sido posible si ella no hubiese estado dispuesta a adaptarse, a entender que el sacrificio y el silencio eran necesarios para la supervivencia de todos.

Su estómago esbozó un gemido. El agua en su taza se había enfriado. Volvió a encender la cocina para recalentar el agua que quedaba en la tetera y, una vez más, abrió su libreta de direcciones. Se preguntó si sería el bacalao de la cena lo que ahora se revolvía en su estómago.

Pescado. En su sueño había peces. Pirañas que formaban esa suerte de muro.

Recorrió de nuevo el listado y anotó "dientes". Tenían dientes, triángulos afilados que brillaban bajo la luna. En el sueño, los monos y delfines la perseguían hacia ese muro de pirañas. Ella pataleaba exhausta para espantarlas cuando la mordían, aunque igual lograban hacerla sangrar.

Recordar la sangre la hizo enderezar la columna. Pasó varias páginas de su libreta de direcciones de vuelta hasta la letra D. En el borde superior de la segunda hoja había garabateado "10/21". Día 21 de octubre. Había dibujado un círculo alrededor de la fecha. Recorrió la libreta hacia adelante, buscando en la parte superior derecha de cada hoja otras fechas rodeadas de un círculo, pero no había ninguna.

¿Se había olvidado de anotar el mes de diciembre?, se preguntó. ¿Y habría pasado por alto otras fechas?

Volvió a la letra C, y a la B, y después a la A, y dio con 13/9, 1/8, 28/6, todas dentro de un círculo. Había escrito la primera fecha de cada ciclo anterior al 21 de octubre, pero ninguna otra después.

Dejó el bolígrafo en la mesa y repasó su memoria en busca de claves. ¿Cuándo fue la última vez que había usado una toallita sanitaria o tomado un analgésico, o que se había puesto una compresa tibia en el abdomen? ¿En noviembre, antes de que Valeria se fuera a Perú? Había sido muy cuidadosa, haciéndole saber a Lucho cuándo no era seguro hacerlo. Incluso cuando se le habían acabado las pastillas, había sido cuidadosa.

La tetera comenzó a sonar y esta vez giró la perilla con tanta fuerza que esta se desprendió de su lugar en la cocina. Miró la fecha de nuevo: 21 de octubre, rodeada claramente de un círculo. Su cuerpo había sangrado en esa fecha. También había sangrado en su sueño.

Sangre. Pudo ver la palabra en su mente, degustarla, pero no fue capaz de escribirla.

8

TRES MESES DESPUÉS DE DEJAR SU ÚLTIMO APARTAMENTO ALQUILADO en Brooklyn, Ana y Lucho fueron en la furgoneta de Rubén hasta el límite sur de su antiguo vecindario para conocer el que bien podía convertirse en su nuevo hogar. El edificio estaba en uno de los sectores más rudos del barrio, cerca de las grandes bodegas y edificios bajos rodeados de tapias de las afueras. Al aproximarse a la dirección que Carla le había anotado en un pedazo de toalla higiénica, Ana se fijó en los negocios que había en la calle principal: una oficina del Ejército de Salvación, una lavandería, una tienda de licores, un negocio de comida china para llevar. Del tendido eléctrico pendían zapatillas, en claro contraste con las luces navideñas diseminadas en el exterior de Lexar Tower. Contabilizó las esquinas donde había cajas acumuladas en el exterior de las bodegas —tres de ellas—, y advirtió el gran número de hombres reunidos frente a cada puerta con el rostro medio cubierto por capuchas y el cuerpo envuelto en pesados abrigos.

—Es invierno, Ana —señaló Lucho.

El edificio estaba en una esquina junto a un parque de estacionamiento vacío, en una manzana demasiado silenciosa y desolada, incluso para un día de finales de diciembre. Las casas a lo largo de la calle lucían inclinadas hacia un lado, por lo que Ana dedujo que estaban sobre la pendiente de una colina. La parada del autobús y la estación del metro estaban a solo cuatro cuadras; el único inconveniente era que una única línea de metro llegaba hasta allí. Ana podía coger uno u otro para ir a su trabajo, o bien caminar, si quería ahorrar dinero. La caminata sería posiblemente agradable de día; caminar por la zona sola, después de que anocheciera, estaba fuera de cuestión.

Cuando llegaron ante la puerta principal, el hombre que se hacía llamar Sully los esperaba en el vestíbulo y, con sus ojos de lechuza y su nariz de boxeador, les echó una ojeada por la mirilla de la puerta. De la parte superior de su cabeza afloraban unas hebras dispersas y blancas, pero el resto del cabello, ondulado y hasta los hombros, era de una tonalidad canela. Llevaba una camisa gris con manchas apelmazadas en forma de dedos, y de los bolsillos y rodillas de sus vaqueros anchos afloraban varios hilos raídos. A Ana le pareció un aspecto extraño para un dueño de cuatro edificios, pero Betty ya había aclarado que era tacaño.

El apartamento 3D era uno de los dos que había en el tercer piso, les dijo en un español remendado cuando subían los tres pisos de escaleras crujientes. Él ya había encontrado un inquilino para el 3I, pero el 3D necesitaba aún de algunas reparaciones. Ana pudo oler la capa de pintura fresca cuando subían. Tendría el espacio listo en un par de semanas.

Era un apartamento estilo ferrocarril, y se extendía a lo largo del edificio, con sendas puertas en cada extremo que conducían al hueco de la escalera allí en la tercera planta. La puerta de entrada daba directo a la cocina, y esta era suficientemente grande para incluir una mesa y cuatro sillas, pero sus equipos parecían diez años más viejos que los del apartamento de Valeria. La bañera y el inodoro estaban en el centro de la cocina, en dos espacios separados del resto, sin puertas. Iba a instalar las puertas mañana, les dijo Sully. En el extremo más alejado había una ventana que daba a la escalera de incendios. Estaban a una altura suficiente para ver el techo de varios edificios. Ella hasta apreció los autos que discurrían a toda velocidad por la avenida cercana, y se imaginó sentada en la escalera de incendios en verano y en sus noches de insomnio, con una taza de té, mirando a otros conductores, otros Luchos, pasar por allí.

Una mampara separaba la cocina de un cuarto alargado con dos grandes ventanas que miraban al sur. A través de cada una penetraban los rayos menguantes del sol, rebotando en las paredes opacas que aún necesitaban una capa de pintura, y sobre los pisos laminados, con rajaduras aquí y allá. Iba a reemplazar esas láminas, les dijo. La sala, decidió ella, no debía ser demasiado calurosa en verano.

Entonces cruzaron la única puerta que había dentro del apartamento. El dormitorio tenía tres ventanas desde las que se veían las cuatro esquinas del cruce de los bajos. Del techo pendía, en el centro de la estancia, un candelabro de cinco bombillas. El cielo raso era de molduras: dos grandes recuadros, uno dentro del otro. Frente a dos de las ventanas estaba la otra puerta conducente a las escaleras. Carla estaba en lo cierto; el espacio *era* en efecto tan grande como su sala. Se podían acomodar allí la cama matrimonial, la litera y hasta la cómoda. Ella debería cubrir el radiador para impedir que los niños pusieran las manos y se quemaran. Sully dijo que instalaría rejillas en las ventanas.

—Mis últimos inquilinos no tenían niños —explicó.

Lucho caminó de vuelta a través de la sala y Sully lo siguió a corta distancia, explicándole, en un tono suficientemente alto como para que Ana pudiera oírlo, que había una planta de aguas residuales en la vecindad y que, si el viento soplaba desde cierta dirección, era mejor mantener las ventanas cerradas; que a los depósitos de almacenaje llegaban un montón de camiones durante el día y personajes extraños por la noche, así que muy probablemente era mejor hacer las cosas antes de esa hora, y que un parque de juegos a unas manzanas hacia el norte no se había utilizado como tal desde hacía años. La gente lo usaba mayormente para dormir.

Ana oyó a Lucho decir:

—Carla dijo que tenía usted otros edificios en el sector.

—Cuatro —dijo Sully—. El edificio de Carla y dos más hacia el norte. Este de aquí, sin embargo, es posiblemente el más… ¿cuál es esa palabra que le oigo decir a la gente?… El más cómodo.

Barato. La cifra que les había mencionado por teléfono estaba, por cierto, dentro de lo que tenían presupuestado, aunque entre las opciones caras. Con todo, si el apartamento iba a ser refaccionado y estaba suficientemente cerca de la escuela de los niños y la factoría, valía la pena considerarlo.

Cuando Ana se les unió en la sala, Sully mencionó lo muy importante que era el pago por adelantado para asegurarles el apartamento. La renta del primer mes, la renta del último mes y otro mes de depósito. Por los niños, dijo, y en caso de que hubieran de marcharse antes de que venciera el contrato. Había tenido ya gente que se iba deprisa; había aprendido la lección. El alquiler debía pagarse en efectivo el primer día de cada mes.

Ana quedó demasiado sobrecogida para decir nada.

—Hey, soy yo el que corre el riesgo aquí —dijo el

propietario—. Carla dice que son buena gente, que trabajan duro y tienen niños pequeños. No estoy pidiendo recibos de salario ni verificación de antecedentes penales ni nada parecido. Solo intento hacer bien, pero también necesito cubrirme las espaldas. —Hizo una pausa y resolvió esperar escaleras abajo para que lo conversaran.

Ellos no tenían contemplado pagar tanto dinero de una sola vez. El primer mes de alquiler y el depósito, sin dudas, pero no un mes adicional.

—Es demasiado —susurró Ana cuando lo oyeron bajar las escaleras.

—¿Y qué otra opción tenemos? —inquirió Lucho—. Todo lo demás que hemos visto es demasiado caro o está demasiado alejado. O en peor estado que esto.

—Pero fíjate en todo lo que aún debe arreglar. ¿Viste las bolsitas en la acera? ¿Te imaginas la clase de coqueros que andarán por aquí en las noches? Y luego dice que mejor no salgamos de noche. Tú trabajas de noche, Lucho.

—Posiblemente solo sea que no quiere a la poli rondando cerca.

—Y me doy cuenta por qué. Tiene toda la facha de un tecato, con todos esos tatuajes en los brazos.

—Agradece que no los tiene en la cara… De todas formas, la renta no está mal. Estaríamos cerca de la escuela de los niños. La fábrica no está lejos. Y ya oíste lo que dijo. Igual, necesita otro par de semanas para terminar de arreglar el apartamento. Quizá podamos traerle el resto del dinero luego.

—Eso no le va a gustar —dijo ella, pero Lucho ya iba rumbo a la escalera.

—Ven —dijo—, vamos a averiguarlo.

Ella esperó en la escalera que bajaba al primer piso, en un escalón suficientemente elevado para verlos desde allí, a través de los ventanales de la puerta de acceso, hablando en el exterior. Ella le había dado a Lucho la suma de un mes de alquiler, y cuando los vio mirando al piso, y a Lucho moviendo la cabeza al hablar, supo que estaba contando el dinero.

Sully volvió adentro y sostuvo la puerta abierta para ella.

—Mejor me pongo a trabajar cuanto antes entonces —le dijo sonriendo.

En el exterior, Lucho estaba ya junto a la furgoneta.

—Dijo que sí —fue todo cuanto le explicó cuando subió al vehículo.

Así fue. Después de todos esos meses y todo el sacrificio, ese iba a ser su nuevo hogar. Ana no esperaba encontrar nada remotamente cercano a la unidad 4D de Valeria, pero no consiguió evitar una punzada de desilusión al darse cuenta de que el apartamento 3D era quizá lo mejor a lo que podía aspirar. Encontró consuelo en un hecho evidente: de nuevo estarían solo los cuatro. Podrían ser una unidad, un matrimonio bajo un solo techo.

De camino a Queens, Lucho habló de cómo organizarían los cuartos. La litera podía ir contra la segunda puerta en el dormitorio; la cama de ellos junto a la ventana. La cómoda, no lo tenía claro. Tal vez debía quedarse en la sala. Tendrían que ver cómo conseguir el resto de los muebles que necesitaban. Un sofá, un juego de comedor. Iban a requerir de algunos miles de dólares adicionales. Él comenzó a mordisquearse la piel de los dedos. Ajustaría él mismo su horario de labor, desde las ocho de la noche hasta las ocho del otro día, en lugar de trabajar de seis a seis, para poder dejarla a ella en su trabajo y a los niños en la escuela. Ahorrarían dinero en el boleto de transporte.

—No, no —dijo ella, temerosa de perder sus mañanas tranquilas y a solas—. Eso no tiene sentido, perderemos más dinero si cambias las horas. Yo puedo llevarlos en el autobús, y caminar desde allí a mi trabajo, no es demasiado lejos.

Él encendió la radio, sintonizándola en un programa en inglés, y comenzó a tararear las canciones que iban sonando, aun cuando no sabía ninguna de las letras. Le indicó un sedán que viró bruscamente más adelante, y la luz roja que se demoró infinitamente en cambiar a verde. A ella le inquietó que no mencionara ni una sola vez la forma en que conseguirían el resto del dinero.

No fue sino hasta que hubieron abandonado la autopista que ella se lo preguntó:

—¿A qué te refieres? —dijo él—. Le dije a Sully que recibirá el resto del dinero cuando el apartamento esté listo.

—Pero, ¿de dónde vamos a sacar esa suma? —insistió ella—. ¿Y el dinero para la mesa y el sofá? Acabas de decir que necesitamos otros mil dólares al menos.

Ella apoyó la cabeza en la cabecera, invadida de un repentino cansancio. Tenían tan poco de sobra. Ella guardaba cada dólar que ganaban en un sobre amarillo bajo el colchón de ambos. Pagaba la escuela de los niños, daba a Valeria dinero para el pago de las cuentas, apartaba dinero para la gasolina, llevaba el presupuesto para la alimentación de todos, asignaba unos pocos billetes de veinte dólares para la madre de él y la tía Ofelia. Aparte de eso, estaba atenta a cada dólar que abandonaba el sobre. Cualquier otro gasto solo se justificaba si había una rebaja o un cupón asociado a él. Rara vez podía pagar los cinco dólares de los viernes elegantes en la escuela, y solo lo hacía cuando Victoria había obtenido una nueva estrella dorada en su tarea escolar.

Después de lo que había sacado esa misma mañana, solo quedaba dinero suficiente para los víveres de dos semanas.

—Te di casi todo lo que tenemos —dijo ella—. ¿O tienes algún dinero escondido del que yo no sé?

—Te doy cada dólar que gano, Ana.

—Entonces… ¿cómo vamos a conseguir el resto del dinero?

—Tenemos hasta fin de mes —contestó él—. Veré si puedo trabajar el taxi unas horas más. Tú vas a trabajar horas extra la próxima semana, ¿no? Seguro que puedes trabajar un poco más que eso. Y, si verdaderamente lo necesitamos, siempre puedo pedirles a Valeria y Rubén que…

—No —dijo ella con firmeza—. No, no puedes pedirles dinero.

—¿Por qué no? Nunca se lo hemos pedido. Te diría que se lo pidieras a la señora Aguilar, pero no tengo más escrituras que puedas pasarle a cambio.

Ella se mordió la lengua. Él tenía la suerte de disponer de una propiedad que permutar. Nadie deseaba su cuerpo, así que no necesitaba ofrecerlo. Él nunca había negociado con la Mama; era ella quien lo hacía. Siempre ella porque, como bien se lo había dicho él mismo una vez, era mujer. *Hablen entre mujeres*. Pero eso no era "cosa de mujeres", sino un tema económico. No había ningún banco que les prestara dinero, solo la Mama. A la Mama no le importaban las *green cards* o el número de seguridad social. Tenía en cuenta solo el pasaporte y, cuando Ana le pidió por primera vez un préstamo, le había entregado sus cuatro pasaportes, los de todos ellos. No fue sino hasta que Lucho perdió su empleo y Ana le pidió más dinero, que la Mama quiso algo de valor real, algo tangible que le asegurara que se le pagaría aunque estuvieran ellos en Nueva York, Perú o en la tumba. Ana había empeñado sus joyas y le dio, por tanto, lo único que les quedaba de auténtico valor: la escritura de la casa de Lucho en Lima.

Cuando él llegó a casa ese día, ella le dijo que la Mama le había dado el dinero, y que ella había ido y pagado la renta y comprado víveres para la semana. Las chuletas chisporroteaban en la sartén. El resto del dinero estaba en el sobre amarillo bajo el colchón.

—¿Así de simple? —preguntó él, sorprendido de lo fácil que le había resultado obtener el efectivo.

Entonces ella le dijo lo de la escritura.

—¿La casa de mi madre? —dijo él, palideciendo—. ¿Le diste la casa de mi madre?

Y abandonó la cocina, dejándola con las chuletas chisporroteando en la sartén.

Era ella, cuando necesitaban dinero extra, la que debía idear otras formas de conseguirlo, otras fuentes. Visto desde su perspectiva, era la única forma que tenían de quedarse en el país; la carga recaía sobre ella. Y así fue como terminó en lo de don Beto.

Si Lucho hubiera tenido más escrituras, ella se las hubiese ofrecido meses atrás a la Mama.

—Al menos la Mama no me regaña cada día por su dinero —dijo ella—. En cambio, Valeria… Tengo que llenar mi cartera de papel higiénico cada día solo para acallarla cuando se acaba el cereal.

—Aquí vamos —rezongó él.

—¿Estás cansado de oírlo, Lucho? ¿No quieres saber cómo

ella vuelve del taller y se va derechito a disfrutar de la cena que *yo* he preparado? ¿Y cómo luego coge una cerveza o vierte una pizca de vodka en su bebida y se pasa el resto de la noche en su cuarto viendo telenovelas?

—¿Y qué si lo hace? —contratacó él—. Puede hacer lo que se le dé la gana, es su casa. Deberías dejar de actuar como si fuera la tuya.

—¿Por qué cocino y limpio? Dios mío, solo porque me gusta comer comida auténtica y no vivir en un chiquero.

—No es solo porque cocinas y limpias, Ana. Es que organizas fiestas los días festivos e invitas a tus amigos sin siquiera preguntarle a ella.

—¿Así que se ha quejado contigo por lo de Año Nuevo? Entonces, ¿tampoco puedo invitar a mis amigos y celebrar?

—Nadie dice que no puedan venir. Pero es *su* casa, tendrías que haberle preguntado lo que quería hacer. ¡O si quería hacer algo en primer lugar!

—Ella nunca dijo que no —gritó ella y se inclinó hacia la puerta del auto, frotándose la sien—. No sé ni siquiera por qué me tomo la molestia de aclararlo. Soy tu esposa, Lucho. *Tu* esposa. Pero tú siempre te pones de su parte, siempre.

—Ana, óyete a ti misma. Te quejas de que ella se come tu comida y que bebe demasiado, y de que nos pregunta por la búsqueda del apartamento. Yo también lo haría si hubiera tenido a alguien viviendo en mi casa desde hace tres meses.

—Carla nos dejó quedarnos con ella más que eso y no es ni siquiera familiar nuestro.

—¡Las cosas eran distintas entonces! Carla y Ernesto vivían solos, tenían espacio. ¿Te parece que los Lazarte nos abrirían ahora las puertas, con tres niños y Betty viviendo bajo su techo?

Ella no quiso admitir que en eso tenía razón. Cuando llegaron a Nueva York, Carla les había ofrecido su casa mientras se adaptaban a la ciudad. Después de todo, Carla conocía a Ana desde niña, y Ana era la mejor mejor amiga de Betty. Una mujer estable, trabajadora, con varias bocas que alimentar. Lucho era también un buen tipo, así que ella ayudó a Ana a obtener un número de seguridad social y una *green card* a través de un conocido suyo en Jackson Heights, y después el trabajo en la factoría. El amigo de Ernesto le encontró a Lucho un trabajo en la planta frigorífica, y Carla se ofreció a cuidar a los niños cuando Ana quiso trabajar por las noches en el Regina's.

Pero incluso los Lazarte tenían límites y, después de unos meses de oír a Carla quejarse al teléfono y con sus amigos de que no disponía de fines de semana libre y del caos constante en el apartamento, Ana supo que era momento de irse.

Había esperado que con Valeria todo fuese distinto porque era familia, pero… ¿por qué iba a ser distinto? En muchos sentidos, Ana era más cercana a la propia Carla que a Valeria.

—Puede que no sea la persona más fácil para vivir con ella —continuó Lucho—, pero si aún seguimos en este país es porque ella nos ayudó. Y, créeme, seguimos aquí solo porque es lo que *tú* quieres.

—¿Lo que *yo* quiero? —dijo ella—. Ni siquiera entiendo muy bien qué es eso a lo que quieres volver, Lucho.

—¿No lo entiendes? —dijo él y fue golpeteando el volante con sus dedos a medida que enumeraba sus razones—: A mi madre, a mi casa, a mis amigos. A un trabajo. Un *verdadero* trabajo, no… —Dio un golpazo al volante—: No a esto.

El tipo de trabajos que había encontrado en Nueva York siempre había sido un tema difícil para él. Los oficios que había desempeñado eran de baja categoría y su frustración se exacerbaba por su mal inglés. El título académico que había obtenido en Perú, y sus labores como ayudante en una Universidad de Lima significaban bastante poco en Nueva York. Labores esencialmente manuales, algo en lo que no tenía mucha experiencia, fue todo lo que pudo encontrar. Cortando carne, limpiando pequeñas oficinas, conduciendo un taxi. Ella sospechaba que él prefería los trabajos nocturnos a los diurnos porque así nadie podía ver lo que hacía para sobrevivir.

En su interior, ella consideraba que eran afortunados solo por tener alguna forma de ganarse la vida.

—No hay trabajo allí, Lucho —le dijo—, ni siquiera para ti.

Por su parte, Ana nunca se había identificado con ningún trabajo en particular. Un trabajo era un trabajo, una forma de mantener la barriga llena y de guarecerse en caso de tormenta. Aun así, había otras cosas que a ella le hubiera gustado que él viera, ya que, al verlas, hubiera entendido por qué a ella le resultaba simplemente imposible volver atrás.

—Tú te das cuenta, supongo, de que tu madre piensa lo peor de mí. Y en cuanto a esa casa de ustedes… se está cayendo a pedazos, Lucho. Esos *amigos* que dices están todos en prisión. ¿A eso quieres volver?

—No son delincuentes, Ana —dijo él.

—Cierto, y quieren cambiar el mundo, igual que cualquier terrorista.

—¿Terrorista? No puedes comparar el activismo con el terrorismo, de ninguna manera.

—Pero ellos mismos borraron los límites, ¿no te parece? ¿Por qué los arrestaron entonces?

—Porque buscaban mostrar al ejército como lo que es. Los

soldados no protegen a nadie y tú lo sabes. Están demasiado ocupados jalando y consiguiendo toda esa cocaína que consiguen para los norteamericanos. —Al decir esto bajó el volumen de la radio—. Eso es lo que no entiendo. No sé por qué te has comprado la idea de que este país es lo máximo, cuando todo lo que siempre ha hecho es chuparnos la sangre hasta dejarnos secos, manipular a nuestro pueblo y nuestros líderes. Por eso peleaban Marzullo, Perry, Bautista. Por la patria. Y es lo que debería haber hecho yo, pero en lugar de eso estoy aquí. —Viró bruscamente a la izquierda para tomar una calle residencial. Un vehículo hizo sonar el claxon, pero él lo maldijo y lo pasó a toda velocidad —. Este país ha hecho tan mal las cosas que ya no podemos quedarnos en Perú, pero ellos tampoco nos quieren aquí. Estamos jodidos, sin importar dónde estemos.

Ella no pretendía entender su ira. Él había leído y estudiado más que ella, y a veces hablaba con tanto fervor del saqueo perpetrado en Perú, y en todo el continente, que nadie podía discutírselo. Él pensaba que el mundo había hecho la vista gorda ante lo mucho que su país se había desangrado, ya fuese por el oro, la coca o directamente por la sangre de sus hijos. El país nunca había funcionado para su propio pueblo, siempre habían sido otros los que sostenían el látigo.

A ella le parecía que él nunca podría entender realmente lo mucho que Perú se había desangrado desde el interior. La promesa de un futuro mejor, que ella misma había escuchado en el aula de su escuela desde que era niña, había irrumpido en el país, pero ello requería el blanqueamiento de las ropas de colores brillantes, la desaparación de diseños que el país había usado en la vestimenta durante siglos; un futuro que solo sería posible deshaciendo trenzas y haciendo desaparecer determinadas lenguas a favor de un único y dominante idioma. Esa era la vía al futuro en el Perú. Lucho era criollo, perteneciente a ese futuro por su piel más clara, sus pantalones grises y su cabello peinado con la raya al costado. Estaba incluso obsesionado con la pureza y conservación del español. ¿Por qué otra razón se iba a pasar horas leyendo diarios en español allí en Nueva York, rastreando, como él decía, las formas en que la lengua madre era masacrada? Eso y su apellido, tan ajeno al país nativo, podían granjearle un trabajo con relativa facilidad en Perú; él podía, por lo tanto, discutir sobre la justeza o no de su salario, la intromisión de factores externos, y lo que podía hacerse para preservar la casa que su padre había comprado.

Ella no podía debatir esas cosas. En Lima era simplemente una mujer, una de piel oscura, originaria de una provincia en las montañas, con solo unas décadas a su favor antes de que se la empezara a considerar demasiado vieja para contratarla. Ocultaba su acento y hacía lo posible por eliminar de su habla cotidiana toda palabra característica de Santa Clara que pudiera opacar su español. No podía darse el lujo de negociar un salario y, cuando obtuvo ese trabajo de recepcionista, fue como si se hubiera ganado el premio mayor. A ella no le preocupaba conservar nada tangible del pasado. Le bastaba con que su casa de la infancia perviviera en su memoria. Siempre estaba dispuesta a adaptarse, algo que él no necesitaba hacer en su país de origen. Y Ana se preguntaba si no sería eso, y no el desdén por su nuevo país, el motivo de la frustración de Lucho.

—Yo no siento que estemos jodidos —dijo ella al fin—. Las cosas por aquí fueron buenas al principio. Teníamos trabajo y eso fue lo que siempre quisimos, ¿no es así? Trabajar y mantener a nuestros hijos. Apoyar a nuestras familias. Eso lo teníamos.

Nunca hemos debido preocuparnos por la comida. Podemos comprar víveres sin preocuparnos de que algún lunático nos haga volar por los aires. ¡Y mira a nuestros hijos!, que hoy hablan dos idiomas, Lucho. —Ese solo pensamiento la llenaba de orgullo—. Pueden hacer tanto más aquí —dijo bajando la voz—. *Nosotros* podemos ser tanto más aquí.

—Yo no soy nada aquí —dijo él, y dobló en otra calle hasta entrar en el estacionamiento de Lexar Tower—. Hago lo que puedo, Ana. No sé qué más quieres.

Ella respiró profundamente.

—¿Puedes preguntarle a Rubén si podemos quedarnos otro poco? —preguntó, pero él estaba ya negando con la cabeza—. ¿Solo hasta que hayamos ahorrado algún dinero adicional?

—No —dijo él enfáticamente—. Estoy cansado de vivir como arrimados. Cuando no estamos viviendo con Carla y Ernesto, es con Valeria y Rubén. Es lo que pasa en este lugar, que siempre estás necesitando ayuda, no basta con que trabajemos duro. ¿No te dice nada eso?

Ella miró por la ventanilla. Cuando se fue de Perú, se había prometido a sí misma nunca quejarse, sin importar lo muy difícil que fuera vivir y trabajar en otro lugar y otro idioma. No se iba a lamentar por las asperezas que ello le supusiera. Siempre miraría al futuro.

—No podemos volver atrás —dijo.

Él indicó la entrada a Lexar Tower:

—Tampoco podemos quedarnos aquí. Y no nos vamos a mudar a un lugar como este; no esperes tener vecinos que se vean o vistan como la gente que vive aquí. —Acomodó el auto en el estacionamiento y apagó el motor. Eso sí, dejó la música sonando—. Podemos pagar ese apartamento. No sé por cuánto tiempo, Ana, pero, si tú quieres permanecer aquí, este es el próximo paso. O podemos enviar a los niños de vuelta a Perú. Es la única forma en que podremos hacer que las cosas funcionen por aquí.

—¿Tú los enviarías de vuelta? —dijo ella—. ¿Apartarías a mis hijos de mí? ¿Eso es lo que estás diciendo?

—No es apartarlos de ti. Es hacer lo que es mejor para *nosotros*. Sé razonable. Si tú pierdes tu trabajo o si esta cosa del taxi no funciona, tendremos que enviarlos de vuelta. Y si, aun así, ninguno de los dos conseguimos que la cosa funcione aquí, querrá decir sencillamente que no pudimos hacerla funcionar y nos tendremos ir. —Apoyó la cabeza contra la cabecera del asiento, complacido en apariencia con el recuerdo de eso a lo que él pensaba que podían regresar—. Siempre podemos regresar.

. . .

CUANDO SUBIÓ AL APARTAMENTO, ESCUCHÓ A VALERIA URGIENDO A los niños que terminaran de comer. Estaba esperando a un amigo que vendría a recoger un paquete que ella le había traído del Perú; por eso Ana y Lucho habían podido ir a ver el apartamento. Los viajes de Valeria al Perú se habían vuelto no solo más frecuentes, sino más voluminosos, y Ana esperaba más visitas en los próximos días.

Al cruzar ella y Lucho el umbral, los niños se olvidaron al instante de la cena.

—Mami, mira —dijo Pedro, saltando de su silla con la consola de juegos de Michael en las manos—. Mira lo que sé hacer.

—¡Termina de comer! —le gritó Valeria.

Victoria, entretanto, llamó la atención de su padre.

—Papi, ¿tú puedes ayudarme con esto? —le preguntó en inglés, extendiéndole su cuaderno con la tarea escolar.

—Háblame en español —le dijo él, sosteniendo el cuaderno ante sus ojos unos segundos y devolviéndoselo—. Esto es fácil, Victoria. Empieza tú y yo le echaré un vistazo mañana. —La niña simuló desplomarse como una marioneta—. A ver, no te diría que lo hicieras si no creyera que puedes hacerlo —le aclaró él—, y tú puedes hacerlo. Si hay un lenguaje más importante que otros es el de las matemáticas, inténtalo.

—¿No vas a comer? —le preguntó Valeria.

Él hizo girar su sombrero en sus manos.

—No, gracias, prima, no tengo mucho apetito ahora mismo —respondió y se dirigió al baño, donde se cambió la chompa por otra. Luego se marchó a su turno de noche sin despedirse.

Cuando Ana estuvo segura de que se había ido, extrajo el sobre amarillo de debajo del colchón. En su interior había porciones del trayecto recorrido: certificados de nacimiento, diplomas y lo que quedaba del dinero que habían podido ahorrar desde que Lucho comenzara a trabajar de nuevo.

No era suficiente.

Le parecía aún oír sus palabras, una y otra vez: *Ellos pueden regresarse*, había dicho. *Podemos regresar*. Al parecer, no tenía reparos en enviar a los niños de vuelta; estaba aferrado a una idea romántica de lo que aún podía ser la vida en Perú, no a lo que era en realidad. Algo que él jamás podría ver con sus propios ojos.

Entonces buscó con la vista en la litera de arriba, la de Victoria. La muñeca no estaba allí, ni en la litera de Pedro ni en el piso. Tampoco en la cama de ellos.

Desde el pasillo llamó a Victoria y, cuando ella entró en el dormitorio, le preguntó:

—¿Dónde está Liliana?

Victoria corrió de vuelta a la habitación de Michael. Al volver, Ana le recordó algo:

—Ella se queda aquí siempre.

Victoria entornó los ojos y puso mala cara.

—No pongas esa cara —le dijo Ana—. Ella se queda en tu cama y punto.

—Sorry, mami —murmuró Victoria en inglés.

—No me digas "sorry". Se dice "perdón".

Le indicó a Victoria que volviera a la sala y cerró la puerta detrás de ella. La cabeza blanda de la muñeca saltó con facilidad del cuerpo. En su interior estaba su dinero, el que había recortado de lo que Lucho aportaba. La gente siempre terminaba yéndose, era un temor que llevaba dentro desde que su padre desapareciera, y se había hecho más intenso con el tiempo. Los horarios laborales de ella y Lucho nunca coincidían, y ella solía preguntarse en sus noches a solas si efectivamente volvería por la mañana. ¿O se sentiría tentado por su recuerdo del Perú, una copa o dos, incluso otra mujer? Cuando comenzó a conducir el taxi, la asustaba la posibilidad de un accidente o un asalto. Ahora era simplemente la quietud de la noche, con su capacidad de hundirla en un océano de pensamientos.

Fue por ese miedo a una partida posible de Lucho que ocultó ese dinero, un poquito más cada vez que le pagaban, en billetes de cinco o diez dólares, ocasionalmente de veinte. Mantenía el dinero dentro de esa muñeca que había comprado con descuento a los pocos meses de llegar a Nueva York, y que suscitó las protestas de Victoria porque olía raro. Ella instruyó a su hija para que la dejara siempre en su cama y, cuando se mudaron al apartamento de Valeria, le indicó que nunca debía abandonar el dormitorio. No utilizó el dinero cuando Lucho estaba sin trabajo, y no lo iba a gastar ahora. No para pagar el nuevo apartamento; no después de que él mencionara la posibilidad de enviar a los niños de vuelta. Si las cosas llegaban alguna vez a ese extremo, ella iba a necesitar el dinero para dejarlo a él. Necesitaba encontrar otra fuente de ingresos para el nuevo apartamento. Y ahora tenía un problema adicional, que precisaba arreglar lo más pronto posible.

Así que llamó a la Mama.

9

EL SOL SE AFERRABA A UN CIELO CADA VEZ MÁS OSCURO CUANDO AL
día siguiente dobló la esquina de la calle donde vivía la Mama.
Había pasado antes por una panadería polaca y escogido, para
ayudarse en su causa, una de las *babkas* predilectas de la mujer.
Sospechaba, desde luego, que iba a decirle que no a otro préstamo, pero igual se lo pediría. Siempre existía la posibilidad de
que accediera y, si así ocurría, no tendría que recurrir a su propio dinero. Pedirle a don Beto ya no era opción. Una vez que
se dio cuenta de que se había saltado su última menstruación,
supo que, fuera lo que fuese que había entre ambos, debía terminar ya. Había demasiado en riesgo. Ella no tenía ningún plan
de devolverle los billetes que él le había dado. Ese dinero ahora
era suyo.

Al cruzar el umbral de la Mama, se le erizó la piel tras notar
los mocasines negros de don Beto en el anaquel para el calzado
en la entrada. Puso sus zapatillas junto a ellos, asegurándose de
que no se tocaran.

Buscó en el apartamento cualquier indicio del hombre, pero
solo encontró las huellas indelebles de la Mama, una leve esen-

cia de Jean Naté que emanaba del cuarto de baño. El radiador tarareaba su melodía habitual, complementada por la respiración trabajosa de la mujer. Las ediciones de *Vanidades* se hallaban, como siempre apiladas en la mesa de centro. El recuerdo de Beto se le vino a la mente al instante. La fragancia a ron bajo sus narices, el ruido de sus dedos manipulando la hebilla de su cinturón, su respiración intensa junto al oído de Ana. La piel de su estómago se contrajo y se cruzó de brazos para mantener el control.

—Quítate el abrigo —le dijo la Mama.

Ana sufrió un tiritón ante la orden y se apretujó aún más dentro de su abrigo.

—Tengo frío —respondió.

—Entonces prepara algo de té. —La Mama dio media vuelta y se dirigió a la sala de estar—. Hay agua hervida en la tetera. Y trae también la babka de pasas.

Minutos después, Ana puso la tetera con el té preparado y varias rodajas de la babka en la mesa de centro. Dio un sorbo a su propia taza con la imagen de fondo de una jueza cubana en la televisión, debatiendo si un vecino le debía dinero a otro a causa de que su perro lo había mordido.

—Estás muy callada —dijo la Mama y se llevó una tajada de la babka con pasas a la boca—. Y acabas de hacerme un pago hace poco, así que no estarás aquí por eso, supongo. ¿A qué viniste?

Ana miró fijamente la pantalla del televisor.

—Encontramos un apartamento.

—Qué bien —respondió la Mama abriendo los ojos—. Ese asunto del taxi debe estar yendo bien.

—No tan bien como quisiéramos —dijo Ana—. Encontramos un apartamento cerca de la escuela de los niños. No demasiado lejos de la factoría. El dueño está ahora pintándolo, arreglándolo. El alquiler es muy razonable, y el vecindario, verdaderamente tranquilo.

—¿Cuál es el problema entonces? —dijo la Mama, dando golpecitos con los dedos en el brazo del sillón.

—El dueño quiere un mes extra —dijo ella—. Y solo tenemos lo suficiente para dos meses. Tenía la esperanza de que usted nos prestara lo que falta.

La Mama echó la cabeza hacia atrás y dejó escapar un ruido extraño, un único "ja" que pretendía ser cualquier cosa menos una risa.

—Estás ya atrasada en los pagos, Ana, ¿por qué te daría más dinero?

—Porque puedo pagarlo —dijo ella—. Lucho va a hace turnos más largos, ya lo ha organizado con el dueño del auto. Ha firmado recién un contrato con dos empresas de taxis, y yo trabajaré horas extras. Ya sé que me falta ponerme al día, pero la renta está a nuestro alcance y podemos mudarnos a finales del mes.

—Para *mí* será mejor —dijo la Mama— que se queden donde tus primos. Allí no pagan alquiler y así me pueden pagar más rápido. Entonces, cuando se hayan puesto al día, podemos hablar quizá de otro préstamo para que se muden.

—Pero habremos perdido este apartamento.

—Habrá otros. Yo misma puedo hacer algunas llamadas cuando sea el momento adecuado.

A Ana la sorprendió la sugerencia, aun cuando tenía claro a esas alturas que no deseaba la ayuda de la Mama en eso. ¿Qué pasaría si terminaba viviendo en uno de sus edificios, o alguno que perteneciera a un amigo o cliente suyo? Estaría lejos de poder cortar el vínculo con ella o don Beto.

—Aprecio su ayuda, pero este apartamento está bien para nosotros y ahora es el momento preciso. Puedo devolvérselo, se lo prometo.

—¿Y por qué la prisa de mudarse ahora? —preguntó la mujer—. Llevan algún tiempo donde tus primos, eso ya lo sé, pero, ¿qué diferencia hace otro mes o incluso dos? ¿O es que ya no son bien acogidos?

Ella no lo era, desde luego, aunque la Mama no tenía por qué saberlo, ni lo mucho que Ana deseaba quedarse en Lexar Tower. Pero Lucho tenía razón, era la casa de Valeria. Mientras ella anduviese fuera, Ana podía soñar y jugar al ama de casa todo lo que quisiera, pero ahora que la anfitriona estaba de vuelta debía enfrentar la realidad. No tenía un techo propio y eso la dejaba en una posición muy precaria. Ella sospechaba que, en los momentos en que no estaba atenta, Valeria le susurraba cosas al oído a Lucho, llenándole la cabeza de dudas respecto a ella, su vida juntos en Estados Unidos, y cuánto más fácil sería todo si los niños estuvieran en Lima. La amenaza de él de enviarlos de vuelta, o de volverse todos, era tan real que Ana estaba dispuesta a mudarse a una caverna si eso implicaba mantener a su familia en Nueva York e intacta.

Igual no quería parecer desagradecida, especialmente con sus familiares, así que dijo:

—Mi prima ha sido muy buena con nosotros. Generosa y paciente, como usted. Pero no es fácil esto de encontrar un lugar donde vivir. Especialmente cuando le dices a los caseros que tienes hijos. Si no conseguimos *este* apartamento, Mama, quién sabe cuándo volveremos a tener otra oportunidad como esta.

—Tienes razón en eso —dijo la Mama—. Van a ser indocumentados largo tiempo. A menos que haya alguna clase de amnistía, puede que nunca obtengan su residencia. Puede que sus hijos tampoco tengan nunca los papeles. Es mejor que se establezcan en algún sitio fijo. —Guardó silencio, observándola unos segundos. Enseguida le preguntó—: ¿Y han pensado en regresar?

—Todo el mundo en nuestra situación piensa en eso —dijo ella—. Pero no hay nada para mis hijos allí.

La Mama puso su taza de vuelta en la mesa, y cruzó las manos sobre su vientre, fijando de nuevo la mirada en ella, estudiándola.

—¿Sabes? Nunca te he preguntado por qué salieron de allí. Imagino que fue la misma historia de siempre. No había trabajo y aquí había un mejor futuro para tus hijos. Pero no tenía esa impresión de ustedes. Siempre pensé que quizás hubiera algo más.

—Nos vinimos, de hecho, por los niños —dijo ella al instante.

Era la primera vez que se escuchaba a sí misma decirlo con tan poca convicción.

La Mama proyectó hacia adelante el labio inferior, como si estuviera a punto de escupir.

—No sabes mentir, Ana.

Ella se sonrojó, súbitamente descubierta, y se preguntó por qué debía hacer eso. Le parecía injusto estar obligada a compartir más de lo que deseaba mostrar para obtener lo que quería.

—Me vine aquí porque en Perú no queda verdaderamente nada para mí —dijo —. Nada. Perdí todo lo que tenía en Santa Clara.

—Por los terroristas —dijo la Mama.

—No solo por Sendero —aclaró ella—, aunque esa es la razón por la que ahora no podemos volver. Me refiero al ejército. El de la capital. —Recogió las piernas sobre la silla—. Enviado allí para salvarnos.

Recordó cómo su madre acostumbraba a sentarse en las faldas de su padre, endulzando la voz, sosteniendo su rostro entre sus manos y besándolo en la mecedora, cuando pensaban que estaban a solas. Ana estiraba el cuello y los espiaba desde la cocina o el dormitorio, barriendo y observando atentamente.

Después de que su padre y su tío desaparecieron, fue a su madre y el coronel Mejía a quienes observaba desde la ventana de su dormitorio. A diferencia de su padre, el coronel tomaba el rostro silencioso de su madre con sus dedos gruesos, y presionaba sus labios contra los de ella, pese a que su madre mantenía la boca apretada.

Entonces, un día, el coronel la vio en la ventana. Ella intentó esconderse, pero su madre la encontró en el gallinero y le dio una paliza, sollozando ella misma mientras la golpeaba, y le prometió que le quebraría todos los dientes si alguna vez decía algo a alguien de lo que había visto. Incluso ahora, el solo insinuar la verdad, tantos años después, le parecía a Ana una traición de su parte.

—Yo podría haber tenido un hermano o una hermana, de no haber sido por los soldados.

La Mama arrugó el entrecejo.

—¿Qué estás diciendo? —le preguntó—. ¿Estaba embarazada tu mamá?

Ocurrió una tarde singularmente opresiva, meses después de que comenzaran las visitas del coronel Mejía. Cuando el sol penetraba por la ventana de la cocina, Ana oyó a su madre gimiendo en el dormitorio. La oyó llamarla y pedirle que le llevara una olla. La grande, le dijo, y Ana le llevó la mayor cacerola que tenían y la dejó junto a su cama. Doña Sara se subió la falda, le dijo a su hija que saliera y cerró las cortinas.

Esa noche Ana vio a su madre dirigirse sin prisa a una esquina de la huerta, donde cavó pacientemente un hoyo con una pala pequeña. Junto al hoyo estaba la cacerola, reflejando en su piel metálica la luz del cielo plagado de estrellas. Su madre sacudió la olla, y lo que sea que había en su interior se deslizó y cayó al agujero. Cuando hubo terminado de enterrarlo, doña Sara se arrodilló junto al montículo y lloró unos segundos, y sus breves gemidos sonaron desoladores esa fresca noche de verano.

—No, no —se corrigió, reprochándose en su interior por haber dado algún indicio del secreto de su madre—. Solo pienso que, si los soldados estaban tratando verdaderamente de protegernos, entonces habrían hecho más por protegerla a ella. Pienso que aún estaría viva.

Semanas después del entierro, cuando el montículo se había reducido y alisado casi al nivel del terreno circundante en la huerta, notó un día al regresar de la escuela que su madre no la estaba esperando en la puerta como siempre hacía por las tardes. Entró en puntillas a la choza en penumbras, inquieta por el silencio reinante. Una gallina cacareó y Ana siguió el sonido hasta la huerta, que ahora resplandecía bajo un cielo sin nubes. Caminó hasta el gallinero, donde el cacareo fue en aumento. Detrás del cobertizo, casi inadvertido entre la madera y las hojas, estaba el cuerpo muerto de su madre. Con los ojos desorbitados en el rostro y la ropa interior en los tobillos.

—Era una pobre mujer sola —continuó—. Y de repente yo también lo estaba.

Fue solo con el tiempo, y con la maternidad en particular,

que comenzó a percibir quién era su madre. Una mujer que había hecho lo que debía para mantenerlas a las dos con vida. Se había adaptado al trabajo y a la ausencia de su padre, a su desaparición, al coronel Mejía. Su madre comenzó a revelársele de formas inesperadas. Siempre que, por ejemplo, ella misma friccionaba un huevo contra el cuerpo de alguno de sus hijos después de que habían tenido una pesadilla, para quitarles el miedo, como su madre había hecho con ella. O durante su caminata matinal a la factoría, cuando persistía en el aire la frialdad de la noche, tan reminiscente a los callados paseos de Ana y su madre al mercado. O en esas noches en que se sentaba en la escalera de incendios, preguntándose si su madre estaría finalmente en paz entre las nubes que discurrían sobre ella, en aquel cielo sin estrellas.

—Los soldados no estaban lo suficientemente interesados en protegerla. ¿Por qué se iban a molestar en protegerme a mí?

—¿Te sientes insegura allí? —le preguntó la Mama.

—Sí, pero además, a menos que uno se parezca a la jueza esa o tenga un apellido que no se parezca a Ríos, uno no importa mucho —dijo Ana—. Y yo vengo de la nada. Mi padre cortaba leña y plantaba semillas. Mi madre lavaba la ropa de los vecinos para ganarse la vida. Cuál es tu nombre, quiénes son tus padres. Cuál es tu aspecto. De dónde vienes. Esas cosas importan más en algunos sitios que el lugar adonde quieres dirigirte. Yo allí no puedo ir a ninguna parte.

La Mama se encogió de hombros.

—Si tú lo dices. Pero debo decirte algo, Perú no suena muy distinto a como son las cosas aquí.

—Solo que aquí hay trabajo —dijo ella.

—Lo hay, razón por la cual yo estaré mejor si te quedas donde estás.

Ana se mordió el labio y bebió otro sorbo de té.

—¿Entonces me va a prestar el dinero?

La Mama hizo un gesto burlón.

—Me refiero a que te quedes en casa de tu prima. Yo no soy un cajero automático, Ana. La respuesta es no, a menos que tengas algo más que ofrecer como colateral.

—Solo tengo esa escritura…

—No, *yo* tengo ahora la escritura de esa casa en Lima. ¿Algo más?

Ana dejó caer los hombros y clavó la vista en el piso.

—Así que no te voy a prestar más dinero.

Hablaba en tono uniforme, como si no le hubiera importado que Ana no tuviese donde vivir o pudiera ser separada de sus hijos. El asunto era blanco o negro. Le debía dinero a la mujer. No había ninguna posibilidad de que le prestara nada hasta que pagase.

Pero, ¿a quién más podía pedírselo? No iba a volver a don Beto, no más de eso. Y tampoco iba a perder a sus hijos.

—Mama, necesito ese apartamento —suplicó.

—Entonces deberías haberme pagado a tiempo. Y no deberías haber desaparecido como lo hiciste. Te das cuenta, supongo, de que yo podría haberte hecho daño, Ana. Podría haber vendido esa casa en Lima, pero no lo he hecho. ¿Y sabes por qué? Porque siento en verdad cierta compasión por ti. Sé que estás en una situación difícil, y esa es la razón por la que estoy siendo paciente, pero entiéndelo, ese no es mi estilo. Si le prestara dinero a cada pobretona que viene por aquí con una historia desdichada, me quedaría muy pronto sin un centavo. —Subió el tono de voz—. Yo podría actuar igual que las otras en mi posición, y darte ese dinero y esperar a que fallaras en algún pago, que es lo que va a pasar; entonces no tendría otra opción que vender tu casa. Porque así es el negocio en que estoy metida. Y tú y yo tenemos ese acuerdo. Estoy empezando a darme cuenta de que te cuesta mucho entender que no puedes ir por ahí jugando con el dinero ajeno. —Miró a Ana por encima de sus lentes, clavándole los ojos—. Pero igual te estoy concediendo el beneficio de la duda, ¿lo ves? Te estoy diciendo que te pongas al día, que mantengas tus pagos al día y luego ya veremos. Te estoy haciendo un favor, Ana. Si no quieres verlo, bueno, es problema tuyo. Un gran problema.

—Pero, Mama —musitó Ana—, no es demasiado dine…

—¡Es *mi* dinero! —gritó la Mama—. Y cada centavo que presto es un montón para mí. Me gano cada dólar que te presto a ti y la gente como tú. Es mi dinero el que estás usando para cumplir con cualquier ambición que tienes aquí. No es insignificante para ninguna de las dos. Si lo fuera, no lo estarías pidiendo, así que no lo trivialices —agregó y golpeó su taza contra la mesa—. Págame lo que me debes. No me importa lo que tú o tu marido deban hacer para devolvérmelo, solo háganlo. Háganlo a tiempo y en la cifra exacta que dijeron que me iban a pagar cada semana. Entonces quizá podamos hablar de otro préstamo. Hasta entonces, no vengas a pedirme más dinero o, créeme, comenzaré a hacer unas cuantas llamadas, y la primera será a mi nueva inquilina en el Perú. ¿Filomena se llama…?

Se acomodó en su asiento y se concentró de nuevo en el hombre de mediana edad que hacía las veces de demandado en la pantalla, y en su perro pomerania. En cuestión de segundos estaba riendo a carcajadas al ver al demandante mostrarle imágenes de las presuntas mordeduras del animal a una jueza perpleja.

Era todo un chiste para ella, pensó Ana. Ella misma —Ana— era solo un chiste.

Se resistió a la urgencia que sentía de abandonar el lugar, aunque estaba desesperada por salir corriendo o gritar. Pero la Mama no le había dicho que podía irse. Estaba atada a esa mujer. Hasta que pagara su deuda y pudiese reclamarle de vuelta los pasaportes y la escritura, estaba encadenada a ella. Y, aunque lograra saldar la deuda, seguiría necesitándola. ¿Quién más iba a prestarle dinero cuando lo necesitara? ¿Quién sino la Mama…?

Sintió la necesidad de asegurarse de que todo estaba bien entre ellas. La jueza falló a favor del vecino y, cuando comenzó el noticiario, apareció en la pantalla el rostro familiar del reportero que se parecía tanto al hijo de la Mama. A raíz de lo cual, Ana esbozó un carraspeo y preguntó:

—¿Cómo está su hijo?

La Mama se sobresaltó.

—¿Mi hijo? —repitió, inclinando la oreja izquierda hacia Ana, como si hubiera oído mal.

—Sí, su hijo —dijo Ana un poco más alto—. Cuando llamé la semana pasada, don Beto me dijo que andaba usted fuera. Y que su hijo estaba aquí. Quería saber cómo está. No recuerdo que haya venido antes de visita.

—¿Por qué andas hablando de mi hijo con Alberto?

Ana sintió que su cara enrojecía.

—Él solo… lo mencionó cuando llamé el otro día —tartamudeó, e indicó el televisor—. Y el reportero ese…, bueno, usted dijo una vez que le recordaba a su hijo.

La Mama se puso rígida.

—¿Y a ti qué te importa?

—No me importa —dijo Ana—. Solo pensé que podía preguntarlo, ya que no viene mucho de visita, ¿no es así? Como usted dijo, todo el mundo tiene un motivo para venir aquí.

En ese momento, la Mama saltó del sillón. Su anterior laxitud había desaparecido, y blandió la mano en el aire, lista para dejarla caer y golpear a Ana, que tragó saliva y se recogió en la silla. La mujer se detuvo apenas un segundo antes de golpearla de verdad, jadeando. Tenía fama de ser indulgente con sus clientes, más que otras personas en ese negocio. Quizá porque sus clientes eran en su mayor parte mujeres e inmigrantes. Pero había oído rumores sobre lo que les ocurría a las que se pasaban de la raya. Decían que vendía las propiedades; que destruía los pasaportes. Y que había también ciertos individuos que se aparecían por las escuelas de los hijos, el lugar de trabajo, el hogar de ancianos donde estaban los padres. En ocasiones, los deudores eran golpeados y les robaban. A veces les aconsejaban que fuesen donde la Mama a recuperar lo que se les había robado, y siempre se les decía que lo pensaran dos veces antes de ir al hospital a atenderse. Ir a la policía no era opción.

La Mama estaba ahora tan cerca de ella que Ana pudo sentir el calor de su cuerpo, que parecía al borde de estallar. Todo cuanto podía hacer era volver el rostro y recoger las piernas hasta el pecho. Podía permitir que la Mama le rompiera cualquier porción del cuerpo menos el rostro.

En vez de eso, la Mama apoyó ambas manos en los brazos del sillón, aprisionándola.

—¿Qué quieres que te diga? —dijo en tono amenazador—. ¿Qué es lo que quieres oír? ¿Qué es gay? ¿Eso te dijo Alberto? ¿O que mi hijo tiene cáncer?

Ana cerró los ojos y bajó el rostro.

—Su… —comenzó a decir la Mama, pero le costó terminar la frase—, su *amigo* me lo contó. Él pensó que yo debía saberlo, que debería ver a mi hijo antes de que muriera. —Se enderezó; su cuerpo ahora inmóvil como el aire circundante.

El periodista en la pantalla se despidió y comenzó a cerrar su historia. La conductora del noticiario le agradeció la nota.

—Vete —dijo la Mama y Ana saltó al instante del sillón, cogió su abrigo y sus zapatos, se los calzó y caminó con dificultad hasta la puerta del edificio. No fue sino hasta que la escuchó cerrarse tras ella que se acordó de respirar de nuevo.

10

ANA SE DIRIGÍA A TODA PRISA HACIA LA FACTORÍA CUANDO COMENZÓ A
nevar. Las calles parecían adormiladas bajo una gruesa sábana
blanca, producto de la primera nevada de la estación, ocurrida
la noche anterior. Había abandonado Lexar Tower casi una hora
antes de lo habitual, apretujándose en el interior del vagón en
la línea 7, olvidando su almuerzo en el apuro, todo para llegar
a la factoría temprano y hablar con Betty. El tiempo no jugaba a
su favor. Cuanto más tardase en resolver el problema, más difícil
le resultaría hacerlo. La negativa de la Mama a ayudarla le dejaba
solo una opción: tendría que usar el dinero que había ocultado
dentro de Liliana.

Pero igual necesitaba la ayuda de Betty. Necesitaba algo para
hacer que el sangrado ocurriera.

Cuando llegó al trabajo, la nieve se había vuelto más ligera.
Afuera estaba la acostumbrada hueste de fumadoras, todas recogidas en su sitio, escuchando con suma atención el último rumor.
Betty no estaba en el grupo. Entonces oyó sonar dos veces un
claxon, y al mirar en la dirección de donde provenía reconoció

la furgoneta verde de Ernesto Lazarte. Carla hacía señas desde el asiento junto al del conductor.

Ana cruzó la calle y fue hasta la puerta del lado del conductor a saludar al padrino de su hijo, quien hizo descender el cristal de su lado.

—¿Sorprendida de verme, comadrita? —le preguntó él, enseñando su deslumbrante dentadura.

Llevaba el pelo negro salpicado de canas peinado hacia atrás con gel, inamovible. El marco de sus lentes de aviador era solo un poco menos brillante que el collar dorado de nuestra Señora de Guadalupe que asomaba entre el pelo gris de su pecho. Nunca, desde que Ana tenía memoria, parecía acordarse de los botones superiores de sus camisas.

—Lo estoy, compadrito —dijo ella, saludando con un asentimiento a Carla y a Betty, que estaba en el asiento trasero. Ernesto trabajaba de noche, en el equipo de mantenimiento de una torre de oficinas en el centro de Manhattan y, cuando Ana y Lucho vivían con los Lazarte, rara vez volvía a casa antes de la medianoche—. Pensé que estarían con los niños.

—Hugo los está cuidando —dijo él, aludiendo a su hijo de doce años—. Tiene que adquirir responsabilidades alguna vez ese chico, por qué no empezar ahora. Además, no iba a dejar que mi reina caminara bajo toda esta nieve —agregó. Luego apuntó a Betty——: O la princesa que viene ahí detrás.

—Te dije que podía venirme caminando —aclaró Betty.

Él apoyó la cabeza en el respaldo.

—No hay caso con ella, ¿no? —dijo sonriendo—. ¿Y mi compadrito? ¿Cuándo le das permiso para venir a ver un partido conmigo?

—Lucho no necesita que le de permiso —dijo Ana.

—Cómo que no —dijo él, riendo por lo bajo—. Lo tienes prácticamente enclaustrado al pobre en ese cuartito de la prima. Deberías dejarlo que salga un poco.

La verdad es que había poco en común entre ambos hombres. A Lucho solo le interesaba el deporte muy superficialmente; a Ernesto, en cambio, le encantaba evocar su niñez, cuando jugaba al fútbol en una cancha de tierra a orillas del Callao, soñando, como cualquier otro niño, con un día integrar la selección nacional. No había terminado la escuela secundaria, a diferencia de Lucho, que había estudiado economía varios años en la universidad. Ernesto se había dedicado en su juventud a trabajar con su madre viuda como vendedores ambulantes de flores y estampitas de santos, que ofrecían a quienes iban a llorar a sus muertos al cementerio de Santa Rosa, donde estaba enterrado su padre. Luego, había encontrado trabajo como bravucón a cargo de mantener el orden en un club nocturno, del tipo de establecimiento que solo admitía hombres y donde se alentaba a las mujeres que trabajaban dentro a hacer lo que estos quisieran, llegando al borde de la prostitución. Así era, al menos, como una vez se lo había descrito Carla a ella. El club nocturno había sido el primer trabajo de Carla en Lima y allí había conocido a Ernesto, que no era un hombre físicamente intimidante. Ana pensó, de hecho, que el suyo era un trabajo extraño para alguien con esa contextura. No tenía ni la altura ni el corpachón para infundir miedo. Pero era una especie de timador rutinario, que exudaba el anhelo y la capacidad de hacer cualquier cosa, una actitud que resultaba encantadora y un poco escalofriante.

—Mañana vas a ver a tu compadre —dijo Carla. Los Lazarte iban a celebrar la Nochebuena en Lexar Tower—. Entonces puedes invitarlo tú mismo a tus partiditos de fútbol. Aunque estoy segura de que el Compadrito tiene mejores cosas que hacer que perder el tiempo bebiendo cerveza barata y lamentando estúpidos sueños con la Copa Mundial. —Rio por lo bajo y Ernesto apretó los dientes. Entonces ella acercó el rostro a la ventanilla por encima de su esposo—. Anita, ¿por qué no se adelantan tú y Betty? Yo las alcanzo arriba.

Carla no había terminado de hablar cuando Betty ya se bajaba de la furgoneta.

—Nos vemos mañana entonces —dijo Ana, y se aclaró la garganta.

Había vivido lo suficiente con los Lazarte para saber cuándo habían estado discutiendo.

Al llegar ella y Betty a la puerta de la factoría, las fumadoras ya habían entrado. Solo Olga permanecía en el exterior.

—Suban ya —les dijo en tono enérgico.

—¿Todo bien? —preguntó Ana, sorprendida por su tono.

—Todo bien —dijo ella—. Solo necesito que suban ya.

Betty corrió de vuelta a la furgoneta en busca de Carla.

George estaba ya en el cuarto piso cuando llegaron arriba. Tenía en la mano la hoja de papel enrollada que usaba para pastorear a las mujeres al interior.

—Vamos, muchachas, adentro —decía.

Minutos después, Olga ocupó su lugar detrás de él, como una vigía. La campana sonó y ambos iniciaron su paseíto a lo largo de la sala. Él golpeteaba la hoja en su mano cada vez que se detenía ante una isla de costureras. Olga traducía. Desde que estaba en la factoría, Ana había presenciado esa escena solo en tres ocasiones: una, cuando el propio George tuvo que despedir a algunas trabajadoras; otra, cuando el jefe venía a visitar el lugar; y la última fue después de los allanamientos de junio, cuando inmigración irrumpió en una planta frigorífica cercana, apretujó a hombres y mujeres dentro de varias furgonetas y los hizo desaparecer del lugar. Fue el mismo allanamiento que había asustado al jefe de Lucho y lo había impulsado a despedirlo.

De todas formas, Ana siempre había dado por sentado que a George no le importaba mayormente inmigración. Era Carla la que le había conseguido ese trabajo y, aunque ahora Carla tenía su *green card*, había trabajado en la factoría durante años con documentación falsa mientras esperaba a que Ernesto se divorciara de la norteamericana con la que se había casado para obtener los papeles. Aun así, la mano de Ana tembló cuando le pasó a George sus documentos. Había memorizado los números de la tarjeta de seguridad social, repitiéndoselos a sí misma y haciendo pausas en los guiones. Por esa época, memorizar la dirección en la que supuestamente vivía fue bastante más difícil, pero George se limitó a señalar a Olga, a su lado, y Ana le pasó a ella sus documentos. Olga hizo fotocopias y luego se los devolvió.

Cuando llegaron a la estación de Ana, fue Olga la que habló.

—Algo ocurrió con una de las chicas —dijo. Ana echó una ojeada a las demás mujeres, pero todas estaban con la vista pegada al suelo.

Olga siguió traduciendo:

—No hago muchas preguntas. Principalmente, porque no sé si ustedes mienten o dicen la verdad. Lo que hagan fuera de aquí es asunto de ustedes. Todo cuanto pido es que no hagan ninguna estupidez.

George había hecho un discurso similar después de los allanamientos de junio.

"Compórtense", fue lo que habían extraído entonces de ese sermón. No hagan nada que pueda meter a alguien en problemas, como hacerse detener. Si los papeles de alguna detenida no pasaban la revisión, e inmigración se veía envuelta y entonces preguntaban dónde vivía y dónde trabajaba, eso sería un problema para George, que no hacía muchas preguntas y sencillamente quería tener buenas costureras que fueran invisibles fuera de los muros de la fábrica.

Fue entonces que Ana reparó en que la estación de Nilda estaba vacía. ¿Estaba atrasada o había decidido hacerse visible de algún modo?

—Es muy sencillo —siguió Olga—, simplemente no hagan nada estúpido. Eso incluye a sus maridos y novios.

Cuando Olga terminó de traducir, George golpeó la hoja de papel enrollada contra su otra mano.

—¿Nos entendemos? —preguntó.

Las mujeres asintieron y él dio otro golpe del rollo de papel contra su mano antes de desplazarse a la próxima estación, con Olga siguiéndolo detrás.

Cuando estaban a una distancia suficiente, Ana preguntó a las otras de quién se hablaba.

—De tu amiga Nilda —dijo una—. ¿Te acuerdas cuando vino por aquí el otro día luciendo esos aretes?

—¿Los que le dio su esposo? —dijo Ana.

—¿Ese muerto de hambre? —replicó la costurera—. ¡Qué va! Fue el otro, ese que la llevó a su casa la otra noche. Bueno, esta vez el niño la vio, ¿puedes creerlo? Dejó que su niño los viera. Aparentemente, se estaban besando justo fuera del edificio. Qué descarada.

—¿Y qué estaba haciendo ese niño despierto tan tarde? —preguntó Betty.

—Esperando a su mamá, por supuesto —dijo la costurera—. Él se lo dijo a su padre y él la golpeó, y ella a él, y el otro tipo se metió en el medio. Alguien llamó a la policía y, por supuesto, se los llevaron a todos detenidos.

—Espera, ¿su esposo la golpeó porque alguien más la llevó hasta su casa? —preguntó Ana.

—Un hombre que no era su esposo —precisó Carla.

—¿Y eso qué? —dijo Ana—. Si tanto le importaban las apariencias, el marido debió pasar a buscarla él mismo.

—Pero, ¿quién cuidaba al niño, entonces? —dijo otra de las mujeres.

—Si yo trabajara en un bar, no querría que mi hijo lo supiera —dijo otra—. Y todas sabemos en qué clase de bar estaba trabajando Nilda.

—Tendría que haber sido más cuidadosa —dijo Betty preocupada por la aludida—. Tiene a ese hijo y no tiene papeles.

—Yo pensé que su marido tenía papeles —dijo Ana.

—Los tiene —dijo Carla—, pero ella nunca los sacó. Después de todos estos años, y con un hijo, sigue siendo indocumentada.

Las mujeres comenzaron todas a mascullar en voz baja. ¿Por qué se había demorado tanto en hacerlo si estaban casados? Quizás fuera que el hijo no era de él, especularon algunas, o quizá obtener los papeles fuese muy caro. Entonces debía haber gastado el dinero del bar en un buen abogado, en vez de en esas mechas rubias o en hacerse las uñas, dijeron otras. Ahora estaba detenida y pronto estaría en un avión de vuelta a Ecuador.

Ana palideció.

—¿La van a deportar?

Carla asintió.

—Está con orden de deportación desde quién sabe cuándo. Así que sí.

Ana se quedó boquiabierta. *¿Cómo puede ser que una madre sea deportada?*, pensó. Qué estúpida fue Nilda. ¿Por qué se había dejado ver?

Entonces miró hacia la puerta gris, sin ni siquiera un ventanuco, en un rincón a varias islas de distancia. Una puerta solo parcialmente visible, con varias telas apiladas contra ella.

Betty preguntó en voz baja:

—¿Tú crees que les haya dicho de este lugar?

Carla inclinó la cabeza hacia George.

—No sé, pero ese de ahí está obviamente nervioso. Aunque yo no me preocuparía. Este país tiene mejores cosas que hacer que deportar costureras. Para empezar, deberían deportar a todos los violadores y asesinos que andan por ahí. Y a todos esos idiotas con plata que viven metiéndose coca en la nariz. No, no creo que ella diga nada. No hay razón para que lo haga.

El zumbido de los ventiladores se volvió ensordecedor. Algunas de las mujeres tenían papeles; la mayoría tenía marido. Si el marido se ponía violento, las que tenían papeles podían, si querían, llamar a la policía. Las demás tenían que quedarse quietas si querían permanecer en el país con sus hijos.

—¿Y qué pasará con su hijo? —preguntó Ana.

—Está con su marido, me imagino —dijo una de las costureras—. Existe la esperanza de que ese otro hombre suyo la traiga de regreso al país. De otro modo, quién sabe si Nilda volverá a ver a ese niño alguna vez.

No hablaron más de Nilda en toda la mañana, aunque Ana no pudo dejar de pensar en ella. La idea del niño viviendo sin su madre hacía que el pecho se le encogiera, y decidió concentrarse en la tela entre sus dedos, en cada puntada que galopaba por su territorio. *Algunas cosas deberían permanecer juntas*, pensó. *Como estos fragmentos de tela. Como una madre y su hijo. Incluso Nilda y el suyo.*

Volvió a mirar hacia la puerta gris. En su primer día allí había sido una de las pocas cosas que Carla le había indicado, junto al baño, el comedor y el cuartito de limpieza. No había en ella nada llamativo, pintada del mismo tono gris un poco impenetrable de las paredes. El pomo para abrirla era redondo y pequeño, como hecho para la mano de un niño o una mujer de estructura pequeña. Las primeras trabajadoras de la factoría, concluyó Ana, eran más pequeñas que ella. Las trabajadoras eran distintas hoy, pero se dio cuenta de que el pomo había estado pensado para alguien con una mano mucho más parecida a la suya. Nunca se había aventurado a traspasar esa puerta. De hecho, nunca había visto que nadie lo hiciera. El primer día, Carla le dijo que la puerta conducía al sótano, donde había otra puerta que daba a la calle y a la orilla del río.

Durante varios días después de que Lucho perdió su trabajo, ella tuvo un ojo puesto en esa puerta, pero no fue sino hasta ahora que advirtió el montón de telas apiladas que parecían bloquearla. ¿Siempre habían estado allí?

Caminó hasta la puerta y comenzó a moverlas. Betty la ayudó a poner los rollos junto a otros que había acumulados contra la pared vecina. Ana giró la perilla fría y abollada y la puerta hizo clic. Era pesada y tuvo que esforzarse para abrirla.

Betty deslizó las manos entre la hoja de la puerta y el marco, y ayudó a jalar de ella.

—Esta puerta pesa más que un matrimonio mal llevado —dijo ella, y las mujeres rieron con nerviosismo.

Ana echó una mirada a la escalera oscura, aunque la luz era suficiente para ver los escalones conducentes al piso de abajo.

Regresó a su estación satisfecha de haber podido atravesar el estrecho espacio entre las islas y haber llegado a la puerta en cuestión de segundos. Luego estaba el tema de las carteras de mano. Deseó que todas las pusieran junto a sus pies y no en los espacios entre las máquinas de coser, aunque resolvió el asunto fácilmente: bastaría con patearlas o saltar sobre ellas. Eran los demás cuerpos lo que le preocupaba. Si inmigración llegaba a caer por allí, ¿tendría que abrirse paso esquivando a docenas de mujeres sumidas en pánico, o pasar volando entre las petrificadas de miedo? Habría otras trabajadoras en las escaleras del tecer, segundo y primer piso. También debería maniobrar alrededor de ellas. Y no todas eran indocumentadas. Algunas tenían papeles, como Carla. Quizás esas se hicieran a un lado para que ella y otras se escabulleran. Se tratara de un bolso de mano o un cuerpo, Ana iba a hacer lo que fuera preciso para salir de allí, arañaría a las Carlas y hasta treparía sobre las Bettys del lugar si tenía que hacerlo.

Muy pronto, el resonar de las máquinas y la queja de los ventiladores ahogaron sus reflexiones, mientras sus dedos pasaron rápidamente de una tela a otra. Para la hora del almuerzo, Nilda era ya tema olvidado. En vez de eso, las mujeres charlaban acerca de una telenovela colombiana mucho mejor que la mexicana que daban a la misma hora en otro canal, y del invierno relativamente leve. Esa nevada había sido la primera de la temporada, y eso significaba que al menos el dinero gastado en abrigos semejantes a un ataúd, no sería un desperdicio. Se preguntaban si George y Olga pasarían juntos el Año Nuevo. Nadie habló más de Nilda. No tenía sentido hablar de alguien a quien nunca más volverían a ver.

■ ■ ■

ESA TARDE, CUANDO TODAS LAS MUJERES DEJABAN ATRÁS SUS ESTA-ciones para irse a casa, Ana consiguió retener a Betty. Había parado de nevar, dando paso a un cielo rojizo y claro. El aire estaba quieto, excepto por ocasionales ráfagas de viento que interrumpían el avance de las costureras hacia la parada del autobús y la estación de trenes. Ella y Betty caminaron junto al grupo, pero siguieron de largo una vez pasada la estación, y se apoyaron de espaldas contra las letras blancas con bordes rosado intenso que encendían la fachada negra llena de grafitis de la bodega vecina.

—¿Anda todo bien entre Carla y Ernesto? —preguntó ella.

Betty se desenrolló la bufanda y se quitó los guantes. Luego sacó el tabaco de su bolsillo.

—Igual que siempre. A él le gusta gastar un dinero que no tienen. Ella hace lo que sea para mantenerlo contento. Es lo que se entiende por amor, supongo.

—Pero él la trata bien —dijo Ana—. Por lo que yo vi cuando vivía con ellos. Discutían, es cierto, como cualquier pareja, pero me pareció que siempre sabían resolver las cosas.

—Supongo —dijo Betty, encogiéndose de hombros.

—Es triste, ¿no? —dijo Ana—. Lo que pasó con Nilda.

—Es lo que pasa cuando eres descuidada —dijo su amiga, y encendió el cigarrillo—. Pero te conozco y no me pediste que viniera hasta aquí para hablarme de ella o de Carla... ¿Está todo bien? Sonabas un poco agitada en el teléfono anoche.

Ana se aclaró la garganta.

—Sí y no —dijo—. Vamos a tomar el apartamento de Sully.

—Él es de lo peor, pero ¡felicitaciones! —Le dio un codazo suave a Ana en el antebrazo—. Es una forma de empezar bien el nuevo año.

—Eso espero —dijo ella—. El edificio es viejo, pero él está arreglando el apartamento. Es como un vagón de tren, pero de buen tamaño. Y está cerca de todo. El problema es que quiere tres meses de alquiler. Y nosotros solo tenemos dos.

—¿Tres meses? Yo sabía que era un jodido —dijo Betty—. Deberías pedirle a George horas extras. Seguro que lo necesita al haber perdido a Nilda —continuó, y agregó en un susurró—: Podrías utilizar algo de ese dinero que has apartado.

Betty sabía del dinero. Después de todo, era algo que ella misma le había aconsejado a su hermana Carla hacía años, por si Ernesto nunca cumplía su promesa de casarse con ella. ¿Qué pasaría si él la dejaba sola en Nueva York y sin papeles? ¿O si la deportaban de vuelta a Perú con los tres niños a cuestas? ¿Qué se suponía que debía hacer en ese caso? Era una preocupación que Betty había manifestado ante Ana una y otra vez durante la primera etapa de Carla en Nueva York. Carla enviaba dinero cada mes para los niños, y un poquito extra para que Betty lo apartara en caso de que Carla terminara volviendo a Perú sin la *green card* y sin marido. No fue sino hasta un año después de que él se divorció de la mujer estadounidense que Ernesto se casó finalmente con ella.

—No quiero hacerlo —dijo Ana—, pero no tengo muchas

opciones. Hemos estado ya varios meses en casa de Valeria, está claro que ella quiere que nos vayamos. Yo tenía la esperanza de que pudiéramos esperar otro poco, pero Lucho está empeñado en que nos vayamos. Y tiene razón. Mientras más tiempo nos quedemos, más se empeñará ella en convencerlo de que estar en este país es mala idea. Vive diciendo que deberíamos enviar a los niños de vuelta con la madre de él. Y Lucho piensa que verdaderamente deberíamos hacerlo.

—Entiendo por qué —dijo Betty—. Todo sería mucho más fácil si solo fueran ustedes dos. Podrían alquilar un cuarto, o hasta un estudio. No tendrían que gastar en matrículas de escuela. Educarlos allí sería mucho más barato.

—Betty, solo yo criaré a mis hijos, nadie más.

—Entonces vuélvete con ellos. Por un tiempo al menos.

—¿Por qué les ha dado a todos de pronto con que me vaya?

—A mí no —dijo Betty—. Solo entiendo el punto de vista de Valeria, es todo. Sé por qué no quieres dejar a los niños. Ya no son tan chicos. Se acordarán de que los dejaste. Y hasta puedo entender por qué no quieres dejar a Lucho. Los hombres se olvidan de sus responsabilidades a menos que las tengan justo enfrente. Ya ves cómo Ernesto prácticamente se olvidó de que tenía una familia. ¡Y mi hermana estaba aquí! —Hizo una pausa, golpeteando con suavidad su cigarrillo—. Pero Lucho no es Ernesto. Él no se te desaparecería.

—Exacto, así que yo no me le voy a desaparecer a él.

—Okey —dijo ella—. Entonces, ¿para qué me has traído aquí si no quieres oír mis consejos?

—Porque necesito tu ayuda.

El silencio invadió la calle, pese al estruendo de los trenes circulando bajo sus pies. El sonido rítmico de una excavadora rasqueteando el hormigón hacía eco en la distancia. A Ana le pareció que el mundo iba demasiado lento.

—¿Qué pasa? —preguntó Betty.

Ana sintió como sus palmas comenzaban a sudar. Aspiró el aire frío y penetrante.

—¿Podrías conseguirme esas pastillas?

Betty ladeó la cabeza y apretó los labios.

—¿Qué pastillas?

—Esas que mencionaste el otro día —dijo ella—. Que hacen que te venga el periodo.

Entre las cejas de Betty se formaron dos trazos.

—¿Cuánto llevas?

Ana apretó a su vez los labios.

—Desde finales de octubre.

—¿Dos meses? —dijo Betty—. ¿Has dejado pasar dos reglas y ahora quieres resolverlo?

—Nunca he sido muy regular, Betty —dijo Ana—. Y ¿puedes bajar la voz…?

—¿Lucho lo sabe?

Ana inclinó la cabeza cuando una ráfaga de viento les dio de lleno y levantó nieve del piso. Se subió la bufanda hasta la mitad del rostro y masculló la respuesta:

—No.

Betty lanzó un silbido.

—¿Puedes decirme por qué?

Ana la miró intrigada. Nunca había tenido que darle explicaciones a Betty. Ni siquiera cuando le confesó, muchos años atrás, que había estado viéndose con Lucho. Betty solo escuchaba y nunca emitía una opinión. Cuando Ana le dijo que se iba a casar con él, su amiga no preguntó por qué la propuesta había ocurrido tan rápido, ni siquiera después de que Ana tuvo a Victoria siete meses después. Nunca tuvo que justificar sus actos ante Betty y no tenía intenciones de hacerlo ahora.

—¿Importa?

—Solo quiero entender por qué —respondió Betty—. Ya no eres una niña, Ana, nadie te ha violado. Estás casada, tienes una familia. Un trabajo.

—Sí, y todas esas son las razones. Tú sabes cómo es mi vida aquí. ¿Crees que necesito añadirle esto?

—¿Es por eso? —preguntó Betty—. ¿O andas de nuevo con alguien? —Ana la miró fijamente—. Vamos, esto no es nuevo para ti. Así fue como te juntaste con Lucho. Engañaste a tu novio con su hermano. —Soltó una risita—. Qué original.

—Nunca engañé a Carlos —dijo ella con firmeza—. Habíamos terminado.

Ya la habían acusado antes de eso, en los meses después de que Carlos se fuera a Madrid. Su relación había durado solo unos meses, pero él le había presentado a Ana a su madre y a Lucho, señal de una seriedad que ella no esperaba. No sentía por Carlos lo que había visto entre su madre y su padre. Era un hombre formal y muy serio, tan dedicado a sus estudios de leyes que ella terminó por aceptar su lugar en la vida de él: después de su profesión y de su madre, y de posiblemente un par de amigos. Él sentía curiosidad por la vida anterior de Ana en Santa Clara. Había una placidez en sus gestos que a ella la hacía sentir relajada, pero nunca tanto como para hablarle del coronel Mejía y los demás hombres que visitaban a su madre después de que su padre desapareciera. Él nunca le preguntó cuál era la vida que ella vislumbraba para sí en el futuro. Era muy diferente de la fiereza que percibió en Lucho, que no era un intelectual como su hermano menor. El otro entendía que las reglas y órdenes solo sirven cuando se aplican en la práctica. Lo que sentía por Carlos no era exactamente amor, sino un afecto cauteloso, que pensó se haría más firme con el tiempo.

Entonces, una universidad de Madrid le ofreció a Carlos una beca. Nunca acordaron que su relación seguiría después de que él se marchara. Debía enfocarse en sus estudios de posgrado para conservar la beca, y aunque el programa era de solo dos años tenía toda la intención de hallar un empleo allí cuando lo hubiera concluido. Su relación terminó de manera extraña pero cordial.

Fue lo rápido que ella y Lucho se juntaron después lo que sorprendió a todos.

—Ya empiezas a hablar como Valeria —dijo Ana.

—Valeria —repitió Betty—. Se fue un mes entero y tú pasaste todo ese tiempo con su marido.

—No empieces a inventar cuentos, Betty —dijo ella—. No hay nada extraño entre Rubén y yo, así que quítate esa idea de la cabeza. Además, no tendría por qué defenderme ante ti. ¡Ante ti menos que nadie! Llevas tiempo suficiente aquí. Tú sabes cómo es, todo lo que uno debe hacer solo para poner algo de comida en la mesa. Y ahora Lucho habla de mandar a los niños de vuelta.

—A vivir con su madre. Tú, desde luego, no puedes hacerlo. No con tu pasado.

—Al menos aquí nadie me mira como si fuera una cucaracha.

—Todos aquí nos ven como cucarachas, Ana.

—Prefiero que unos extraños me vean de ese modo antes que mis propios hijos. —Sintió que se le apretaba la garganta. Toda su vida la habían hecho sentir ínfima e intrascendente.

Siempre que la sensación era demasiado intensa para tolerarla, ella huía. Lejos de Santa Clara, su piel, su cabello, su forma de hablar y todo lo demás exacerbaban esos sentimientos. No pudo evitar caer en la trampa. Pierde ese acento, debilita esos víncu-los, cásate. Cásate con alguien de piel blanca.

Pero le matrimonio con Lucho reforzó la poca importancia que el mundo le daba a ella. Ahora era la chola dentro de la familia. La madre de él, ella temía, haría que sus hijos se sintieran inferiores por el color de su pelo y su piel; les haría sentir casi con certeza que su madre no valía nada.

Y así tuvo que huir de nuevo, esta vez del Perú. Nueva York le ofrecía otra posibilidad de reinventarse. Allí podía ser alguien nuevo, y su matrimonio, algo distinto, mejor, en un lugar nuevo. Donde hubiera nacido no importaba; quiénes fueran o no fueran sus padres, tampoco. Podía permanecer al aire libre y bajo el sol, y arder hasta volverse crujiente si lo deseaba. Todo cuanto importaba era lo duro que trabajara, que mantuviese su hogar como un hogar, que un día pudiera, por improbable que fuese, abrir su restaurante. Todo ello borraría las cosas que la hacían tan descartable ante los demás, incluyendo a doña Filo-mena y el resto de los Falcón.

—Betty, por favor —dijo—. Carla te ayudó a ti, te sacó de esa situación. Yo necesito ahora salir de esta. No me juzgues por hacer lo mismo que tú hiciste.

—No es lo mismo, Ana —saltó Betty, apretando los labios y cerrando los ojos para contener la respiración. Luego extrajo los cigarrillos—. El coronel y sus hombres —dijo, dando varios gol-pecitos bruscos al paquete contra la palma de su mano—. Des-pués de que tu madre murió, después de que tú te fuiste, yo fui la única que quedó. —Comenzó a temblarle la mandíbula—.

¿Tú crees que me dieron alguna opción? —Puso un cigarrillo entre sus labios y lo encendió, aspirando varias caladas profundas a medida que su respiración se iba aquietando. Se recostó en la pared pintada de negro, las letras blancas bailando a su alrededor—. Tú pudiste irte. Te fuiste antes de que las cosas se pusieran verdaderamente malas. Eres tú la que tuvo elección, Ana. Yo nunca la tuve.

El piso se estremeció cuando un tren pasó bajo el piso de hormigón. Después de encontrar el cuerpo de su madre, Ana corrió a casa de Betty, y al día siguiente su tía Ofelia fue a buscarla. En cuestión de días ambas se encontraban en un bus con destino a Lima. El viaje por carretera —esa que cortaba a través de los Andes rumbo al Pacífico— duró más de veinticuatro horas. No era lugar para una mujer o una niña, le había advertido la tía Ofelia. Podían hacer detenerse el bus, violar o saquear a las pasajeras, o algo incluso peor, pero fue todo lo que pudo costear.

Todo lo que Ana quería era irse. Llevaba la tarjeta de oraciones de su madre en el bolsillo, aferrándola cada vez que el bus se detenía a tomar pasajeros a lo largo de la ruta, o cuando el conductor necesitaba bajarse a defecar. Condujo toda la noche, una zarandeada travesía a través de las montañas que hizo que el único otro niño a bordo del bus vomitara.

Cuando llegaron a Lima sin incidentes, Ana besó la tarjeta de su madre y juró nunca volver la vista atrás.

Fue solo cuando Betty llegó a Lima y la llamó que pensó de nuevo en ella. No había tenido otra opción, quiso decirle a Betty. Tuvo que olvidarse de todo. Ahora tampoco tenía elección, no en esas circunstancias. Pero, ¿qué era esa elección, comparada con lo que Betty había debido atravesar?

—Solo te estoy pidiendo ayuda —le rogó ahora—. Ayúdame a quedarme aquí y cuidar de mis niños. Ellos me necesitan, y yo a ellos.

La campana de la iglesia resonó en el aire y Betty exhaló un largo y hondo suspiro. Ana se preguntó si no habría sido un error pedirle ayuda. Ambas estaban, en muchos sentidos, aún confinadas al mismo universo que habían dejado atrás. Eran aún las cholitas, las invasoras. No eran bienvenidas. Pero ninguna era la misma de antes. Ana se preguntó si serían amigas si las circunstancias de sus vidas fueran diferentes.

Betty arrojó el cigarrillo al piso y se mordió el labio inferior.

—Dame un día o dos —le dijo—. No estoy muy segura de cuánto vaya a…

—Gracias —dijo Ana, juntando las manos como en una oración. Enseguida extrajo su cartera y le dio a Betty varios billetes de veinte dólares—. Dime luego si necesitas más.

—Con esto debería bastar —dijo Betty y guardó el dinero arrugado en su bolsillo. Luego se reacomodó la bufanda alrededor de la cara, un indicio de que estaba lista para su larga caminata a casa.

—¿Me puedes decir cómo es? —dijo Ana, poniéndole una mano en la espalda a Betty antes de darse la vuelta.

Betty le habló sin mirarla:

—Lo peor será el primer o segundo día. Tendrás que comenzar a tomar las pastillas después de que los niños se duerman. Valeria y Rubén también deberán de estar en su cama. Lucho no estará; nadie se dará cuenta.

Esa noche Ana le dio a Lucho el resto del dinero que había en el cuerpo hueco de Liliana, diciéndole que la Mama les había prestado la suma. Él pareció sorprendido, pero no hizo preguntas. Ahora tenían suficiente para pagarle a Sully.

Ella se tomó un momento para encender una vela y arrodillarse ante el altarcito. Puso a la muñeca junto a la Virgen María y la tarjeta de oraciones de su madre. Tendría que comenzar a ahorrar de nuevo. Cerró los ojos y rezó. Por Nilda y su hijo. Por sus propios hijos. Porque Betty consiguiera pronto lo que ella necesitaba.

Y por hallar la forma de poder dejar alguna vez de escapar.

11

LA VÍSPERA DE AÑO NUEVO, ANA SE SENTÓ EN SU CUARTO ANTE EL espejo de la cómoda. Llevaba un vestido de tirantes naranja, de un color intenso como la sangre, hasta las rodillas, y unos aretes dorados de fantasía que tintineaban en sus orejas. Miró su reflejo, rodeado del halo de bombillas encendidas que enmarcaban el espejo ovalado, pero no reconoció a la mujer que vio ante sí. Las arrugas de su cara insistían en quedarse en el lugar de siempre, aunque no sonriera o entrecerrara los ojos. En sus mejillas habían brotado dos nuevos granos. Había cubierto las grietas en sus labios con jalea de petróleo, y las ampollas de sus manos con una crema con aroma a fresias, pero sus dedos se despellejaban, y las puntas de estos estaban ajadas.

Su antiguo ser estaba por algún lado, pero el esfuerzo que requeriría sacar a relucir la mujer que había sido alguna vez le parecía agotador. El problema no era el maquillaje o el peinado, o el tener que embutirse en una faja desalentadora, sino el mucho tiempo que le habían requerido las cejas, y las muchas pestañas que se adherían al encrespador cada vez que lo presionaba contra ellas, y las estrías que ahora había en la parte inferior de su abdomen, que parecían trepar cada vez más hacia el ombligo. Advirtió además pequeños vellos diseminados en su frente. Y no había reparado en los muchos cabellos que había perdido.

Pero estaba decidida a disfrutar al máximo esa noche. Diría adiós a cualquier cosa triste o preocupación que pudieran empañarle el fin de año. Decidió que eso, en sí, era also que agradecer. Al menos pondría lo mejor de sí para hacer de cuenta que todo estaba bien.

Estaba fijando su cabello rizado hacia atrás cuando Lucho entró al cuarto.

—¿Y tú adónde vas tan bien vestida? —le preguntó, mirándola fijo al cerrar la puerta. Después caminó hasta situarse detrás, y se inclinó sobre ella. El olor mentolado del jabón de baño persistía en su camiseta y los pantalones de franela. Le recorrió el cuello con su aliento. Sus labios le rozaron la piel, a lo que Ana reaccionó alejándose.

—¿Estás bien? —preguntó Lucho.

Ella se aclaró la garganta y forzó una sonrisa.

—Creo que estoy por enfermarme de algo —explicó, desviando la mirada, incapaz de mirar el reflejo de sus ojos junto a los de ella en el espejo.

—Sully se ha ido por el feriado —dijo él, caminando hacia la cama—. Pero debería quedar todo listo para el próximo fin de semana.

Inspeccionó los pantalones negros y la chompa color beige que ella había dejado afuera para él, y después abrió la caja donde estaban sus mocasines de cuero negro. Arrugando el rostro, pasó un dedo por la línea del pantalón, un borde tan afilado a causa del planchado que Ana imaginó que aún podía quemarle.

Ella lo miró por el espejo, viéndolo desvestirse. No recordaba la última vez que lo había visto quitarse la ropa con la luz encendida. La piel de sus brazos era aún tensa y suave; el vello en su pecho, negro. Su barriga estaba ligeramente caída, pero no fláccida. Le dio la impresión de que no había envejecido nada, al menos de aspecto, como si los años allí transcurridos —años que se les habían ido criando hijos en una tierra que no era la de ellos, ocultándose detrás de números y direcciones que no eran los suyos, destripando animales y cosiendo vestidos por un dólar— no le hubieran hecho mella. A él no le interesaba ese lugar. Quizá por eso las batallas no lo desgastaban. ¿Sería solo su carga? ¿El peso de esos años debía caer solo sobre ella, visto que era ella la que había querido irse e insistía en quedarse…?

Él sopló sobre la superficie de sus zapatos y los lustró con la manga.

—Los Lazarte ya están abajo. Rubén fue a echar un vistazo a su automóvil.

Ella se roció a toda prisa las muñecas y el cuello con el perfume suave que él le había obsequiado en Navidad.

—El pollo está hecho —le informó a Lucho—, pero el pernil requiere más tiempo. Aún tengo que poner las papitas fritas en la mesa y preparar la ensalada de frutas. Rubén traerá las botellas de gaseosa, yo necesito sacar las copas de champaña…

—Ana —dijo él mientras ella se miraba por última vez en el espejo.

—Le dije a Victoria que las sacara, pero estaba jugando en esa *cosa* que le regalaron a Michael para Navidad.

—Ana —repitió él un poco más alto—. Ya hablamos de esto. Esta casa es de Valeria.

—Y yo hice la cena. No me estoy haciendo cargo, Lucho. Solo necesito poner la mesa, los invitados ya están aquí —terminó de decir ella y corrió hacia la puerta, pero él tiró de su brazo con suavidad.

—Esta casa es de Valeria —repitió—. Deja que sea ella la que agasaje a los Lazarte. Deja que saque ella la comida y ponga la mesa. Es su lugar, no el tuyo.

—¡Ah, verdad! Yo soy solo la cocinera.

—No, no lo eres. Pero muy pronto nos iremos de aquí. Después de todo lo que ha hecho por nosotros, preparar la cena de Año Nuevo es lo menos que podías hacer tú.

—¿Lo menos que podía hacer *yo*? —Se contuvo de enumerar todo lo que había hecho desde que se habían mudado al apartamento de Valeria; desde que él se había quedado sin trabajo. Ella jamás le había reprochado las cosas que él *no* hacía. Ahora se preguntó si no habría sido ese su error; si él no habría estado deliberadamente ciego ante todo eso—. He hecho más de lo que me correspondía —dijo y salió de la habitación.

En el pasillo había olor a romero y canela. Se oía la voz suplicante de Joe Arroyo cantando una salsa desde el equipo estereofónico de la sala, entre una cacofonía de trompetas y percusión. El resplandor del árbol navideño llegaba hasta el pasillo. El lugar estaba preparado para un festejo.

No quería empezar el año nuevo discutiendo con Lucho. Había evitado a Valeria desde la noche en que ella la sorprendió hablando con Rubén en la cocina, y no esperaba ahora que le respondiera, pero igual llamó a la puerta de su dormitorio. Así podría, cuando menos, decirle a Lucho que lo había intentado.

Para su sorpresa, Valeria le abrió. Llevaba el cabello recogido en una cola de caballo, y el maquillaje aplicado a medias.

—Los Lazarte están abajo —le dijo Ana.

—Sí, lo sé —dijo ella—. Estoy casi lista. —Abrió la puerta otro poco y examinó a Ana de cabo a rabo—. Te ves muy bien. Tengo algo que quizá combine con eso. —Desapareció dentro del dormitorio. Ana esperó en el umbral de la puerta, estirando el cuello mientras Valeria revolvía dentro de un cajón.

Se sobresaltó al oír a Michael gritar "¡Maaaa!" detrás de ella.

—Tengo hambre —gimoteó y entró en la habitación de su madre, dejándose caer en la cama.

—Tienes que esperar —le dijo Valeria en su inglés con acento, volviendo a la puerta—. Tenemos que esperar a que lleguen todos. —Estiró la mano. En ella había un brazalete de oro labrado, con amplias cadenas que ondulaban como ria-chuelos entrecruzados—. Es demasiado grande para mi muñeca —concluyó, volviendo al español—. Lo compré cuando estaba embarazada, hinchada como una ballena. Se te verá espectacular con ese vestido.

Sonrojándose, Ana tomó el brazalete en su mano y pasó el pulgar por sus suaves contornos. Era pesado y brillante, aun bajo la luz resplandeciente del pasillo. Sintió una punzada de gratitud ante la idea de que alguien, especialmente Valeria, pensara que podía ponerse una pieza de joyería tan refinada. Y se aclaró la garganta, pero no pudo encontrar en su interior un "gracias".

—Pero es que yo tengo hambre ahora —gritó Michael, y Ana le prometió darle algo de comer si venía con ella a la cocina para que su madre pudiera terminar de arreglarse. El niño saltó de la cama. Ella esbozó una sonrisa, pero Valeria ya se había vuelto de espaldas y cerró la puerta tras ellos.

Cuando iban por el pasillo, Ana echó un vistazo al dormito-rio de Michael para asegurarse de que el canal sintonizado en el televisor fuera el 21. Victoria se bajó de la cama y tocó el borde del vestido de Ana con los dedos.

—Te ves tan linda, mami —le dijo—. Me gusta tu lápiz labial.

Pedro hizo una mueca de disgusto:

—A mí no. Me gustan más tus labios cuando están sin nada.

—Entonces no te va a gustar esto —dijo ella, y le plantó sendos besos en la cara y el cuello. Él se arrojó de espaldas en la cama, riendo e intentando borrar el lápiz labial de su mejilla.

Al atravesar la sala, encendió la luz. Los muebles, incluida la mesa de la cocina, estaban arrumbados contra las paredes, generando un espacio para bailar en el centro. En un extremo de la mesa había apilados platos de cartón, servilletas y utensilios de plástico. En el árbol navideño blanco titilaban sus luces rojas, azules y verdes, y en la base un niño Jesús de mejillas rosadas intentaba alcanzar con sus brazos las espigas de vidrio. Ahora del equipo estereofónico afloraba una cumbia. Ana había dejado una gran olla de maíz morado con trocitos de piña, palitos de canela y clavos de olor hirviendo sobre la cocina, y el olor dulce de la chicha morada había impregnado el ambiente. La unidad 4D lucía resplandeciente.

Las sillas de la mesa recién trasladada a la sala estaban aún en la cocina, y Michael esperaba sentado pacientemente en un banquito junto al refrigerador. Ella puso en un cuenco un poco de arroz al cilantro, y le indicó que podía comer cuanto quisiera mientras lo hiciese allí o en su dormitorio. No quería arriesgarse a que hubiera ninguna mancha en la sala antes de que la fiesta hubiera empezado. El niño se echó una cucharada de arroz a la boca y corrió a su cuarto. Ella se apoyó en la encimera y se puso el brazalete. Giró el antebrazo en una y otra dirección, y el ornamento se deslizó hasta la palma abultada de su mano, mordisqueándole la muñeca. Enseguida se sirvió un tazón de chicha morada y extrajo la botella de ron de Valeria de donde estaba bajo la encimera. Vaciló un instante, pero enseguida recordó su promesa de olvidarlo todo, y vertió el ron en su taza. Dio un sorbo y el brazalete volvió a bailotear en torno a su piel, bajo la luz fluorescente.

. . .

LA PUERTA DE ENTRADA SE ABRIÓ E IRRUMPIÓ EN EL VESTÍBULO LA VOZ atronadora de Rubén.

—Ven al negocio mañana —dijo, casi ahogando con su voz el ruido de pasos que lo siguió como una estela al interior del departamento.

Carla y Ernesto ya se habían quitado los abrigos, y Betty ayudaba a los niños con los suyos.

—Tienes cara de estar muy cansada —le dijo Carla cuando Ana la besó en la mejilla. Su piel de bronce, siempre tan lavada y tan brillante, estaba ahora cubierta de una base rosada tan gruesa que parecía arcilla—. No me digas que has estado toda la tarde cocinando —agregó en un susurro.

—Dos tardes —dijo Ana—. ¿Te has teñido el cabello?

Carla chasqueó los labios.

—Un nuevo comienzo para un nuevo año.

Ana saludó a Hugo, el hijo mayor de los Lazarte, con un beso leve en la mejilla.

—Tu primer Año Nuevo en Nueva York —le dijo—. ¿Estás emocionado?

—Es igual que cualquier Año Nuevo en cualquier parte —dijo el chico con una chispa de adultez en la voz, y se dejó caer en el sillón reclinable mientras sus hermanos menores se dispersaban por el apartamento.

—No te molestes en hablar con este —dijo Ernesto, pasándole a Ana su abrigo largo de lana, y alisándose la camisa con botones rosados—. Son los chicos de hoy, no valoran nada de lo que sus padres hacen por ellos. Malcriados.

—No es malcriado —dijo Betty—, simplemente es un adolescente.

Ella traía puesto un vestido azul oscuro con agujeros geométricos a la altura del pecho, medias negras transparentes y tacones altos, que claramente le incomodaban al andar. Carla le clavó una de sus miradas, pero Betty se abocó a ajustarse una de las pestañas falsas y así evitó la mirada de su hermana.

—Huele exquisito, Ana —dijo, parpadeando para devolver las dos pestañas a su lugar—. Y te ves muy bien —añadió, y besó a su amiga, pero fue un abrazo tenso—. Qué bonito brazalete. —Cogió la muñeca de Ana para examinar el adorno, y antes de soltarla agregó——: Realmente necesito un trago.

—Hay chicha —dijo Ana, indicándole el jarro de vidrio lleno del líquido violeta sobre la mesa—. Puedes mezclarla con pisco o ron, pero en tu propia copa porque los niños también van a beberla.

—Tú no te preocupes, Betty —dijo Rubén, bajando la voz y hablándole al oído—. Anita me ha puesto a mí a cargo de los tragos. ¡Déjame que guarde estas bebidas y te haré un pisco sour que te hará moverte toda la noche!

Betty se ruborizó. Rubén lograba que eso siempre le ocurriera, aunque Ana no entendía bien por qué. Prefería no enterarse de si había alguna atracción mutua entre ellos, ya que eso solo complicaría aún más las cosas con Valeria.

—Ven —le dijo a su amiga—, ayúdame con los abrigos.

Señaló hacia el armario en el corredor, pero volteó al instante la cabeza al oír a Ernesto gritar:

—¡Compadre!

Lucho entró en la sala con una amplia sonrisa en los labios. A ella le pareció que había acertado con la chompa y los pantalones. Su marido logró iluminar aún más un salón resplandeciente. Saludó primero a Ernesto y después abrió los brazos cuando Betty iba hacia él, como si fuera el mismísimo Jesucristo. Por un momento, Ana pensó que iba a envolverla en sus brazos, pero se limitó a darle un abrazo escueto y un beso ligero en la mejilla. Enseguida se ofreció a llevarse los abrigos adentro, pero sus dueños rehusaron la oferta, y mientras él y Betty charlaban puso su mano en la espalda baja de Ana, cuyo cuello se acaloró.

Entonces asomó Valeria desde el dormitorio.

—Veo que ya están aquí las dos hermanas —dijo al ver a Betty.

Se había recogido el pelo en un moño adosado a la nuca, resaltando la precisión de la mano divina que había cincelado sus pómulos, y de la otra, mortal, que le había delineado las cejas en el salón de belleza. Se había pintado los labios de un rosa brillante, y llevaba un vestido negro acampanado que contrastaba con el rosa. Las mangas le llegaban justo hasta los codos, revelando la piel marmórea del dorso de sus antebrazos. Una banda blanca acentuaba su vientre plano. Ana buscó en vano indicios de una prenda ancha y ceñida en su cintura, o una hilera de cierres de gancho, cualquier elemento revelador de que bajo el vestido venía apuntalada por una faja.

—No te quiero manchar la mejilla —dijo, enviándole a Betty un beso por el aire, y echó un vistazo a los abrigos apilados en sus brazos—. Así que ha venido la tribu completa. Puedes dejar todo eso en el cuarto de Ana, no van a caber todos en el armario —le dijo a Lucho y lo tomó por el codo—. Vamos, primo. A saludar a toda la chusma. —Ella rio por lo bajo, pero nadie la acompañó—. Es una broma. Estados Unidos es el gran ecualizador de todo. Pobres, ricos, blancos, negros, cholos, chinos. Aquí somos todos iguales.

Una vez que guardaron los abrigos, Ana llenó la mesa con toda la comida que había preparado: una bandeja de arroz al cilantro espolvoreado de zanahorias y maíz en granos; una cazuela con una salsa amarilla de textura aterciopelada; otra con cortes gruesos de papas hervidas con rebanadas de huevo duro por encima, y un pollo al horno cuya piel Ana había masajeado con palillo hasta tornarla de un color ámbar. Puso por último la pata de cerdo, justo cuando Valeria les preguntaba a las hermanas Sandoval si podían arreglar cuentas ya mismo del negocio.

—Mejor quitarnos eso de en medio antes de que se nos olvide —añadió cuando Rubén le extendía un pisco sour.

Se fueron las tres al cuarto de Valeria a discutir en privado el asunto. Cuando volvieron a la sala, Ana invitó a todo el mundo a servirse, pero solo las mujeres se aproximaron a la mesa. Carla preparó un plato para su marido y Betty para sus sobrinos. Valeria se sirvió algo de comer para ella y, cuando volvió a sentarse, Betty le preguntó a Rubén si quería un poquito de todo.

—Quiero un montón de todo —dijo él con una sonrisa que desapareció ni bien vio la cara de Valeria—. Pero no te preocupes, Betty, me lo hago yo mismo.

Ana se sirvió al final y fue a sentarse junto a Betty en el sofá, dejando el vaso de chicha a sus pies. Era solo el segundo vaso de la velada, pero ya se sentía más liviana. Pensó en Nilda y en cuánta razón tenía: beber era muy parecido al sexo.

Y bailaron, primero los matrimonios, después las mujeres entre sí. Ernesto fue el primero en sacar a bailar a alguien que no era su esposa; tomó a Ana de la mano y la condujo al centro de la pista. Con Tito Rojas sonando en la radio, hicieron los dos un alarde de pasos cruzados y giros en ciento ochenta grados que hicieron que Ana se olvidara, por unos instantes, de la pesadez de los últimos meses.

Al cabo de una hora, cuando todo el mundo estaba ya comiendo su segundo plato, Rubén contó la historia de un cliente que había llevado su vehículo al taller a principios de semana, un auto cuyos asientos estaban arrasados por quemaduras de cigarrillo. La esposa del hombre, contó, lo había sorprendido en el asiento trasero con otra mujer. Fue un cuento que solo él y Ernesto parecieron encontrar divertido.

—Tiene suerte de que no lo haya incendiado con los dos adentro —dijo Valeria.

—Y alégrate de que no lo haya hecho —dijo Rubén—. El chiste ese va a pagar ese viajecito tuyo a Perú.

—¿Pagar mi viaje? —dijo Valeria—. ¿Recuerdas que el taller es *mi* negocio?

—Nuestro negocio —dijo él, pero los presentes sabían que eso no era así.

Ana miró alrededor con la esperanza de que alguien los interrumpiera.

—¿Les gustaría comer más pernil? —dijo con la voz entrecortada, yendo a levantar el plato de Rubén.

—Creo que ya has comido suficiente —le dijo Valeria mirándole la barriga, pero Rubén se dirigió a la mesa y se llenó otro plato.

Ernesto se aclaró la garganta.

—Me sorprende que no estés trabajando hoy —le dijo a Lucho.

—Es porque ese ratero de Gil quería usar el vehículo esta noche —dijo Valeria—. No lo entiendo, primo. Por una parte, es bueno que no andes por ahí en esta noche demencial. Pero él tiene el turno de día, ¿no?, y tú el de noche. Ese es el acuerdo. No puede elegir a discreción qué noches quiere trabajar y cuáles no. —Dicho eso, se volvió hacia Rubén, que estaba todavía en la mesa escogiendo la comida, y dijo—: Te darás cuenta de que tu amigo se está aprovechando de nuestra familia.

—Eso es algo entre Lucho y Gil —dijo él—. Yo no me meto.

—¡*Deberías* meterte! —respondió Valeria—. Lucho ya le ha pagado el mes y ahora ese ratero no lo deja trabajar.

—No es un ratero —dijo Rubén—. Cobra menos que lo que cobran las empresas de radiotaxi por alquilarle ese auto.

—Bueno, habrá otras noches —dijo Ernesto—. Yo mismo conduje un taxi cuando llegué a este país, sé lo que es. Sí, claro, posiblemente hubieras hecho una cifra decente esta noche, pero, ¿te gustaría andar por ahí con el asiento trasero lleno de borrachos? El olor del vómito tarda varios días en desaparecer. Así que tal vez te perdiste un dinerito, pero te has podido quedar en casa y disfrutar de esta buena compañía y de la comida de tu esposa. Quizás hasta puedas disfrutar de ella luego.

—¡Ernesto, no seas vulgar! —dijo Carla.

Lucho miró dentro de su vaso vacío, como si hubiera estado leyendo las hojas de té al fondo.

—Yo podría ayudarlos de nuevo —le dijo a Valeria—, en el taller.

Rubén soltó una risita.

—No, no, primo, ya lo intentamos una vez. No estás hecho para los motores y amortiguadores. Eres mucho mejor conduciendo vehículos que arreglándolos.

—Puedo ayudarlos a administrar el lugar —dijo él.

—Qué te puedo decir —replicó Valeria tras una pausa incómoda—. Prefiero administrar mi negocio yo misma.

Valeria se abanicó con un plato vacío las gotas de sudor que se le deslizaban por el cuello.

Lucho se irguió, como para resguardarse del desaire, y se metió en el dormitorio de Michael. Ana contuvo el impulso de acompañarlo. Meses antes, cuando Lucho había perdido su trabajo en la planta frigorífica, ella había creído que podría encontrar otro con rapidez. No faltaban los empleos extraños: hombres que necesitaban un ayudante para instalar pisos, desplazar muebles o destripar apartamentos. Solo que, por su misma naturaleza, eran empleos inconstantes y también lo era la paga. A veces le pagaban todo al final de la jornada de trabajo. Otras, debía esperar una semana o dos, o no le pagaban en absoluto. Hacia fines del verano, el trabajo empezó a escasear. Y él, a retraerse.

Se pasaba horas enteras leyendo los mismos diarios, marcando cualquier error de ortografía o gramatical que encontrara, y haciendo crucigramas en la computadora. Leía el mismo semanario peruano hasta altas horas de la noche, mientras esperaba por la siguiente edición, más por lo que no leía en ellos que por lo que decían. ¿Qué había ocurrido con los estudiantes de medicina arrestados ese otoño durante una redada del ejército? ¿Quiénes eran esas personas que Sendero había ejecutado en este o aquel pueblo? Para entonces, el MRTA, o Movimiento Revolucionario Túpac Amaru, había aportado a la vez su propia cuota de asesinatos, copando remotos pueblitos en la selva y disparando contra lo que fuera que amenazara la decencia de la juventud peruana. ¿Eran, de hecho, el MRTA o Sendero los que aterrorizaban al país, o los soldados? Se paseaba de un lado al otro por el piso laminado del apartamento de una habitación que apenas podían costear. Era como si hubiera vuelto a los días posteriores al allanamiento de la universidad por el ejército. Cuando Rubén dijo que su amigo Gil necesitaba a alguien que condujera su vehículo por las noches, Ana lo urgió a hacerlo. Ella encontraría la forma de conseguir el dinero para alquilar el auto, y al final hizo los ajustes necesarios para lograrlo.

—Debe de ser duro para mi compadrito —dijo Ernesto cuando Lucho ya no estaba—. Con todos esos años de universidad, venir aquí a cortar chuletas de cerdo y conducir un taxi para sobrevivir.

La cabeza de Ana giró en su sitio:

—¿Y qué alternativas hay? ¿Quedarse en Lima con la esperanza de que paren las explosiones? ¿O esperar que caiga un trabajo mejor del cielo? ¿O debería haber dejado a su familia en Perú, como hicieron ustedes con la suya?

—Estamos aquí ahora —dijo Carla, enrojeciendo.

—Debiera hacer al menos un esfuerzo por aprender inglés —acotó Valeria.

—Obvio —dijo Ana—, como tenemos tanto tiempo y dinero para eso.

—Muchachas, muchachas —dijo Rubén—. Es casi medianoche, no empecemos el nuevo año así. Somos una familia, estamos juntos. ¡Estamos aquí, deberíamos agradecerle a Dios cada día que estamos aquí!

Cuando se acercaba el último minuto del año, Ana sirvió champaña en las copas mientras Betty entregaba a cada uno otra copa con una docena de uvas verdes. Lucho regresó a la sala con los niños, y el grupo contó los segundos que faltaban para el nuevo año. Gruñó exageradamente al coger a Pedro en brazos.

—Estás creciendo mucho para mí, parece —le dijo Lucho, y envolvió con su mano libre a Victoria, que se apoyó contra él, apenas capaz de mantenerse despierta—. Llamaremos a tu abuela después de esto —dijo, y Ana supo que no debía ir a la cocina después que dieran las doce.

Cuando llegó la hora, Lucho dio vítores, con Pedro en sus brazos, y besó a sus dos hijos antes de volverse hacia Ana. Ella lo besó lo justo para sentir la membrana suave del interior de sus labios en los suyos. Luego vació su copa de champaña, pero no comió una uva por cada campanada de la medianoche, como era costumbre. En vez de eso, recorrió la estancia deseando a cada uno, incluida Valeria, un año de buena salud y felicidad. Y rellenó las copas de los invitados cuando Lucho se llevó a los niños a la cocina para llamar a su madre.

Nadie advirtió que el pequeño Jorge Lazarte estaba en la habitación hasta que casi arrojó su plato con la cena fría, sin haberla probado, al pecho de Betty. Ernesto lo reprendió por no haber comido.

—Está cansado —dijo Betty cuando el niño hundió el rostro en su pecho.

—Estoy hablando con mi hijo —dijo Ernesto, levantándose. Para entonces, la champaña y la cerveza, y los pisco sours, circulaban claramente por sus piernas y hasta por sus pies, y tuvo que apoyarse en el sillón reclinable para mantener el equilibro, lapso que Jorge aprovechó para correr de vuelta al dormitorio de Michael—. Ya ves. Esto es lo que pasa cuando no tienes un hombre que discipline a estos niños. Mi padre me hubiera volado un diente por lo menos.

—No estamos en Perú, Ernesto —dijo Valeria—. Aquí puedes ir preso por hacer algo así.

—No estoy criando a un maricón —replicó él—. Mejor hacerlo yo ahora y no que alguien lo haga más adelante.

—¿Eso era lo que hacías cuando más joven, cuñadito? —le preguntó Betty—. ¿Pegarle a los gays en el club?

—No los dejaba entrar —dijo él—. Ni a los gays ni a los negros. Ninguno pasaba.

Valeria rio por lo bajo:

—Ya veo que los dueños del club mantenían a los serranos fuera del burdel haciéndolos trabajar en la entrada.

Carla se enderezó en su sitio.

—Ernesto nació en Lima —dijo.

—Pero su madre es de Cuzco —respondió Valeria.

—Mi abuela era también de la sierra —acotó Rubén—. De Huaraz. Aún tengo familia allí, pero no he ido desde que tenía más o menos la edad de Jorge.

—En cualquier caso —dijo Ernesto, articulando con

dificultad—, estoy criando a un hombre. Ese niño tiene suerte de que no le haya dado hasta ahora una paliza.

Betty parpadeó repetidas veces, con los ojos ya vidriosos por el alcohol.

—Por la ligereza con la que hablas, supongo que nunca nadie te ha golpeado a ti, cuñado —dijo.

—Bueno, Ernesto siempre habla con ligereza cuando bebe —bromeó Lucho.

—En cuanto a Ana y a mí —siguió Betty—, nosotras sí sabemos de palizas. Quizá si te hubieran dado una buena lo pensarías dos veces antes de golpear a tu hijo.

—Conozco suficiente de esas cosas —dijo Ernesto—. Además, no quiero que mi hijo reviente por los aires porque algún imbécil crea que es un degenerado.

—Aquí no hay ningún MRTA —dijo Valeria—. Estamos muy lejos de cualquier revolución.

—No es un gran alivio —dijo él, afilando la mirada para clavarla una vez más en Betty—. Recuerda, cuñada, que tengo dos hijos y solo una hija.

Betty forzó una sonrisa y partió a la cocina. Ana la siguió de inmediato, pero su amiga tenía ya la botella de ron en la mano cuando entró detrás de ella a la cocina.

—Hijo de puta —masculló, vertiendo el licor en su vaso y dando un sorbo—. Se cree muy buen padre. ¿Qué sabe él de lo que es ser padre?

—Es muy tradicionalista, Betty…

—Es un machista —dijo Betty apretando los dientes—. Me dice a *mí* que me acuerde *yo* de que tiene dos hijos y una hija. ¿Y qué hay de él?

—Por favor, baja la voz.

—Tienes toda la razón —siguió Betty—. ¿Qué se supone que deberías hacer? ¿Dejar a tus hijos en Perú como hicieron ellos? ¿Para que otro los críe?

—No debería haber dicho eso —dijo Ana—. Ellos hicieron lo que creyeron mejor.

—¿Sabes que un año hasta se olvidó del cumpleaños de Jorge? —insistió Betty—. Los dos se olvidaron. El niño esperó el día entero su llamada, no le importaron en absoluto la torta ni los regalos, solo quería hablar con sus padres. ¿Y sabes cuándo llamaron ese par de idiotas? Dos días después. ¡Dos días! Y ni siquiera se disculparon. Piensan que un niño de cuatro años es demasiado estúpido para darse cuenta de cuando sus padres se olvidan de su cumpleaños.

—Estoy segura de que no fue su intención…

—Piensan que enviarle dinero a la niñera cada mes los convertía en buenos padres. —Se puso más ron en el vaso—. Porque es lo que yo era, ¿no? Es lo que soy aún. La maldita niñera.

Ana le cogió el brazo antes de que pudiera beber otro trago:

—Cálmate.

—Ya ves por qué detesto vivir con ellos, ¿no? —dijo ella—. Amo a mi sobrina y a mis sobrinos. Y mi hermana es mi hermana, no puedo hacer mucho al respecto, pero ese idiota con que se casó… —Se echó de un trago lo que quedaba en el vaso, y casi se atragantó al darse cuenta de que Carla estaba en la cocina.

—Ese idiota te pagó el pasaje hasta aquí —le dijo—. No estarías aquí si no fuera por él.

Betty se golpeó el pecho para aclararse la garganta.

—Eso no fue un regalo, hermana. Estoy trabajando para devolvérselo. —Cogió la botella de ron—. ¿Saben qué? Es Año

Nuevo, no voy a dejar que ninguno de ustedes me lo arruine. —Volvió a la sala con los brazos levantados y el ritmo un poquito desfasado del de la salsa que sonaba en el equipo.

Ana intentó seguirla, pero Carla le tocó la espalda.

—Anita, espera —dijo—. No quería preguntarlo enfrente de nadie, pero dime, ¿cómo fue lo del apartamento? Es bueno, ¿no?

Ana asintió y sonrió.

—No hemos firmado aún, pero lo vamos a tomar.

—¿Lo ves? —dijo Carla, entusiasmada, y la tomó del brazo—. Te lo dije. Ya sé que Sully es raro, pero ha sido un buen casero, no importa lo que diga Betty. Y hace él solo la mayor parte de las labores de mantenimiento en sus edificios, así que, si alguna vez tienen algún problema con algo, es cosa de darle un telefonazo. Lucho debería revisar bien el trabajo que haga ahora, solo por si acaso, pero Sully es mejor que la mayoría. Y estarás cerca de la escuela de los niños, del trabajo, de mí. —Se la veía radiante—. Hasta podemos hacer nuestras propias fiestas y no invitar a estos pitucos —rio.

Cuando volvieron a la sala, fueron Betty y Rubén los que ocuparon la pista. Él le cogió la mano y empezó a mover las caderas mientras ella daba giros, más lento de lo que la música exigía. Ana miró a Valeria, que tenía la vista puesta en la pareja. Le sugirió a Lucho que sacara a bailar a su prima pero, cuando él lo hizo, Valeria se negó.

—Esa comida no me está cayendo bien —explicó y sus ojos volvieron a posarse en Betty y Rubén.

Ana comenzó a ponerse nerviosa y volvió a la cocina a buscar la crema volteada y el arroz con leche que había preparado de postre. En ambas ocasiones pasó junto a Betty y le pidió que la ayudara, pero Betty siguió bailando. Finalmente, cuando el DJ cortó la música antes, Ana la tomó por el brazo.

—¡Ay, tus uñas! —protestó Betty cuando Ana la llevaba hacia la cocina.

—¿Qué pasa contigo? —le dijo ella—. ¿Por qué estás coqueteando con él?

—¿Con Rubén? —preguntó Betty—. Hay solo otros dos hombres con los que podría bailar aquí, y Lucho no parece estar de humor para ello. Y no voy a bailar con Ernesto, eso dalo por descontado.

—¡Entonces pídele permiso a Valeria! Tú sabes que es celosa. ¿O te crees que nadie notó lo a gusto que estabas con su marido ahí en la sala? ¿Te parece que *ella* no lo notó?

—No me importa lo que Valeria piense.

—Bueno, debería importarte. Ella te trajo esos cigarrillos, ¿no es así? Y puede que a ti te toque vivir con Ernesto, pero yo debo vivir con ella. —Abrió el armario y extrajo recipientes de plástico, que desplegó en la encimera, golpeando los cajones al buscar algo con que servir en ellos la comida.

—¿Qué estás haciendo? —preguntó Betty.

—Guardando las sobras para que se las lleven. La fiesta ha terminado. Todo el mundo está ya borracho y yo no quiero más problemas con ella. —Encontró una taza y comenzó a verter con ella el arroz que quedaba en cada recipiente—. ¿Me podrías ayudar? Necesito las papas que están en la mesa. Si quisiera que alguien se quedara allí como un adorno, le hubiera pedido ayuda a Valeria.

—Soy una invitada aquí, Ana, no la ayudante.

—Betty estaba a punto de irse de la cocina cuando Ana se tambaleó hacia adelante y se apoyó en la encimera. Después se fue por el pasillo.

"¿Qué pasó?", Ana oyó que preguntaba alguien cuando cerraba la puerta del baño a sus espaldas, tras lo cual vomitó en el inodoro. Algo de color morado. La chicha, pensó, y vomitó otro poco. Luego se mojó la cara. Le ardía la garganta y sentía amarga la lengua.

Salió del baño y se encontró a Lucho y a Ernesto esperándola en el pasillo. Ella les dijo que estaba bien y oyó a Valeria decir algo de la comida.

—Hay Alka-Seltzer en el botiquín —agregó desde donde estaba.

—Solo necesita tenderse un rato —dijo Betty. Ella y Lucho quitaron los abrigos y bolsos de la cama. Betty aferró su monedero. Rubén llegó con un vaso de agua. Estaba poniendo las sobras en los recipientes, les dijo Betty contando lo ocurrido justo antes de que Ana saliera pitando de la cocina. Y sugirió que fuera Lucho el que terminara de organizar la comida, a lo que él accedió —era hora de ir cerrando la noche—. Cuando estuvieron las dos solas, Betty se sentó junto a ella en la cama.

—Tengo algo para ti —le dijo y extrajo una bolsita de plástico de su monedero, en cuyo interior había varias pastillas blancas de forma hexagonal.

Ana se incorporó en la cama con un ojo medio cerrado, intentando concentrarse en lo que Betty le decía.

Empieza con tres, la escuchó decirle. Solo tres, no se trata de que te desangres. Y luego sigue cada dos horas, tres cada vez.

—Y no te las vayas a poner ahí dentro —concluyó, indicándole a Ana su entrepierna—. Una vez oí de una niña en Chorrillos que hizo eso y terminó quemándose el útero.

Ana cogió la bolsita y acarició las pastillas entre las yemas de los dedos.

—Empieza mañana mismo, si puedes —dijo Betty—. Mientras más pronto empieces, más rápido podrás olvidar.

■ ■ ■

EL DÍA SIGUIENTE ANA METIÓ LAS PASTILLAS EN EL BOLSILLO DELANtero de sus vaqueros para sentirlas cada vez que se moviera. Le pinchaban el costado cuando hizo la limpieza del apartamento, y luego cuando preparó un almuerzo con las sobras. Abultaban en su cadera cuando se sentó a comer con sus hijos. Constantemente recordaba que necesitaba el arribo de la regla para regular su cuerpo y tenerlo bajo control. Esa noche, el primer día del nuevo año, lograría quizá volver a la normalidad.

Esperó a que los niños se hubieron dormido, y luego a que Valeria y Rubén se retiraran a su dormitorio. Quería darse una ducha. Ya bajo al agua, dejó que el chorro le diera de lleno y, por un breve instante, en medio del vapor y de la espuma que se había formado en torno a sus tobillos, se preguntó que pasaría si arrojaba las pastillas por el excusado. Y entonces pensó en su madre.

Se envolvió la cabeza en una toalla, cubriéndose el cuerpo con una loción con perfume a mango, y se sentó en el inodoro dando sorbitos a una botella de Malta. Se puso las pastillas bajo la lengua y se las tragó con la bebida, recordando haber escuchado que eso ayudaba a que llegaran más rápido a la sangre. Temprano en la madrugada, inmersa en la niebla de otra noche sin dormir, repitió el procedimiento. Puso las pastillas bajo su lengua, que por lo general a esas horas quemaba con un té, sentada a la mesa de la cocina y hojeando su libreta de direcciones. Empujó las pastillas con otra botella de Malta. La tercera vez fue justo antes de que Lucho llegara de trabajar. No había echado el cerrojo a la puerta del baño, y se sobresaltó cuando Pedro entró, llorando por no haberla encontrado a su lado al despertarse. Ella se volvió a la cama con él, se recogió sobre sí misma y, para cuando Lucho al fin llegó, ya tenía algún dolor.

Su periodo, le dijo ella.

Él le puso una toalla caliente en el abdomen y preparó un té de manzanilla, pero Ana rehusó los analgésicos. Luego él despertó a los niños, les dio desayuno y los vistió, y les dijo que la mamá no se sentía bien y debían quedarse en la sala o en el dormitorio de Michael mientras se reponía. Pero igual Pedro se coló en su cuarto para preguntarle dónde le dolía. "Ya pasó, mami, ya pasó", le aseguró él mismo, sosteniendo su mano y besándole la frente antes de irse con Victoria a la escuela esa mañana. Lucho echó un sueñecito en la litera de abajo mientras ella dormitaba en la cama de ellos dos, encogiéndose de vez en cuando y haciendo regulares idas al cuarto de baño. Era un ciclo pesado, le dijo a él, y había tenido una semana muy larga. Luego se sorprendió con la tarjeta de oraciones de su madre, pidiéndole que por favor se le pasara todo eso. No mentía respecto a lo de su periodo. Eso era lo que estaba bajando, se dijo a sí misma.

Cuando efectivamente le vino, no supo qué esperar ni cómo se iba a sentir. Tan solo no pudo mirar, pero toleró todo el proceso con alivio.

12

DURANTE DOS DÍAS, ANA SIMULÓ TENER MÁS DOLORES DE LOS QUE VER-
daderamente tenía. El sangramiento disminuyó, así como los
retortijones, y aun cuando podría haber abandonado su cuarto
para cocinar, limpiar, estar con los niños, se recluyó en la habitación. Durmió intervalos más prolongados que los que había
dormido en varios meses, acurrucada junto a Victoria o Pedro
cuando venían a meterse a su cama, leyendo cualquier diario
o revista que Lucho le trajera, levantándose solo para comer
y cumplir con visitas intermitentes al baño. Se permitió estar
enferma porque eso era lo que le pasaba, de hecho. Es lo que le
ocurre a una mujer cuando le llega el periodo. Se enferma, se
dijo a sí misma, y ella se había enfermado al fin.

Pasó tres días en casa, dos de los cuales fueron días laborales.
El último se levantó de la cama y se tambaleó a través del caos
matinal de un desayuno calamitoso y las habituales discusiones
de la hora de preparar a los niños para ir a la escuela. Rubén los
llevó como cada mañana, y luego regresó al apartamento para
recoger a Valeria, antes de enfilar los dos rumbo al taller.

Lucho durmió hasta el mediodía y, cuando despertó, ella le

pasó un listado de víveres. Podría encontrar la mayoría de ellos en el supermercado, pero igual debería aventurarse a otros sectores de Queens más heterogéneos en busca del maíz morado, las piñas y los albaricoques secos, muy baratos, que su lista incluía. Tenía un antojo de mazamorra morada, le dijo. La lista fue suficientemente extensa como para mantenerlo ocupado durante al menos un par de horas. Ella rara vez estaba en casa durante el día, y ahora quería, más que nada, comer algo frente al televisor sin ser interrumpida, y dejar que su mente divagara, aunque fuera una vez, dejándose llevar por el sinsentido del programa.

Cuando Lucho se hubo marchado, se comió dos cuencos del cerdo sobrante de Año Nuevo y se bajó una lata de cerveza. Valeria notaría, sin duda, que faltaba una. La había visto una sola vez desde que se metió en la cama, la mañana después del Año Nuevo, cuando fue al cuarto a preguntarle cómo se sentía e insistió en que viera a un médico, por si necesitaba antibióticos. Ana le aseguró que eran solo retortijones y el fruto de una mala regla, a causa de sus fibromas.

—Carla ha estado llamando —le informó entonces Valeria—. Yo le dije que estabas bien. Lucho dijo que encontraron un apartamento y me alegro, Ana. Hay que seguir adelante.

—Adelante —musitó Ana, sucumbiendo al sueño de nuevo.

Fuera de su habitación, nada en el apartamento 4D había cambiado mucho. Aun había apilados sobre la mesa montones de sobres sin abrir, bolsas de plástico, una toalla, y una camiseta de mangas cortas manchada colgaba del respaldo de una silla. Y el fregadero, desbordante de tazones por lavar y platos con restos de comida. La vida en Lexar Tower seguía su curso habitual y eso la relajó. Se las había ingeniado para remediar un problema que amenazaba su callada vida de todos los días, y lo había hecho sin que el mundo lo advirtiera. Se imaginó que ella misma también lo olvidaría pronto.

Enjabonó la esponja y eliminó con ella, uno por uno, los restos adheridos a los tenedores y cuchillos, restregando las manchas de los platos y los círculos marrones dentro de los tazones. Todo eso valdría mucho más la pena cuando tuviese su propio lugar donde vivir, se dijo a sí misma. Cuando sus hijos estuviesen en la escuela; cuando ella volviera de dejarlos y resplandeciera tanto como doña Filomena bajo el candelabro de su sala; cuando pudiera llevar a la tía Ofelia a cenar en Miraflores; cuando abriera las puertas de su propio restaurante. Hasta podía volver a Santa Clara, a la tumba de su madre, para contarle todo lo que había logrado hacer con esa única lección: la de hacer las cosas por amor, aunque doliera.

¿Y si no hubiera conseguido que se produjera el sangramiento? Todos esos años, el sacrificio, hubieran sido por nada. No hubieran podido permanecer en Nueva York con otra boca que alimentar. Y si de todos modos se hubieran quedado, con tres hijos, en el mejor de los casos solo hubiera podido ofrecerles un futuro mediocre. Y el restaurante hubiera seguido siendo un sueño. Ahora Victoria y Pedro tenían una mejor oportunidad. Y ella también. De no haber conseguido que la sangre fluyera de nuevo, hubiese preferido regresar. Irse de vuelta hubiera sido más llevadero que quedarse allí a comprobar que, de no haber sido por esa decisión, su sueño podría haberse hecho posible. Ahora podían seguir yendo hacia adelante.

Adelante, se dijo.

Después de que hubo limpiado la cocina, peló una naranja y

se la llevó, con un vaso de agua, a la sala. La fruta no era suya, pero no había nadie en la unidad 4D que le impidiera comérsela.

Estaba en medio de un programa de entrevistas en vivo cuando oyó un juego de llaves en la puerta. Esperaba ver a Lucho en el umbral, pero al escuchar el gruñido de Valeria se enderezó instantáneamente.

—¡Ah! —exclamó esta al entrar a la sala, desenrollándose la bufanda—. Ya veo que te sientes mejor. —La sorpresa en el rostro de Ana era evidente—. Decidí venirme temprano hoy —le explicó—. Es lo bueno de tener tu propio negocio. A veces, no siempre, solo a veces, puedes decirle que "no" al trabajo.

Se quitó el abrigo, bajo el cual llevaba una chompa de cuello alto de lana color ciruela y una falda gris de línea A. Debajo relucían sus medias negras. No precisaba vestirse con elegancia para ir al negocio, pero doña Filomena había dicho la verdad acerca de su sobrina: quería lucir como la profesional que era. No necesitaba ese atuendo para arreglar silenciadores, pero ella era *la dueña* y quería estar a la altura.

Enseguida se quitó las botas mojadas y se calzó unas pantuflas rojas. Se dirigió a la cocina, de donde volvió a la sala con un vaso de jugo de naranja que Ana sospechó tendría unas gotas de vodka.

—Se te ve bien —dijo al sentarse en el sillón reclinable—. Yo solía tener terribles dolores de espalda con la regla. Migrañas. —Bebió un sorbo del vaso—. Pero ya no me enfermo más, una cosa menos de qué preocuparse.

—¿Desde cuándo? —preguntó Ana, sorprendida de que Valeria le revelara algo tan íntimo.

—Desde el verano, justo antes de que ustedes llegaran.

—Cogió el control remoto—. ¿Podemos hablar? —dijo, apagando el televisor antes de que Ana pudiera decir nada—. Ya sé que no me esperabas, pero necesitaba un respiro.

—Has estado trabajando mucho —dijo Ana, deseando volver a su habitación.

Valeria sonrió con la misma sonrisa forzada que le dedicaba a Betty o Carla al saludarlas.

—Necesito poner el lugar en orden de nuevo.

Rubén había insinuado algo acerca de la situación reinante en el negocio. Era la razón por la que Valeria no tenía aún su carro de vuelta. Ana se preguntó cómo habría vuelto ahora a casa, pero no se atrevió a decirlo.

—En todo caso —continuó Valeria—, quería hablar contigo de algo. Como has estado tan enferma estos días, no quise molestarte antes. Pero esta mañana te vi mucho mejor, así que aquí estoy.

—¿Pasó algo? —preguntó Ana, aunque sospechaba de lo que Valeria quería hablar.

—Puede que esto no importe mucho ahora, dado que ustedes se van pronto —dijo Valeria—. Pero no me gusta que seas tan amistosa con mi esposo.

No había en su voz el menor indicio de enfado. Se la oía calmada y serena. Era como si Ana estuviera viendo un destello de la mujer que Valeria había sido alguna vez. Una traductora internacional que más parecía un objeto fino de porcelana —la clase de recuerdo que se obsequia en las bodas suntuosas y a las quinceañeras— que una académica. Siempre había tenido una suerte de obsesión con el lenguaje, enunciando las palabras con la precisión suficiente para rebanarle la lengua a cualquiera. No había, en ese sentido, discusión que no pudiera ganar, en buena medida porque nadie entendía lo que estaba diciendo. Era de mente aguda y rostro suave, y se conducía con la altivez y confianza suficientes para impresionar a una aldea.

A nadie le sorprendió que llamara la atención de un peruano residente en Estados Unidos durante una de sus visita a su tierra natal. Rubén era audaz y se dirigió hacia ella cuando la vio con su bikini fucsia y lentes de sol estilo aviador en la playa de Punta Hermosa. Muy pronto se estaban paseando juntos por los alrededores de Lima, él enseñándole las ventajas de su automóvil japonés mientras ella se pavoneaba. Él no carecía de brillo propio, pero le faltaba el refinamiento de ella. Aun así, eso no les impidió casarse solo seis meses después de conocerse en esa playa.

El tiempo había atenuado toda pasión que la hubiera atraído hacia Rubén, y cuando las costuras del matrimonio empezaron a deshacerse a ella le ocurrió algo parecido. Comenzó a no encontrar las palabras adecuadas, olvidándose de cómo se decía esto en español o lo otro en inglés. En cambio, empezó a apoyarse en adornos para sentirse poderosa, cosas que pudiera exhibir y contar dónde las había adquirido y cuánto le habían costado. Su mirada estaba a menudo extraviada en algún pensamiento, cayendo en un vacío mayor cada vez que bebía. Era su matrimonio, concluyó Ana, lo que le había hecho eso. Y claro que sentía a Ana como una amenaza. Rubén la había engañado en el pasado, y aún lo hacía. ¿Cómo podía una infidelidad no cambiar a alguien? ¿Por qué no iba a sospechar Valeria de Ana?

Igual se preguntó si no habría alguna razón más profunda para sus sospechas. ¿Se hubiera sentido igualmente amenazada por una mujer más cercana a ella, blanca y educada? ¿O solo sospechaba de mujeres hechas de una arcilla diferente?

Ana intentó imitar su calma al decir:

—Valeria, Rubén y yo solo estábamos conversando.

—Ya lo sé —dijo Valeria—. De mi matrimonio. De esa mujer. —Se levantó, masajeándose la nuca mientras caminaba hasta las puertas correderas de vidrio que daban al balcón. Allí observó los tejados y el cielo gris, cruzada de brazos—. Tú sabes de ella —dijo—. Sabes de la niña.

Hablaba en un tono directo, como si no hubiera nada de qué avergonzarse al hablar de la transgresión de su marido, solo que era incapaz de mirar a Ana al hacerlo.

Ana deseó haberle podido decir que sí, y hablar de todo lo que ella sabía. No solo del romance y la otra hija, sino de que había ocurrido después de que Valeria llevara años intentando tener otro hijo; de que la traición de Rubén debió haber sido para ella tan dolorosa como la muerte de sus padres, porque ahí estaba, sola de nuevo, esta vez en un país extranjero y con un hijo pequeño, sin ninguna familia que la amparase; hablarle de como ella sospechaba que Valeria no había quedado del todo bien después de tener a Michael y no había obtenido toda la ayuda que necesitaba.

Pero no pudo decir nada de eso. Valeria solo hubiera interpretado su empatía como lástima.

Hubo un prolongado silencio entre ambas antes de que Valeria continuara.

—Yo sé que él está todavía con ella —dijo—. Y ¿sabes qué? No me importa.

Fue la primera vez que Valeria se mostraba vulnerable ante ella. Ana podía ver que amaba a Rubén, a pesar de lo que él le había hecho. Sus ojos siempre estaban clavados en él cuando bailaba con otras mujeres. Se reía de sus chistes, aunque objetara su vulgaridad. Y cada vez que pasaba junto al televisor sus dedos se detenían en los marcos de fotos junto al aparato: la pareja en una limusina el día de su boda, o en un bote pasando ante la Estatua de la Libertad una noche de verano, la familia en una piscina durante unas vacaciones en Miami.

—No puedo hacer mucho al respecto —continuó—. A fin de cuentas, es hombre, y esto, la clase de cosas que los hombres suelen hacer. Pero yo la traté muy bien, pensé que era una amiga. —Bajó la mirada y enseguida, como si hubiera descubierto un error en la formulación, dijo—: Nunca debí confiar en esa prieta.

Ana carraspeó:

—No siempre podemos saber cómo va a resultar la gente, Valeria.

—Es verdad —replicó ella—, pero yo sí sé cómo son algunas mujeres. Quiero creer que tú eres distinta, así que voy a pedirte que no te entrometas en mi matrimonio.

—Nunca lo he hecho, Valeria —dijo ella.

—Entonces, ¿por qué mi esposo quiere ahora que mi hijo conozca a la hija de esa puta?

Ana se atragantó. No se esperaba que Rubén le hubiera hablado a Valeria de su charla. Estaba claro que ella no deseaba que los dos niños se conocieran en absoluto. Y, si iban a hacerlo al final, ¿parar qué decírselo a ella? ¿Por qué no mantenerlo en secreto?

Se preguntó qué más le habría dicho Rubén.

—Lo mencionó la otra noche —siguió Valeria—. Yo dije

que "no", por supuesto, y que no volviera a mencionarlo. Él dijo que yo estaba siendo poco razonable. ¿Y sabes por qué? Porque *tú* pensabas que no había nada malo en ello. *Tú*. Dijo que yo estaba siendo poco razonable porque no quiero que mi hijo conozca a esa puta o a esa niña, o que sepa la forma en que me humilló su padre.

Su voz era calmada, pero bajo la piel tenue de su sien sobresalía una vena muy azul. No tenía sentido discutir con ella. En cuestión de semanas, Ana estaría lejos de la unidad 4D. Si todo lo que hacía falta para pasar en paz las pocas semanas que quedaban era que asintiera ahora y se disculpara, entonces seguiría moviendo la cabeza en sentido afirmativo y pondría a su boca en modo repetición.

—Tienes razón —dijo—. Lo siento. Nunca debí haberle dicho nada a él.

—No, no debiste. —Los cubos de hielo resonaron en su vaso cuando se dio un trago antes de regresar al sillón reclinable—. He intentado pasar por alto lo que le hiciste a mi familia. A Lucho y a Carlos. Dios sabe lo vergonzosa que fue la situación para nuestra familia.

Valeria aludía a las relaciones de Ana con los hermanos Falcón sin haberle preguntado nunca qué había sucedido con Carlos o cómo era que había terminado con Lucho. Lo veía como el resto de su familia. Un episodio embarazoso para todos, por lo que era mejor evitar hablar del asunto. No dices nada y es como si nunca hubiera ocurrido. Un criollo de buena familia involucrado con una chola, probablemente otra terruca. Si llega a suceder, el cómo y el porqué son algo de lo que no se habla. Que el hermano de Carlos se enamorara de ella podía entonces no haber ocurrido. Que llevara un bastardo en su vientre nunca sucedió. Ana se casó con el padre del niño, un matrimonio forzado a los ojos de la familia, pero al menos había reparado el mal.

—Valeria, por favor —dijo, negando con la cabeza—. Sabes tanto de lo que ocurrió con Carlos como yo de tu matrimonio. Yo no lo amaba y, claramente, él a mí tampoco. Me dejó. No me iba a quedar esperándolo.

—Se fue a España a obtener una mejor educación —dijo ella—. No era excusa para que te avalanzaras sobre su hermano.

—No "me avalancé" sobre él. Me enamoré de Lucho, nos enamoramos los dos. Y eso fue años atrás. No es Lucho el que ahora mantiene la distancia, sino Carlos.

Cuando Lucho le habló por primera vez de Ana a su hermano, no lo hizo para asegurarse de que este no albergara algún sentimiento pendiente hacia ella antes de comenzar a cortejarla, ni siquiera para decirle que habían ya iniciado una relación. Estaban ambos en la sala de la tía Ofelia, en la planta baja de su casa en Bellavista. Ya su tía y doña Filomena acababan de enterarse del embarazo. La noticia dejó muda a la madre de él; la tía Ofelia solo quiso asegurarse de que no iba a tener que alimentar otra boca. Había hecho ya suficiente por Ana, no podía hacer más. Lucho le aseguró que él cuidaría de Ana y del niño, y fue bienvenido a visitar a su novia tan a menudo como quisiera.

Fue allí, en la sala de la tía Ofelia y con Ana a su lado, que Lucho llamó a su hermano para decirle que había estado saliendo con ella y que estaba embarazada.

Carlos no le habló a Lucho hasta que volvió a Lima de visita, cerca de un año después. Fue entonces que sostuvo en sus brazos por primera vez a Victoria, larguirucha y con el mismo pico de viuda de su madre en la frente. Las llamadas telefónicas se hicieron más frecuentes, siempre en los cumpleaños, a veces los días festivos. Carlos se casó con una mujer de Sevilla a quien ni Ana ni Lucho conocían, pero vieron en fotos que doña Filomena incluía ocasionalmente en las cartas que enviaba a su hijo en Nueva York. Por fin, fuera lo que fuese que a Carlos le causaba algún resentimiento terminó diluyéndose. No fue hasta que Carlos descubrió que Lucho había tomado la escritura de la casa de su madre que las llamadas telefónicas cesaron.

—Lucho *debería* buscarlo —dijo Valeria—. Fue él quien cometió el error.

—Estar conmigo no fue un error —dijo Ana.

—Bueno, Dios sabe muy bien que no eras tú quien esperábamos se casara con mi primo —dijo Valeria—. Pero él es un hombre muy correcto. Tú eres su esposa y la madre de sus hijos, y eso no va a cambiar, ¿cierto?

—No, no lo hará —dijo Ana, conteniéndose.

Si era objeto de un solo agravio más, podía arrepentirse de lo que pudiera decir o hacer. ¡Y había tanto que deseaba decir, tanto que deseaba poder hacer! Como arrojarle a Valeria el agua que quedaba en su vaso. O decirle que su matrimonio no valía nada. Que la única razón por la que Rubén no se divorciaba de ella era el taller y el dinero, y la vergüenza que le causaría a ella. Sentido del deber. Rubén era el que se había quedado con ella por deber. Le debía algo por haber tenido ese amorío; y ese *algo* la estaba salvando de la incomodidad de un divorcio. Ella tenía que haber dejado de lado hacía rato el tema del amorío, pero no lo había hecho. Había dejado, en cambio, que siguiera enfermándola y la convirtiera en una *borracha* que ahogaba sus penas en alcohol a la vista de todos. *Estúpida*, pensó Ana. Estúpida por dejarlo a *él* que ganara de ese modo.

Pero no dijo nada de eso. Solo unas semanas más, se dijo a sí misma, y se disculpó una vez más asegurándole a Valeria que no volvería a ocurrir.

—Ya sé que no —dijo Valeria con suavidad—. No me gustas, Ana. Solo espero que algún día Lucho pueda verte como eres verdaderamente. Puede que ese día consigamos librarnos al fin de ti.

Una sonrisa que no se molestó en suprimir afloró a los labios de Ana.

—Pues qué pena, prima —dijo—. Puede que me vaya de tu casa, pero, créeme, de esta familia no me voy.

■ ■ ■

POCO DESPUÉS RUBÉN DEJÓ A LOS NIÑOS DE VUELTA EN CASA, Y VALE-ria se fue con él al taller. Lucho no había llegado aún y Ana estaba preparando las tostadas con queso para la merienda de los niños cuando sonó el teléfono. Era Carla, lo que fue en cierta forma una sorpresa. Nunca habían tenido necesidad de llamarse la una a la otra. Fuera lo que fuese que tuvieran que decirse, lo hacían en el trabajo. Esta vez, sin embargo, Carla estaba claramente molesta de que Ana no le hubiera devuelto las llamadas.

—¿No te lo dijo Valeria? —le preguntó, y Ana recordó que Valeria había mencionado las llamadas de Carla cuando ella aún estaba en cama. Simplemente no se le había ocurrido llamarla de vuelta. Iba a volver al trabajo al día siguiente, le dijo, había pensado que quizá lo que fuese que tuvieran que hablar podía esperar.

Carla respiraba pesadamente.

—Vi a la Mama el día de Año Nuevo —masculló en el auricular.

—Ah —dijo Ana, y se distrajo para buscar el queso en láminas en el refrigerador—. ¿Cómo está?

—Decepcionada —dijo Carla—. Me dijo que no le has pagado.

—Lo he hecho, Carla —dijo Ana—. Solo me atrasé un poco, es todo. Ya sabes que Lucho empezó a trabajar recién, y después vino la Navidad…

—Eso lo entiendo —la interrumpió Carla—. Pero yo te he avalado ante ella, Ana. Le dije que eras confiable, responsable. No queda bien que alguien que yo he recomendado no pague.

—¿Quieres calmarte? —dijo ella—. Le estoy pagando, solo estoy un poco atrasada. Pero me estoy poniendo al día.

—¿Cómo? ¿Con las pocas horas extras que se supone que harás esta semana? Tienes que compensar las que perdiste hoy. Y después tienes que mudarte. ¿Cómo esperas hacerlo, Ana, con qué dinero?

—Ese no es problema tuyo, Carla.

—Pero *sí es* mi problema —dijo Carla, su voz amortiguada con la saliva que salpicaba en el auricular—. Yo también necesito su ayuda. Tengo a mis tres hijos conmigo ahora, y a Betty. No nos hace bien a ninguna que tú te sigas atrasando.

Había genuina preocupación en su voz. Carla era la que le había presentado a la Mama, pero luego nunca le había hablado sobre ella, ni de sus transacciones con la mujer o los pagos de Ana. El hecho de que supiera que Ana se había atrasado le resultó inquietante. Sus palabras sonaban más a una advertencia que una reprimenda.

Colgó el teléfono y se sentó a la mesa con el cuchillo de la mantequilla en la mano. Recordó la tarde aquella en que la Mama se le vino encima y Ana se encogió en el sillón. Fue la primera vez en años que pensó que iba a recibir un golpazo, pero algo frenó a la mujer. Primero pensó que debía haber sido la edad; después de todo, ¿cuán duro podía ser el golpe que asestara una mujer enferma y anciana? Pero ahora se dio cuenta de que no era eso lo que la había frenado. Sencillamente, había otras formas más intensas de atacar a alguien.

Puso las tostadas con queso en un plato y dejó que los niños se las comieran en el dormitorio de Michael. Necesitaba ponerse al día en los pagos y se preguntó si quedarse un tiempo más en casa de Valeria no sería lo mejor. Vivir con ella había implicado un alto precio, no era muy distinto a vivir con la madre de Lucho. Siempre había esa verdad que pendía sobre ellos: que alguna vez había estado con Carlos, y que Lucho se había casado con ella solo después de embarazarla. Ambas, a su modo, se aseguraban de que Ana nunca se olvidara de eso, donde fuera que estuviese.

Después de su última visita a la Mama y ahora con esta llamada de Carla, deseó que Sully hubiera encontrado otro inquilino, uno sin hijos, con los papeles correctos, y que no pestañeara cuando le pidieran tres meses de alquiler por adelantado. Si se quedaban otro poco donde Valeria, pensó, podrían ver los decorados del Día de San Valentín, y hasta quizás celebrar la primera comunión de Victoria en la sala de eventos del complejo.

Pero entonces llegó Lucho lleno de bolsas con los víveres que ella había incluido en su listado, los ingredientes para la mazamorra morada que tanto añoraba, y un sobre.

—Lo llamé antes de irme —dijo él mientras ella sacaba el

documento que había en su interior—. Volvió anoche a la ciudad. Quería sorprenderte.

El largo documento de tres hojas impresas en papel grueso traía un trocito de papel engrapado al borde superior izquierdo con la palabra RECIBO impresa en letras de molde. Ella lo levantó con el índice y comprobó debajo la dirección del edificio de Sully. En la segunda hoja estaban garabateadas las firmas de Lucho y Sully.

Al fin iban a dejar Lexar Tower.

Mientras él se preparaba para el turno de noche, ella se digirió al dormitorio y puso el contrato y el recibo dentro del sobre amarillo. Dos elementos adicionales para su colección; la prueba de la etapa siguiente en su viaje. *Adelante*, pensó, pero no pudo evitar un aguijonazo a causa de lo que su partida implicaba. En cierta forma, Valeria estaba consiguiendo lo que deseaba. Se estaba librando de ella.

Arrancó un pedazo de una de las hojas de su libreta de direcciones y en él escribió, en letras grandes, la dirección de Lexar Tower. Luego encendió la vela roja y sostuvo el papel sobre la llama, dejando que ardiera brevemente entre sus dedos antes de depositarlo en un platillo blanco de té y verlo reducirse a cenizas. Le dijo adiós a su hogar transitorio.

Entonces arrancó otra hoja de su libreta. Esta vez escribió la dirección del nuevo apartamento y puso el papel sobre las cenizas. Tomó la tarjeta de oraciones de su madre. Esa fotografía de su rostro era la única imagen que guardaba de ella. Era la que aparecía en su documento de identidad, emitido por el gobierno años antes de que muriera. Sus ojos estaban fijos; su sonrisa era renuente. Era más joven en esa imagen que Ana ahora. Acarició brevemente la imagen. Todo lo que su madre había intentado hacer era proteger lo que amaba.

Depositó la tarjeta de oraciones junto al platillo, y tocó la estatuilla de La Virgencita, haciendo la señal de la cruz sobre su cuerpo. Le dio gracias a La Virgencita, en una oración breve, por un nuevo comienzo. Luego le pidió a su madre que intercediera en su nombre y le pidiera a Dios que bendijese el hogar en el que iban a vivir, y que le diera paciencia. Que acallara a las malas lenguas. *Las malas lenguas*, pensó, *esas que nunca dejan de hablar.*

13

AL VOLVER A LA FACTORÍA, SINTIÓ UNA URGENCIA Y UN VIGOR QUE NO había experimentado desde que Lucho se quedara sin trabajo. Subió hasta el cuarto piso por las escaleras, sonriendo hasta con la mirada. Estaba aliviada de volver a su estación, a sus jornadas simples y carentes de complicaciones. Se sentía bien, le dijo a quienquiera que le preguntó cómo estaba. Había sido solo la comida, explicó. Me cayó mal. Nadie dudó de ella. Siempre resultaba fácil echarle la culpa a la comida.

—¿Cómo te sientes? —le preguntó Betty cuando la vio esa mañana.

—Bien —dijo ella.

—¿Te las tomaste todas?

—Sí —confirmó Ana.

—Tienes que hacerte otra prueba —puntualizó su amiga—. Asegurarte de que todo ha vuelto a la normalidad.

—Lo haré —murmuró Ana—. Y gracias.

—No me des las gracias —respondió Betty—. Solo asegúrate de cuidarte de aquí en adelante.

Ella entendió lo que Betty quería decir y respondió a la altura:

—No volverá a ocurrir.

Entonces les contó a ella y Carla lo del contrato de alquiler. A finales del mes, ella y su familia dejarían Lexar Tower.

Carla quedó petrificada.

—¿No estabas corta de plata, Ana? —le preguntó.

—Será duro por un tiempo —admitió ella—. Por eso tengo que seguir ganando dinero.

Carla no dijo nada más y, durante el almuerzo, Ana le pidió a George más horas extras, recordándole que también podía hacer limpieza los fines de semana, en caso de que el edificio o algún amigo suyo necesitaran de un buen aseo para iniciar el nuevo año. Ella cobraba una tarifa única por cada piso, no por horas.

Cada día se preparó para la mudanza. Antes de irse de la factoría, y todos los días, se colaba en el armario de los materiales con su cartera y la llenaba de marcadores Sharpie negros o rollos anchos de cinta adhesiva. En el camino a casa le preguntaba al salvadoreño de la frutería si tenía cajas vacías que estuviera a punto de tirar. Por las noches, en su dormitorio de Lexar Tower, ordenaba la ropa de sus hijos en esas cajas de fruta vacías, apartando las que ya no les entraban a Victoria y a Pedro, ahora destinadas a los nietos de la tía Ofelia. Al reordenar y envolverlo todo, se dio cuenta de lo poco con que habían llegado a Lexar Tower y lo mucho de lo que se habían deshecho. Las ropas y camas, la cómoda y el televisor eran todo lo que les quedaba de sus antiguas posesiones. Toda joya que tuvo antes de que Lucho perdiera su trabajo estaba ahora empeñada; cualquier mueble que no pudieron meter en aquella habitación fue vendido. Pensó en pedirle a Carla que le devolviera el futón negro, que ya era difícil de abrir en la época en que se lo habían ofrecido.

Solo que Carla le había dado a Ana algo de dinero por él. Una miseria, recordó amargamente, pero, aunque hubiera sido una cifra miserable, Carla había pagado por él, ya no podía pedírselo de vuelta.

Entre la labor de clasificar, empacar y tirar cosas, y las constantes del aseo y la cocina, los Sosa se le volvieron casi invisibles. Cuando veía a Valeria en el apartamento, intercambiaban un saludo brusco y poco más. Por las noches, todos desaparecían casi completamente en sus respectivos dormitorios. Ocasionalmente, Ana escuchaba a Valeria cruzar el pasillo para ir a la cocina o ver cómo estaba Michael.

Rubén andaba igual de evasivo. Ana lo saludaba por las mañanas antes de irse ella al trabajo y él con los niños, pero ya no le hablaba de nada. No había charlas al pasar, ni bromas, como alguna vez hubo. A menudo, él volvía a casa justo cuando ella estaba preparando a los niños para acostarse. La conversación de ella con Valeria le había parecido suficiente para justificar su distancia, y dio por sentado que justificaba la de él. *Mejor así*, pensó.

Pese a la ayuda de Betty, lo único que lamentaba era haber tenido que pedirle ese favor. Siempre había la posibilidad de que después de varias copas, ya fuera por amor o culpa, Betty terminara contando algo. Ana se preguntó si ella misma podría hablar alguna vez de eso. No ahora, pero en cinco, diez, veinte años más. ¿Viviría preguntándose qué hubiese ocurrido si hubiera tirado las pastillas por el inodoro, si había alguna otra forma de proceder? ¿Le importaría?

Pero nadie le dificultó más que Lucho el cierre de ese capítulo. Su sueño era aún poco reparador, y seguía despertándose en mitad de la noche para buscar consuelo en su té de manzanilla y su libreta de direcciones. Jamás escribió la palabra *sangre* en su listado. Regresaba a la cama justo cuando Lucho entraba por la puerta principal, y siempre le daba la espalda, cerraba los ojos y fingía estar dormida.

Hasta que una noche él abrió la puerta del dormitorio y la sorprendió cuando se daba vuelta en la cama.

—¿Estás despierta? —le preguntó.

—Es que hiciste un montón de ruido —dijo ella sin volverse, y se desplazó hacia Pedro, cuya respiración era densa y pegajosa. La almohada bajo su cabecita estaba empapada de su sudor. Ella le sopló las mejillas y, al notar que su respiración se aceleraba, lo dio vuelta. Luego apoyó de nuevo la cabeza en su almohada, esperando que Lucho le permitiera deslizarse otra vez al sueño.

En lugar de eso, él le dijo en un susurro:

—Voy a comer algo, ¿quieres acompañarme?

No esperó una respuesta de su parte. La puerta rechinó cuando la cerró tras él. Ella se quedó en la cama unos segundos, con su hijo respirando calladamente ahora y la luz anaranjada de un poste de luz filtrándose por la persiana. Se preguntó cómo sería dejarlo todo atrás. Si ahora mismo bajaba a dar un paseo por esas calles vacías, ¿podría llegar a desaparecer? ¿Alguien lo notaría? ¿Él?

Caminó hasta la cocina, el frío del piso de madera rozándole la suela de las pantuflas. En un principio había pensado que los niños o los Sosa bajaban la calefacción en el apartamento; para ninguno de los hombres, jóvenes o viejos, parecía hacer nunca suficiente frío. Pero eran las noches más frías las que parecían filtrarse por la madera del piso. Apretó contra su cuerpo la chompa rojo oscuro y entrecerró los párpados, buscando adaptarse a la luz de la cocina al sentarse junto a su marido.

El microondas ronroneaba por su cuenta.

—¿Tienes hambre? —le preguntó él, como si hubiera sido media tarde y no el alba.

La camisa amarilla con botones de él, con las arrugas aun apreciables a lo largo de las mangas, descansaba en una silla. Su camiseta sin mangas, llena de minúsculos agujeritos, le hizo sentir a ella el doble de frío.

Ana bostezó.

—¿Estabas realmente tratando de dormir? —le preguntó él, y las palabras que escogió le provocaron curiosidad.

Sintió un real deseo de cerrar los ojos y escapar, incluso al sueño aquel y a la voracidad de ese bosque. Pero, como en todas las cosas, era solo una parte de la verdad. ¿Sabría él que le había estado mintiendo?

Él no esperó a que ella respondiera.

—Quería hablar de los muebles —dijo, abriendo la puertecilla del microondas. Tomó el asa del cuenco de sopa humeante de sémola que ella había preparado y apartado para él la noche anterior.

—Tenemos las camas —dijo ella—, la cómoda y el televisor. Necesitamos una mesa y un sofá.

—Podemos conseguir por ahora sillas plegables —dijo él, desabrochándose los pantalones y soplando una cucharada de sopa—. Pero creo que vamos a necesitar una mesa y un sillón. ¿Has hablado con George de la posibilidad de trabajar más horas?

—Sí —dijo ella—. Pero ahora tiene una nueva chica nicaragüense. Dijo que me lo haría saber.

Más horas, pensó enseguida. Él quería que ella trabajara más horas. Como si esa sopa que estaba sorbiendo hubiese aparecido

como por arte de magia. Como si no le hubiera tomado horas
hacerla con dos niños saltando a su lado. Y antes se había pasado
horas encorvada sobre la máquina de coser, con los dedos aca-
lambrados y la parte baja de la espalda atormentándola, solo para
adquirir la carne que ahora había entre sus dientes. ¡Había solo
tantas horas en un día, tantos fragmentos de tela que sus ojos y
manos eran capaces de coser!

—¿Has hablado con Gil? —preguntó ella.

Él sopló de nuevo la sopa caliente.

—Dijo que no.

La cuchara dio un golpe contra el cuenco. Una vez, en una
cena celebrada en casa de la madre de él, cuando Ana estaba ya
en los meses finales de su embarazo de Victoria, doña Filomena
le había servido esa misma sopa. Densa, cremosa, algo pesada
para su gusto, pero doña Filomena la preparaba en los meses más
fríos porque a sus hijos, dijo, les gustó desde que estaban dentro
de su vientre. Ana la preparaba cada invierno desde que estaban
en Nueva York, aun cuando temiera activar en él la nostalgia de
la patria. Él nunca le había agradecido que la preparara.

—Enero ha ido algo lento —continuó Lucho—. Todo el
mundo iba de aquí para allá en los días festivos. Ahora el invierno
los ha convertido en ermitaños.

—Lo he notado —dijo ella, aun cuando se preguntó cuánto
de esa lentitud se debería al clima y cuánto sería obra de él.
Recordó una conversación entre ambos una mañana temprano,
cuando ella estaba aún entre el sueño y la vigilia. Él le había
dicho que a veces se aburría en el vehículo. Que cuando eso
ocurría, aparcaba junto a una bodega cerca de su base de ope-
raciones y entraba a charlar con el individuo que estaba en la
caja o quienquiera que por casualidad se hubiera reunido allí,

bajo un televisor que había en lo alto. Hablaban de béisbol, o él hacía que seguía el fútbol mexicano, cosas que no le interesaban de verdad, solo para pasar el tiempo mientras esperaba por su próximo viaje. Ahora Ana se preguntaba cuántas llamadas se habría perdido Lucho en sus paradas en la bodega. Pero no tenía ganas de discutir con él, en parte por el cansancio, pero también por el alivio de que finalmente tuviera trabajo. Estaba al fin ganando algo de dinero, no había necesidad de decir nada en absoluto.

—Yo hablé con Valeria —dijo él—. Ella puede cuidar a los niños si terminas haciendo horas extras.

Él había percibido la tensión entre ellas, pero cuando le preguntó a Ana si había ocurrido algo, ella dijo que solo era Valeria siendo Valeria. Él no hizo más preguntas; no era amigo de las confrontaciones, menos con su familia. Además, al parecer, Valeria no podía hacer nada malo a sus ojos. Si él esperaba que Ana fuera el caballo de batalla, entonces lo menos que podía hacer era pedirle a su prima esos favores.

—Hablaré con George de nuevo —dijo ella—. ¿Eso es todo? ¿Me sacaste de la cama solo para decirme que trabaje más?

—No, no fue por eso. Nos vamos a mudar, Ana.

—Esto no es sobre la mudanza —contestó ella—. Es sobre el dinero. Ya sé que lo necesitamos. No tienes que sacarme de la cama para recordármelo.

—Necesitamos más de lo que ganamos —dijo él. Dejó escapar una larga exhalación y su rostro se enrojeció. Se llevó las palmas a la cara, intentanto recomponerse—. Todo cuesta dinero aquí. El dinero cuesta dinero. No importa cuánto trabajemos, cada centavo que hacemos se va directo a algo o a alguien más. La luz, el gas, el teléfono. La Mama…

—Y tu madre —murmuró ella.

—Yo no me quejo cuando le envías dinero a tu tía —se quejó él—. Y ella tiene a sus propios hijos que podrían hacerse cargo de ella.

—Lo mismo la tuya —dijo ella—. Tú no eres su único hijo. Tu madre tiene también a Carlos. Ese dinero que le envías debería quedarse aquí, con nosotros.

—¿Me estás diciendo que ni siquiera puedo enviarle dinero a mi propia madre? Un dinero por el que me rompo la…

—No —lo interrumpió ella—. Es un dinero por el que *yo* me rompo la espalda. En estos últimos meses, ese dinero ha provenido solo de mí.

Ella no consiguió tranquilizarse. Él nunca había dejado de enviarle a su madre la mensualidad, aunque se hubiera quedado sin trabajo, aunque ya no tuvieran un lugar propio donde vivir. Le enviaba la misma cantidad de dinero cada mes, sin importar lo mucho que Ana tuviera que rasquetear para pagar las cuentas. Ella nunca le pidió que dejara de hacerlo. Después de todo, era su madre y, de uno u otro modo, ese dinero estaba ligado a la casa de ella, que Ana había dado como colateral. Una casa que en realidad no les pertenecía a ella ni a Lucho. Aunque nunca lo admitiría, Ana esperaba que el dinero pudiera, en algún sentido, reparar la grieta que ella había provocado entre los Falcón.

Él alejó el cuenco de sopa, encorvándose en la silla. Se restregó la nuca con la mano izquierda y apoyó los dedos de la diestra en el borde de la mesa. Uno de ellos exhibía en la base una línea de piel más clara que el resto, circundándolo. En Perú, él había usado la alianza de matrimonio en la diestra, como era la costumbre. Un delgado anillo de oro que comenzó a quedarle estrecho. En Nueva York dejó al fin de usarlo, temeroso de perderlo cuando se lo quitaba entre la planta frigorífica y la casa, o de que alguien terminara robándoselo. Y le dijo a ella que se quitara el suyo por igual razón. Los anillos fueron de las primeras cosas que empeñaron cuando él se quedó sin trabajo.

Ella apoyó la mano sobre la mesa.

—Echo de menos como eran las cosas antes —murmuró—. No el Perú, eso no lo echo de menos para nada. Pero entre nosotros.

Al decirlo, se preguntó si no sería eso lo que les estaba faltando. Si el Perú podía traerles de vuelta, en algún sentido, lo que parecía perdido entre ellos. A él la posibilidad de volver no le parecía tan ominosa como a ella. No había ningún fantasma que se aferrara a él con dientes y uñas; ninguna madre muerta, ningún padre desaparecido. Había demasiadas cosas que Ana había visto y no podía borrar de su mente. A diferencia de ella, él tenía algo a lo que volver. La gente le prestaba atención allí. Cada prejuicio jugaba a su favor, incluso con relación a la forma en que había ocurrido su casamiento. Siempre se lo veía como un caso de seducción de parte de ella, una especie de embaucamiento. Pero Perú era, a la vez, donde la relación había comenzado, y el brillo de Nueva York no se había extendido a su matrimonio.

—Las cosas nunca volverán a ser de ese modo —le dijo él.

—¿Por qué dices eso?

—Porque muchas cosas han cambiado. Nosotros hemos cambiado. Ahora tenemos hijos. Ellos son como nuestras raíces. Ellos te hacen plantarte y te obligan a crecer. Es gracioso lo mucho que das por sentado cuando solo tienes que preocuparte por ti mismo.

—¿Cuando podías hacerlo todo y cualquier cosa parecía posible? —dijo ella—. Tú querías escribir, ¿te acuerdas? Todos esos poemas que escribiste en tu libreta.

Él sonrió.

—Empecé a releer esa libreta, la que tú me obsequiaste.

Ella fingió sorprenderse.

—A veces vuelvo a ella y la leo. Tengo buenos recuerdos de eso —dijo él, y sonrió—. Me acuerdo de cuando te pregunté qué querías ser. Tú no dijiste maestra ni enfermera ni cualquiera de las cosas que me esperaba. Dijiste que querías abrir una cebichería.

—Todavía quiero hacerlo —dijo ella.

Él rio.

—Ana, tú solo preparas un tipo de cebiche.

—Pero eso es todo lo que se necesita —dijo ella—. Si estuviéramos en Perú, lo abriría en Miraflores. Para atender a todos esos empresarios japoneses y norteamericanos ricos.

—¿Incluido Fujimori?

Ella se encogió de hombros.

—Un cliente es un cliente. —Se rio para sí misma al apreciar lo muy ridículo que parecería ahora haber tenido esa clase de objetivos en Lima, sin nada ni nadie (ni apoyo, ni dinero, ni experiencia) para empezar—. Había apartado dinero para ello —le confesó—. Tomando un poquito de mi paga cada semana. No mucho, lo suficiente para creer que un día podía ocurrir.

Él sonrió.

—Recuerdo que querías llamarlo "Ají".

—¡Ají, claro! Porque un buen cebiche tiene que ser picante.

—Salvo que tú quieres que todo sea picante —dijo él, y volvió a sonreír—. Aún no entiendo cómo es que no te has hecho un hueco en el estómago.

—¿Te acuerdas de cuando cenamos una vez en El Centro? ¿Y yo le puse todo ese ají a mi *lomo saltado*? Tú dijiste…

—"Ya pues, termina de ponerle la botella entera" —dijo él, y rio con suavidad—. Pensé que ibas a vomitar. Yo casi vomito. ¡Ese aroma! Debía haber al menos tres o cuatro tipos de pimientos distintos en esa cosa.

—No estaba tan picante.

—Lo estaría para los norteamericanos, sin duda —dijo él—. Ellos no toleran tanto picante. Y el nombre tampoco funcionaría. Ellos pronuncian la "j" como nuestra "ll".

—Por eso tendría un restaurante y no una cebichería —acotó ella—. Lo llamaremos "La Inmaculada". Y serviré los ingredientes más finos y puros. Tan inmaculados como la madre del Salvador. —Él rio por lo bajo y ella continuó—: Aunque podríamos poner la transcripción fonética bajo la palabra "Ají", para que los gringos lo digan bien. Estoy segura de que podríamos conseguir la ayuda de Valeria para eso.

—Seguro —dijo él con absoluta seriedad, aunque ella lo había dicho en chiste.

—Esa fue la primera vez que te hablé de mi sueño del restaurante —comentó ella—. Nunca se lo conté a Carlos.

—Fue cuando te hablé de mis poemas —dijo él—. Entonces llegó mi cumpleaños y ahí estaba la libreta.

Ella sonrió.

—Me acuerdo de que tú no querías que cenáramos. Pensabas que alguien nos iba a ver, como si estuviéramos haciendo algo malo. Pero tan pronto como nos sentamos, ya no importó. Fue… liberador.

—¿Liberador? —repitió él—. No éramos verdaderamente libres de hacer nada, Ana. Ni siquiera sabíamos lo que estábamos haciendo.

—Yo sí sabía lo que estaba haciendo —dijo ella, apoyando su mano sobre la de él—. Sabía que estaba contigo. Y que te amaba.

—Y eso tuvo un precio para nosotros, ¿no?

Ella alzó la mirada y vio sus ojos alicaídos, apagados por efecto de los años. Esos ojos que ella había encontrado alguna vez llenos de vida. Solían derretirse al son de un acordeón en la radio, o de una seguidilla de palabras cuidadosamente escogidas en una canción o poema, y hasta incluso de la risa de ella, pero eso ahora parecía haber ocurrido en otra vida. Él era tan distinto a su hermano, que escogía las palabras meticulosamente, planificando cada paso, considerando las consecuencias de sus actos. Lucho parecía siempre a punto de saltar en su sitio, como dispuesto a vivir para la búsqueda de sus metas en lugar de para las metas. Así y todo, persuadirlo de que dejaran Perú había resultado más difícil de lo que ella esperaba. Él se había resistido a la idea, pese a que su hermano, después de todos esos años en Madrid, parecía contento en el extranjero y no tenía planes de volver. Pero Lucho hablaba apasionadamente de la patria y los apristas, y condenaba el terrorismo. Su lugar estaba en Lima, listo para cualquier cambio que pudiera acontecer.

Sin embargo, el nacimiento de Pedro cambió su actitud, y tras mudarse con Ana a Nueva York las diferencias entre su propia experiencia en el extranjero y la de Carlos se hicieron más agudas. Carlos no tenía que correr u ocultarse, decía él, o hablar en otro idioma en un país en el que no era bienvenido. Solo tenía una esposa de que preocuparse, y no tenía verdaderamente nada que perder mientras perseguía su sueño, fuera el que fuese. No tenía que resignarse a las circunstancias de su vida como Lucho, reducido a un fantasma en una tierra extraña.

Nunca pudo sobreponerse a eso, y la insistencia de ella en permanecer allí parecía amargarle más la vida que llevaba.

—¿Por qué no puedes ver lo que tenemos —le preguntó Ana—, en lugar de lo que nos falta?

—Lo veo —replicó él—. Hemos tomado las decisiones que hemos tomado, y ahora tenemos responsabilidades. Hacia nosotros mismos, hacia los niños. Solo me pregunto a veces…

Su voz se diluyó. A veces evocaba la vida que había dejado atrás. Hablaba de las tardes de domingo que pasaba en la playa, escuchando a escondidas la voz del océano cuando este les hablaba a las rocas allí abajo, y del helado de crema de algarrobina que se obsequiaba los domingos por la tarde. Siempre que ayudaba a Victoria en sus tareas, se acordaba del chico huérfano a quien había ayudado a mejorar sus mediocres puntuaciones en los exámenes de matemáticas de quince a una sucesión perfecta de veintes. A veces mencionaba a un antiguo colega o compañero de curso, o al genio aquel que acababa de obtener un cargo en una escuela norteamericana en Monte Rico, o al imbécil que se había convertido en director. Ella lo escuchaba con una punzada de inquietud; al parecer, nada en la vida de ahora le proporcionaba alegría. Él hablaba de lo difícil que era ahí la vida, pero rara vez decía arrepentirse de algo, lo cual hacía pensar a Ana que tal vez se arrepentía de todo, sin excepción.

Fue así pues, con miedo, que preguntó al fin:

—¿En qué piensas?

—En nuestras opciones —dijo él—. Solo quisiera que las cosas fuesen distintas. Nunca esperé que nuestra vida aquí fuera fácil, pero hemos pasado los últimos meses viviendo en casa de terceros. ¿Quién te asegura que no estaremos aquí de nuevo alguna vez? ¿Y lo del trabajo? ¿Tú crees que me gusta ser chofer? ¿Andar conduciendo en mitad de la noche solo para pagar lo más básico que requerimos? Lo hago porque soy padre y tu esposo, y es lo que se supone que debo hacer. Pagar el alquiler, pagar las cuentas, dar a mis hijos una buena educación. Cuidar de ti.

—No tienes que cuidar de mí, Lucho —dijo ella, poniéndose tensa.

No tenía dudas de que, si era preciso, ella podría hacerlo todo sola. Podía arreglárselas, hacer cuantos trabajos fueran necesarios para llegar a fin de mes, algo que en Perú no podía. Aun con los niños, había más oportunidades de ganarse la vida en una Nueva York decadente que en la ciudad turbulenta y sin ley que era Lima. Si él la dejaba, o si ella se veía en la necesidad de dejarlo a él, bien podía arreglárselas sola. Podía sobrevivir allí sin él, aunque la idea le doliera. Quería a su esposo, no a alguien que la rescatara del mundo. Ya conocía demasiado bien el mundo, incluso mejor que él, aunque eso no podía decírselo.

—Yo puedo cuidar de mí misma —insistió—. Puedo cuidar de nosotros.

—No dudo de que puedas hacerlo —dijo él—. Eres fuerte, pero… ¿qué hay de Victoria y Pedro? Ellos necesitan un padre.

No hablaba en ese momento de amor, solo de hacer lo correcto. ¿Sería eso lo que los mantenía juntos ahora?, se preguntó ella. ¿Era por los niños? ¿O se quedaba con ella para salvar las apariencias, como Rubén? ¿Seguiría con ella sin importar lo que ella hiciera?

—En todo caso —continuó él—, espero que este apartamento sea un paso adelante. No sé si estar aquí tenga sentido a largo plazo. Nunca hay suficiente dinero. Trabajamos y trabajamos, aunque ni siquiera nos dejan trabajar en paz.

—No podemos pensar en regresar —dijo ella—. No ahora, Lucho. Estamos tan cerca de poder recomenzar de cero.

Él asintió y, luego de una pausa, ella se levantó de la silla, lista para volver a la cama, completamente exhausta por el diálogo y preguntándose por qué él diría ahora todo esto. Cuando ella se volvió para irse, él agregó:

—Hay otra cosa.

Ella se apoyó en el marco de la puerta, de pronto superada por el sueño.

—Valeria dijo que has estado hablando aquí con Rubén. Por la noche, tarde.

—Por supuesto que te lo dijo —respondió—. Ella siempre está intentando hacer un mundo de nada.

—¿Y fue así? —preguntó él.

—Sí —dijo ella a la defensiva—, nos tomamos un té y charlamos, eso es todo. No puedo creer que me estés preguntando esto.

—¿Estaban hablando de esa otra mujer? —preguntó él. Ella no respondió—. Conozco a Valeria —continuó— y sé que tiende a exagerar, pero ¿acaso puedes culparla después de todo lo que él la ha hecho pasar? Ella eligió quedarse, lo sé. Aún piensa y actúa como si estuviera en Perú, a veces. Ya sabes que si estuviera allí…

Él dejó que la frase quedara en el aire y, aunque ella sabía lo que estaba implicando, igual terminó la frase por él:

—…no tendría otra elección que quedarse. Pero no necesita hacerlo aquí.

—No importa —dijo él—. Es su matrimonio. Le dije, y sé que es así, que esto no volverá a ocurrir.

Ella asintió. Se esperaba que siguiera las normas y se refrenara de hacer cualquier cosa que pudiera sembrar dudas respecto a su propia fidelidad. Estaba pisando la línea de lo que se consideraba un comportamiento aceptable para una mujer casada, de lo que se consideraba un comportamiento aceptable para *ella*. Hablar a altas horas de la noche con un hombre casado acerca de su matrimonio no era una de ellas.

Él se levantó.

—Me voy a bañar —dijo.

Le besó la frente al pasar junto a ella, y Ana sintió un aguijón súbito de culpa. No había hecho nada malo con Rubén. No sentía la necesidad de mantener en secreto sus conversaciones, pero tampoco sentía la obligación de hablarle de ellas a Lucho. No sentía la necesidad de decirle a él mucho de nada, y fue el secretismo, más que los actos en sí, lo que hizo que su estómago le pesara cuando él la besó.

Ella esperó hasta oír que la puerta del baño se cerraba, y se fue al dormitorio. Allí se tendió en la cama y permaneció inmóvil, incluso cuando él fue a tenderse a su lado, con los ojos muy abiertos, mientras la noche invernal se iba replegando.

Esa mañana, mientras Lucho dormía y ella vestía a los niños, se dio cuenta de que habían pasado días desde que el sangrado cesara. Solo había durado un día y medio. Fue en puntillas al armario en el dormitorio, extrajo una bolsa plástica negra de detrás de una pila de chompas en uno de los anaqueles, y fue al cuarto de baño. Estaba ya atrasada para el trabajo y tuvo que respirar hondo para que los músculos de su cuerpo se relajaran.

Esperó unos minutos y luego varios más para estar segura. Agitó la varita, como si pudiera eliminar con el sacudón la segunda raya. Pero estaba implantada y estática, y las dos rayas juntas eran iguales al par en la cajita.

14

SE DIRIGIÓ A TODA PRISA A LA FACTORÍA, PERO EL TRAYECTO FUE UNA nebulosa. Todo cuanto veía ante sí eran las dos rayitas mirándola como un par de ojos. Se debatía entre contárselo o no a Betty, pero una parte de ella quería mantener tanto como le fuera posible del tema para ella sola. Después de todo, Betty solo la había ayudado tras Ana haberla convencido de que los niños necesitaban más a su madre que a un hermanito, aunque igual le había conseguido las pastillas y explicado cómo usarlas. ¿Por qué no habían funcionado? Pensó que quizá sí lo habían hecho y solo debía esperar un poco más. Betty lo sabría.

Para cuando llegó, las mujeres estaban ya instalándose en sus respectivas estaciones. Llevó a Betty aparte, al mismo lavabo al que Nilda la había llevado a ella dos semanas antes. Allí le dijo que la prueba había salido positiva.

—¿Y te tomaste las pastillas? —preguntó Betty, apoyándose contra la puerta—. ¿Todas ellas?

Ana asintió.

—Tal como me lo dijiste.

—¿Y sangraste?

—Dos días —dijo ella—. ¿Es suficiente? Mis periodos no duran nunca más de tres o cuatro días.

Betty se rascó la nuca.

—Tenemos que hablar con Lety.

—¿Lety? —repitió ella—. ¿Lety Pérez?

—Ella fue la que me vendió las pastillas. Podemos ir allí después del trabajo. Ella sabrá qué hacer.

Ana trago saliva con fuerza.

—¿Entonces Alfonso lo sabe?

—¿Y qué si lo sabe? —exclamó Betty—. Ana, te has tomado un montón de pastillas…

—Pastillas que tú me diste —dijo ella.

—Porque tú me pediste que te las consiguiera. Yo no sé qué es lo que deben hacer o no. Nunca las he tomado. Que Alfonso lo sepa es algo bueno.

Ana se cruzó de brazos. Una pierna comenzó a temblarle al pensar en Alfonso Pérez pasando las páginas de su libreta, recorriendo el listado hacia abajo para encontrarla. Tendría que haber gastado el dinero y haberse tomado la provisión para todo el mes.

Betty se adelantó hacia ella y la tomó del brazo.

—Okey —susurró—. Primero hablaremos con Lety.

● ● ●

CUANDO LLEGARON, LETY ESTABA SENTADA EN LA SILLA FRENTE A LA caja registradora, con los ojos clavados en el televisor portátil. Sonreía ante algo en la pantalla, y las saludó con la misma sonrisa que saludaba a todos los que entraban en la farmacia. Betty se aproximó al mostrador, inclinándose hacia adelante para susurrarle que esta era la amiga que había necesitado las pastillas. La sonrisa de Lety se contrajo, y sus ojos se enfocaron cuando Betty le explicó que Ana había sangrado dos días y luego se había hecho la prueba de embarazo y había dado positivo.

—Mi amor —le dijo Lety a Ana—, ven, acércate. Quítate el gorro. —Posó su mano en la frente de Ana y luego en su mejilla—. No tienes fiebre. Dame la mano. —Puso las yemas de sus dedos en la muñeca de Ana—. ¿Has vomitado?

—No —replicó ella.

—Tu pulso está bien —le dijo, liberándole la mano—. Bueno, yo le dije a tu amiga exactamente lo que debían hacer. Si no funcionó, no funcionó. No hay mucho más que pueda hacer.

—Pero, ¿por qué no funcionó? —exigió saber Ana, en un tono de voz más elevado de lo que se esperaba.

—Mi amor, no lo sé —dijo Lety—. Quizá te saltaste una dosis. Quizás el embarazo está más avanzado de lo que crees. No lo sé. Pero lo que sí sé es que debes consultar a un médico. Incluso si la prueba hubiera dado negativa, yo te lo dije —señaló a Betty, y luego se volvió de nuevo hacia Ana—. Yo le dije que necesitabas consultar a un médico de todas maneras. Ellos tienen que ver qué está pasando adentro.

Ana contuvo la respiración. No quería saber qué estaba pasando adentro. Estaba aterrada de lo que vería y escucharía.

—¿Podemos hablar con Alfonso? —dijo Betty—. Él debe tener algo allí atrás que pueda darle.

Lety sonrió una vez más, solo que esta vez sus ojos parpadearon varias veces cuando se inclinó sobre el mostrador.

—Amiguita —le dijo a Betty—, se suponía que esto sería entre tú y yo, ¿no te acuerdas? Las querías para una amiga, eso me dijiste, ¿cierto? Yo respeto la privacidad ajena y espero que

tú también lo hagas. Por eso acudiste a mí. Así que, verdaderamente, creo que esto debería quedar aquí. —Hizo un círculo
en el aire con el dedo índice, apuntándolas a ambas—. Entre
amigas. ¿Entendido?

Dicho esto, buscó algo bajo el mostrador. Ana escuchó un
cierre que se abría, y luego Lety se mojó el dedo pulgar para
contar varios billetes que le entregó a Ana.

—Esto es lo que tu amiga me pagó. Entre nosotras nos
entendemos, ¿cierto?

Ana se metió el dinero en el bolsillo. Entendió que, fuera lo
que fuese que Lety tenía debajo del mostrador, era asunto de
ella. Evidentemente, no quería que Alfonso se enterara de ello
y, al igual que Lety, Ana lo prefería así.

—¿Y ahora qué? —dijo Betty cuando salieron al atardecer
del día. La hora pico había comenzado y había una multitud
de gente en la parada del autobús. A unas manzanas de allí, los
trenes chirriaban al entrar y salir de la estación.

Un médico, eso había dicho Lety. Ana había querido hacerlo
todo por su cuenta, en privado, con solo una amiga confiable
para ayudarla y orientarla en el asunto. Ahora era demasiado
tarde para intentar arreglarlo como ella hubiese querido. Necesitaba volver a esa clínica, y el dinero que tenía en el bolsillo no
era suficiente para lo que tendría que hacer a continuación.

—Vete a casa —le dijo a Betty—. Yo tengo algo que hacer.

■ ■ ■

SE APRETUJÓ DENTRO DEL VAGÓN DE TREN, CON LA PIEL ADHERIDA A SU
ropa transpirada, rumbo a la calle en que vivía la Mama. Le
retumbaba la cabeza y tenía un nudo en el estómago. No le

habría importado que la Mama estuviera mirando por la ventana cuando llegara. Ni siquiera sabía si don Beto estaría en la casita de atrás, pero si no estaba lo esperaría. Y si la Mama llegaba a verla, inventaría alguna excusa para su visita. Necesitaba verlo.

Corrió calle abajo con árboles silenciosos a su alrededor, excepto por el viento que agitaba las hojas que no habían muerto durante el invierno. La florida ventana de la Mama en el primer piso del edificio estaba vacía. Ana tomó el callejón hacia la parte trasera del edificio y pasó junto al auto color vino. La casa de atrás tenía la luz encendida.

Estaba allí.

En el tren de ida había pensado en cómo planteárselo, pero luego resolvió que no necesitaba decirle nada. No era asunto de él y nadie más necesitaba saberlo. Se limitaría a pedirle el dinero y devolvérselo más tarde, de la forma que él quisiera.

Pero, de pie ante la casa, al ver la sombra de don Beto cruzar ante la ventana, la duda se instaló en su interior. ¿Y si se negaba? Ella ya se había acostado con él. ¿Qué pasaría si a él no le interesaba repetirlo? ¿O si había tenido ya suficiente, y esa forma de pago ya no era una opción?

Golpeó dos veces antes de que él finalmente abriera la puerta, vistiendo una bata de raso azul marino y unos pantalones de franela. Del cuello en V de su chompa blanca afloraba una mata de pelos grises. Calzaba unas pantuflas negras con rayas rojas, sin talón. Sus dientes, todavía nuevos y relucientes, mordisqueaban la punta de un habano; las líneas a lo largo de sus labios parecían cuerdas sosteniendo su boca abierta. Ana no logró determinar si se estaba preparando para pasar la noche en casa o si no se había quitado el pijama en todo el día.

—Ana —dijo, perplejo, tras abrir la puerta—. ¿Qué haces aquí?

Esta vez, ella no vaciló en entrar.

—Tenemos que hablar —dijo, colándose entre él y el marco de la puerta.

Siempre había entrado al lugar con miedo. Todo allí parecía tener ojos. Esta vez no estaba la manta en el sofá y pudo apreciar una mancha en uno de los cojines. En la mesa de centro había un vaso con un resto de líquido marrón, nada más. Desde la pantalla del televisor llegaban las voces de dos mujeres dando las noticias de unas elecciones en Colombia, mientras la cafetera gorjeaba en la encimera. El aroma de su colonia era tan leve que ella no pudo distinguirlo del olor a almizcle que había en la sala. Incluso la mujer en la imagen que colgaba de una de sus paredes, con el dorso de la mano apoyada en la frente y la pierna levantada, parecía demasiado aburrida como para prestarle atención. Era como si la habitación se hubiera quedado ciega.

La tibia recepción de don Beto fue en sí misma tranquilizadora. No la saludó con un beso ni le ofreció quitarse el abrigo, ni le puso la mano en la espalda al hablar. Se acordó de pedirle que tomara asiento, pero ella declinó la oferta. Estaba sorprendido, obviamente, por su ingreso tan abrupto, y eso le dio a ella valor. Era un tema de negocios; podía tratarlo así.

—¿Todo bien? —preguntó él al pasar junto a ella.

—No —dijo Ana con premura—. Necesito que me preste dinero.

—Oh —dijo él, y se sentó en el sofá—. ¿Para qué?

—¿Acaso le importa? —preguntó ella—. Usted dijo que podía pedírselo siempre que lo necesitara, sin preguntas de por medio, y ahora lo necesito.

Él se encogió de hombros.

—Igual querría saber la razón. Vienes aquí sin aviso previo, con esa expresión en la cara como si acabaras de asaltar un banco, y me pides que te dé dinero. —Rio—. Tengo curiosidad. ¿Es para tu esposo, de nuevo?

—Es para mí —dijo ella con voz cortante—. Le puedo pagar de la forma que usted quiera.

Tuvo la esperanza de que eso pusiera fin al interrogatorio.

—Ya veo —dijo él, alzando las cejas. En sus labios se dibujó una sonrisa—. Bueno, ¡ahora sí que quiero saberlo! Dímelo, ¿te has metido en algún lío? —escaneó su cuerpo con la mirada, como rastreando la clave que buscaba, fijando los ojos en su vientre—. Has subido algo de peso, Ana. ¿No me digas que no te has cuidado?

La pregunta quedó flotando en el aire, entre el goteo de la cafetera y las risas de las locutoras en el noticiario. Su peso dejó a Ana clavada en el piso.

—Ni siquiera puedes decirlo, ¿no? —continuó él. Ella sintió que la sangre le subía al rostro y evitó su mirada—. Bueno, Anita, no puedo darte dinero para un aborto. Incluso yo debo poner el límite en algún punto. —Tomó el control remoto y subió el volumen, abriendo las piernas al reclinarse hacia atrás y acomodarse en los cojines, con el habano aún en la boca.

La voz de ella desfalleció.

—Necesito el dinero, don Beto.

—Entiendo que necesites el dinero —dijo él—, pero no me lo pidas a mí. Tampoco es que sea mío, ¿no? No tengo idea de quién será, pero te sugiero que, en lugar de venir aquí, vayas donde el padre y le pidas el dinero a él.

—Solo porque me acosté con usted no significa que lo haga con cualquiera.

—Eso no lo sé —dijo él—. No sé quién ha estado entre tus piernas. Yo creí que eras una de esas chicas buenas. —Tomó el vaso con el líquido marrón y bebió lo que quedaba en él—. Pero, aunque fuera de tu esposo, tampoco es mi problema y no quiero eso en mi conciencia.

Una suerte de vibración le recorrió a Ana el cuerpo. Algo —su corazón, su estómago— parecía oprimirle la garganta. *Contrólate*, se dijo a sí misma. Necesitaba mantener la calma. No había nadie más que pudiera ayudarla, a quien pedirle. La Mama no la ayudaría y en el sobre amarillo quedaba muy poco dinero. Y en la muñeca de Victoria, nada. Todo cuanto tenía ahora era don Beto.

Se aferró al respaldo de la silla.

—Por favor —suplicó—. Por favor, don Beto. Tengo ya dos hijos y es duro. Muy duro. Mi marido quiere enviarlos de vuelta a Perú. Si fuera por él, nos iríamos todos de vuelta, pero yo no puedo regresar, y no puedo dejar que él me los quite. No hay forma de que pueda quedarme si tengo otro hijo. Yo no puedo irme, no lo haré. Y necesito a mis niños aquí conmigo.

La voz le flaqueaba al pronunciar cada palabra. Amaba a sus hijos. Su vida se había convertido en una existencia mecánica, rutinaria, desde que habían llegado al país. Ella se había resignado al papel de madre y proveedora, a preparar y envolver viandas, a mirar el reloj cuando llegaba a casa, apremiándolo para que marcara la hora de ir a dormir, a resistirse al impulso de abofetear a Victoria cuando miraba al techo en gesto de impaciencia, o de gritarle a Pedro cuando se negaba a terminar la comida. Era, ella misma, un manojo insomne de cabellos cada vez más delgados, dedos perpetuamente manchados de mostaza, trozos de piel arrugada, movido por un motor que repercutía de manera constante en su pecho. Sus hijos y las circunstancias de su vida en otro país le habían hecho eso. Aun así, eran sus hijos; ella pertenecía a ese lugar, con ellos. Adoraba el descaro de Victoria porque ello significaba que nunca nadie la haría callar. Amaba la seguridad de Pedro porque él siempre sabía lo que quería. Ahí a nadie le importaba si Ana trenzaba el cabello de su hija. Nadie le advertía que mantuviera a su hijo alejado del sol. Nadie tenía prejuicios, ni emitía juicios respecto a ella. Era solo "mami" para sus niños, y ella esperaba que algún día pudieran apreciarla por eso y más. Quería ver, por sí misma, quién y qué podía llegar a ser. Y no podía imaginarse haciendo eso en un país en el que todo el mundo había decidido ya quién era ella.

Necesitaba quedarse, pero la única persona que parecía poder ayudarla había tomado ya su decisión.

—Lo siento —dijo don Beto—, pero yo no mato bebés, Ana.

Ella se secó las lágrimas y se aferró al borde de la silla, luchando por mantener las manos allí. Deseaba cerrarlas en torno a su cuello y verlo retorcerse como el animal que era, desesperado por seguir respirando.

—No es quien para juzgarme —le dijo—. Necesito el dinero y me lo va a dar.

El cuerpo de él se sacudió mientras que la sala se llenaba con su risotada de hiena.

—Adiós, Ana. —Se levantó del sofá refregándose los ojos vidriosos—. Tengo mucho que hacer esta noche. ¿Y tú no deberías estar con esos niños que tanto necesitas?

Ella le tomó el brazo cuando pasó junto a ella.

—Me va a dar ese dinero —dijo, dándole un apretón—.

Mateo se está muriendo. A la Mama tampoco le queda mucho tiempo. Yo sé para qué son esas pastillas, las que hay en su bandeja siempre. No son para la artritis. Son para el dolor.

Los labios de él se volvieron una línea fina.

—Quiere quedarse con todo, ¿no es así? —siguió ella—. ¿Las casas y el carro, todo el dinero? ¿Cree que ella le va a dejar algo si sabe que ha estado acostándose con sus clientas?

Él le apretó el rostro tan abruptamente que a ella se le atascó la respiración en la garganta. Le presionó las mejillas hasta deformarle la cara, y sus dientes parecían inflamados bajo la presión de los dedos de él.

—¿Y tú qué crees que va a hacer tu marido —le preguntó— si llega a saber que andas tirando por ahí?

Ella echó hacia atrás la cabeza y presionó sus manos contra el pecho de don Beto, liberándose de su tenaza. Tomó aire, se acomodó la mandíbula y se secó un escupitajo de él en la mejilla.

—Le va a romper la cara por haberme tocado —dijo.

Beto rio con afectación.

—No antes de rompértela a ti. Ahora sal de aquí.

Ana tenía el rostro mojado, aunque no pudo saber con exactitud cuándo le habían comenzado a brotar las lágrimas. Se secó el rostro y caminó hacia la puerta.

—Vete a la mierda, Beto.

Deseó haberlo negado todo, haber ideado a tiempo alguna mentira. Una parte ínfima de ella sospechaba que la Mama ya sabía lo que había ocurrido entre ella y Beto, o al menos no se sorprendería. Aun así, había sido un error acudir a él, y se maldijo a sí misma por haber usado todo el dinero que había apartado. Se apresuró hasta la estación de trenes bajo el aguanieve que caía ahora con más fuerza. Necesitaba decidir qué hacer a continuación.

Un médico, había sugerido Lety. Podía ir a una clínica, pero ¿qué pasaría si le pedían los documentos? Le habían dicho que en esa parte del país ni los hospitales ni las clínicas lo hacían, pero... ¿y si no era así? Aunque no lo hicieran, podía haber alguien observando, escuchando, esperando a que cometiera un error para atraparla.

Además, ¿cómo iba a pagarlo?

Iba subiendo en la escalera mecánica para hacer el cambio de trenes cuando se acordó de una clínica en particular. Estaba cerca de la casa de empeño donde había dejado en prenda sus alianzas de matrimonio, los aretes de su suegra y el anillo de oro de su madre, justo después de que Lucho perdiera su trabajo. Después de empeñar sus cosas, había ahogado sus penas comiéndose un buñuelo grasiento y bebiéndose una taza de un café dulzón en una panadería colombiana a unas calles del lugar. Se había sentado ante el mostrador en un taburete giratorio de color rojo que miraba a la calle. A través del cristal había visto un toldo azul, no muy ancho, con las palabras "Atención médica a mujeres" escritas en letras blancas. Pensó entonces que era raro. No es que faltaran las clínicas para mujeres a lo largo de la avenida Roosevelt. Había pasado por suficientes cabinas telefónicas y hojeado suficientes anuncios en los periódicos como para saber dónde hallar una si la requería. Esta clínica, sin embargo, era discreta. Su toldo estaba en una ventana del segundo piso; uno podía pasar ante el edificio y ni siquiera verla.

A medida que el tren avanzaba hacia el este del vecindario, prestó atención a los negocios que surgían en cada estación. No pasó mucho rato hasta que vio el anuncio de la casa de empeños. Al descender, caminó por la acera contraria a la de la clínica, nerviosa ante la posibilidad de que alguien la viera en las cercanías y se preguntara qué hacía en la avenida Roosevelt un jueves por la noche. Pasó por un salón de belleza lleno del murmullo de los secadores de pelo, un bar de karaoke colombiano que se anunciaba con letras negras y fucsia, y un restaurante chino que parecía fuera de lugar allí. Por fin, se vio parada ante la clínica, entre la panadería y una agencia de viajes con el escaparate cubierto de carteles que pregonaban gangas varias en los vuelos a Ecuador y Perú. A través del tráfico en ambos sentidos de la calle pudo ver el anuncio desplegado a la entrada del edificio de la clínica, en la planta baja. Abierto siete días a la semana. Se podía telefonear las 24 horas del día para solicitar información. Aceptaban las principales tarjetas de crédito. No es que ella tuviera alguna, pero igual… Unas escaleras estrechas conducían a la clínica, en la segunda planta, y aunque las luces estaban encendidas, el aire acondicionado, el cartel y las persianas obstaculizaban la visión, lo que la hizo sentirse tranquila.

Aun así, no consiguió moverse. De pronto, el bullicio de los transeúntes, el retumbar del tren elevado y los carros en la vía parecieron alejarse hasta quedar en silencio. Se vio de nuevo en el bus que la llevó de Santa Clara a Lima, una noche despejada en que el aire de montaña invadía el interior del bus a medida que avanzaba por el camino en mal estado. Había intentado dormir, arrimándose a Ofelia en busca de calor. Ofelia, cuyos ojos estaban siempre abiertos y en alerta desde que arribó a Santa Clara para rescatar a su sobrina nieta, había enterrado a la madre de Ana, ayudado a Ana a empacar las pocas cosas que quedaban en la choza, incluyendo el anillo de su madre, y luego vendido la propiedad. Partieron un domingo por la mañana tras despedirse brevemente de Betty, con Ana sudando bajo los vaqueros y la chompa melocotón que su tía le había traído para el frío del autobús y para que la usara en la ciudad aún más fría que las esperaba.

En ese bus Ana se acurrucó cerca de Ofelia. Miró por la ventana las montañas que frotaban el cielo interminable, con su ojo luminiscente. ¿Está ahí mamá?, le había preguntado a su tía, esperando que ella le mintiera.

Pero Ofelia fue honesta.

—No sé —respondió. Y, aunque su tía no sabía dónde estaba la madre de Ana, le dejó en claro la razón por la que ya no estaba allí—: No se cuidó —explicó—. Solo se ocupó de las cosas cuando fue demasiado tarde. Y ese hombre se enteró. Es por eso que Sara ya no está aquí.

Detenida ahora en esa calle de Queens, pudo oír de nuevo la voz nítida de Ofelia, pese a que los automóviles hacían sonar el claxon a sus espaldas y los trenes pasaban a toda velocidad por las vías elevadas frente a ella. No iba a llorar; no importaba lo enfadada o asustada que estuviera. Se repetía a sí misma que no importaba que estuviese sola; tenía que enfocarse solo en las razones por las que estaba allí en primera instancia. Había iniciado algo y debía terminarlo, y ese algo que no había comenzado unos días o meses antes, había tomado años en tomar forma. Haz las cosas por amor, escuchó decir a su madre, y por tu propio bien, aunque duela.

No había vuelta atrás para ella, pero en ese instante, en el mes de enero más ruidoso y solitario que viviría jamás, no conseguía moverse, avanzar. Recordó la primera vez que vio el interior de su cuerpo, cuando se tendió de espaldas en una camilla y Lucho le tomó la mano, apretándosela con fuerza mientras un instrumento se movía sobre su abdomen. El técnico encendió una pantalla y describió lo que estaban mirando, lo que ella estaba oyendo. Era tan distinto a las imágenes distorsionadas y sangrientas que había visto en la televisión y los anuncios de periódicos; tan distinto, se imaginó, a eso que su madre había enterrado. Esa imagen se convertiría en Victoria.

El ruido que la rodeaba subió en intensidad, pero ella no lograba acallar el bullicio de sus pensamientos. El ruido parecía amplificar las voces, que se vertían en su interior y recorrían su ser, como para cementarla al asfalto de la calle.

Pero era tarde, se dio cuenta de pronto. Sus hijos debían estar esperándola y, fuera lo que fuese que debía hacer, era evidente que no podía hacerlo en ese momento. No todavía. Tenía que moverse. Así que dio media vuelta, se subió la capucha, y regresó deprisa hasta la estación, respirando aceleradamente, rogando por que las voces se diluyeran con el traqueteo del vagón.

15

EN EL VIAJE EN TREN HASTA LEXAR TOWER SE LE HIZO CLARO LO QUE debía hacer. Lo había sabido todo el tiempo; simplemente no se había permitido pensarlo, menos, decirlo en voz alta. Volvería a la clínica a la mañana siguiente, se dijo. Averiguaría qué implicaba exactamente el proceso, cuánto dinero costaba y si verdaderamente podría hacérselo sin tener papeles.

Ahora, sin embargo, era tarde y estaba decidida a poner su mente en temas más apremiantes. Aun había ropas que empacar y clasificar, y tareas escolares que hacer. Había que servir la cena, aun cuando esperaba que Valeria les hubiera dado las sobras de días anteriores a los niños. Antes de llegar a Lexar Tower, se detuvo en el mercado de frutas y recogió algunos plátanos y naranjas, y las cajas vacías que el salvadoreño había apartado para ella. Decidió olvidarse del día siguiente y centrarse en lo que era preciso hacer esa noche. Más tarde pensaría en mañana, quizá con una taza de manzanilla entre las manos. Sin duda, se le venía otra noche de insomnio.

Para cuando llegó al edificio la llovizna se había convertido en nieve, que ahora chorreaba de las bolsas plásticas que cargaba, marcando una estela tras ella en el alfombrado color malva del pasillo que conducía a la unidad 4D. A unos pasos de la puerta se paró en seco. Los gritos provenientes del interior del apartamento la hicieron olvidar de pronto la cena de los niños, los preparativos de la mudanza y todo lo que había ocurrido ese día. Miró su reloj: eran justo pasadas las siete. La voz de Valeria sonaba incoherente. Ella nunca le alzaba la voz a Michael, por lo que Ana concluyó que debía estar gritándole a Rubén. Hurgó en el bolsillo de su chaqueta en busca de las llaves. No quería que sus niños estuvieran en medio de una discusión entre su tío y su tía. O, peor aún, que se convirtieran en blanco de su tía.

Cuando se deslizó al interior, la voz de Valeria pareció alejarse y Ana se dio cuenta de que la discusión se había trasladado al dormitorio. Se dirigió en puntillas al corredor. La puerta del dormitorio de la pareja estaba cerrada, pero podía escuchar sus voces apagadas a través de ella.

Dejó las bolsas, los zapatos y el abrigo en la cocina, las y fue de inmediato hacia la habitación de Michael. Los tres niños estaban acurrucados en la cama: Victoria y Michael con los ojos fijos en una actriz mexicana que se paseaba por la sala de la telenovela, y Pedro jugando con la consola de juegos de Michael.

—Buenas noches —dijo ella bajito, y cerró la puerta tras de sí.

—¡Mami! —gritó Pedro saltando de la cama. La abrazó y le estampó un beso húmedo en la mejilla.

—Pedro, ya sabes que no me gusta que juegues con eso —le dijo Ana cuando él corrió de vuelta a su lugar sobre la cama—. ¿Por qué no salimos a dar un paseo? Está nevando afuera.

Victoria se acercó y le dio un besito en los labios.

—No, mami, hace demasiado frío —le dijo, sosteniendo

con la mano una de sus trenzas, que acababa de desarmarse—. ¿Me arreglas el pelo?

De pronto la discusión en el dormitorio al fondo del pasillo se hizo más intensa, luego los pasos de Rubén hicieron temblar el piso. Ella esperó a que la pareja hubiera pasado ante la puerta para abrirla con suavidad y echar un vistazo al exterior. Rubén se había puesto el abrigo; Valeria gritaba a sus espaldas.

—De verdad que estás loca —dijo él.

—¡No estoy loca! —gritó Valeria. Su cabello, habitualmente prolijo, estaba ahora despeinado. La máscara negra en sus pestañas, corrida. Su boca roja, abierta y temblorosa—. Y tampoco soy estúpida. Me doy cuenta de cómo la miras, sé que algo me estás ocultando, ¡no soy idiota!

—Ya no puedo más contigo —dijo él, y le dio la espalda, pero ella se adelantó y se paró frente a él.

—¿Dónde te crees que vas? —le dijo, bloqueándole el paso—. Vas a ir a ver a esa otra, ¿no? —Aporreó con las manos empuñadas su abrigo—. ¡A esa puta y a tu mierda de bastarda!

Él le cogió los brazos.

—¡Ya basta! —gritó—. ¡Basta ya con tus estupideces! Si quieres quedarte con el taller mecánico, adelante, es tuyo. Yo ya no puedo seguir en esto contigo.

—El taller —se burló ella—. ¿Qué taller, Rubén? ¿El que tú has administrado hasta reventarlo? ¿El que yo estoy intentando salvar? ¿Y para qué? ¿Para que tú le des dinero a tu puta y a su hija? Para que puedas tener otra mujer...

Ana escuchó pisadas detrás suyo, lo cual le recordó que ella no era la única que se había refugiado en el dormitorio de Michael. Victoria se acercó para espiar a través de la puerta entreabierta.

—Mami, ¿qué pasa? —le susurró cuando Ana volvió a cerrarla.

—Nada, mi amor —dijo ella—. Vuelve a la cama.

—Se ponen así a veces —dijo Michael en inglés, yendo de vuelta hacia el televisor—. Ella grita un montón. —El chico subió el volumen y enseguida saltó de vuelta a la cama.

—¿Le está gritando al tío? —preguntó Victoria, intentando ir de nuevo hacia la puerta—. ¡Quiero ver!

—¡Basta! —dijo Ana—. Quédate aquí. Voy a asegurarme de que tu tía esté bien. No salgan del dormitorio hasta que yo venga a buscarlos.

Al volver al corredor, escuchó la voz gruesa de Rubén.

—Estoy cansado, Valeria —dijo—. Cansado de todo esto.

Lo oyó buscar sus llaves y, sin decir más, cerró la puerta de golpe tras él, con un *ding* que quedó resonando en todo el apartamento.

Ana estaba a punto de volver a la habitación de Michael, pero vaciló. Pese al parloteo ruidoso en la televisión alcanzó a oír el llanto bajo, apagado, de Valeria. Nunca antes la había escuchado llorar. Ni siquiera recordaba haberla visto derramar una lágrima. El dolor palpable en sus sollozos era tal que Ana sintió un nudo en la garganta. No podía ignorarlo. No podía ignorarla a *ella*.

Caminó por el pasillo, cruzó la sala y llegó al vestíbulo. Valeria estaba en el piso con la espalda apoyada contra la pared, de frente al anaquel del calzado. Tenía las rodillas recogidas entre los brazos, y el rostro enterrado en ellas. Por primera vez en los ocho años que hacía que Ana la conocía, sintió deseos de abrazarla. Ansió sentarse junto a ella en el piso, llorar con ella, quizá porque ella misma necesitaba expulsar su tristeza o que la consolaran.

Se le aproximó, no sabiendo si llamarla por su nombre o si solo abrazarla, acordándose de lo que Lucho había dicho de los sueños y las pesadillas: cuando llamas a alguien por su nombre, traes de vuelta su alma de donde sea que anda vagando. No podía dejarla sola, allí adonde fuera que se hubiese marchado. Parecía muy doloroso. Así que susurró:

—Valeria.

Al sonido de su nombre, Valeria alzó la cabeza. Tenía los ojos hinchados de llorar.

—Así que finalmente apareces —dijo con voz uniforme y punzante.

El tono de sus palabras dejó a Ana paralizada.

—Fui a comprar algunos víveres después del trabajo —explicó—. ¿Puedo traerte algo…?

—Cállate —dijo Valeria, levantánose del suelo, casi como un gato—. Después de todo lo que he hecho por ti, así es como me pagas.

Ana se replegó lentamente hacia atrás, hacia la sala, casi chocando con la silla reclinable, de cuyo respaldo se aferró sin apartar los ojos de Valeria, que parecía lista para embestir.

—¿De qué estás hablando? —le preguntó, lista para cubrirse la cara si era preciso.

—Tú y Rubén —dijo Valeria. Sus ojos negros lucían inflamados, inyectados de una red multiforme de venitas rojas—. Yo sé que hay algo entre ustedes dos.

—¿Esto es porque nos bebimos un té juntos la otra noche? —preguntó ella—. Valeria, eso es todo lo que fue. Solo estábamos bebiéndonos un té.

Valeria se puso tensa, la vena en su sien latía con fuerza.

—Ten cuidado, Ana —le advirtió—. Yo te veo perfectamente. Veo la mentira que eres. No eres más que una oportunista. Pasaste de un hermano al otro porque no podías volver al agujero del que habías salido arrastrándote. Es muy malo que uno de mis primos pensara con la verga más que el otro. Y ahora ves a Rubén y piensas: "Mira a este gordo. Con un lindo hogar y plata. Y se ha fijado ya en peores mujeres que yo, así que, ¿por qué no en mí?".

—No pienso eso —dijo Ana.

—Yo creo que sí —dijo ella—. Solo que Rubén nunca se va a fijar en ti de ese modo. ¿Y quieres saber por qué? Porque eres corriente. Eres barata. Él tiene gustos baratos, ya lo sé, esa dominicana es la prueba. Pero a ti ya te han pasado de manos varias veces en esta familia, y esa es una forma tan especial de ser barata que ni siquiera Rubén se interesaría.

Ana apretó los dientes, luchando por mantener la calma.

—Bueno, ya ves —logró decir al fin—, soy demasiado… barata… incluso para tu marido. No tienes absolutamente nada de qué preocuparte.

—¿Nada? —repitió Valeria, acercándose aún más a ella—. ¿Absolutamente nada?

Ana pudo sentir su aliento a vodka. El cuerpo de Valeria se estremeció y luego quedó quieto antes de correr a su dormitorio.

Ana caminó de un extremo a otro de la sala intentando calmarse. Valeria y Rubén acababan de tener una pelea, se dijo a sí misma. Ella y Lucho se irían pronto de allí. Quizá esas fueran cosas que Valeria necesitaba decir porque, una vez que Ana se hubiera ido, ya no podría decírselas. Aun así, ¿de dónde salía todo eso? Los niños no necesitaban presenciarlo. Y ella necesitaba que Valeria se calmara. Lucho se había ido ya, pero igual pensó en llamarlo. Él sabría cómo lidiar con Valeria; quizás hasta pudiera hacerla entrar en razón.

O quizá fuera mejor mantenerlo fuera de eso.

Entonces Valeria volvió del dormitorio. Los ojos de Ana se precipitaron a la cajita que había en su mano, la misma caja blanca con letras fucsia que Ana había escondido en su armario. En la otra mano sostenía una bolita de papel higiénico. El estómago de Ana se contrajo, atrayendo hacia él toda la sangre de su cuerpo.

—No pasa nada, ¿cierto? Y tú no te has acostado con él, ¿cierto? —dijo Valeria, agitando la cajita—. Entonces, ¿qué diablos es esto? Dímelo. ¿Y qué mierda es esto? —Le arrojó a Ana la bolita de papel higiénico, y dos de las pastillas hexagonales que Betty le había dado rebotaron contra el piso—. ¿Te crees que no lo sé? —dijo, indicándole las pastillas—. Yo misma he llevado de esas pastillas en mi maleta en mis viajes al Perú, Ana, ¡sé muy bien lo que son!

—¿Has estado revisando mis cosas? —dijo Ana, agachándose.

—¿Por qué tendrías que ocultarle un embarazo a Lucho? —exigió saber Valeria—. ¿Por qué, Ana, a menos que quisieras evitar que él supiese que estabas embarazada? —Su voz se quebró en llanto—. ¿Por qué no querías que lo supiera? Dime.

El corazón de Ana le retumbaba contra el pecho.

—Quieres deshacerte de él, esa es la razón.

Ana recogió las pastillas del suelo, negando con la cabeza.

Valeria dio un puñetazo contra la pared y el cuerpo de Ana se sobresaltó.

—¡No te hagas de cuenta que no son tuyas! —gritó Valeria—. Las encontré en el baño y no son mías. No son mías.

Ana temblaba sin poder creer lo que estaba ocurriendo.

—Esto es algo entre Lucho y yo, Valeria. No te debo ninguna explicación.

—¡Esta es mi casa, perra! Vives en *mi* casa. ¿Quién te crees que paga este lugar, Ana? ¿Quién paga la comida que aquí se come? La que tus hijos comen. Trabajo como una mula para mantener el taller funcionando, ¿para qué? Para que te puedas sentar en la mesa de *mi* cocina con mi marido por la noche y murmurarle mierda al oído.

—Solo estaba dándole un consejo…

—¿Es todo lo que estabas haciendo? —preguntó Valeria y su voz se quebró de nuevo—. ¿O estás ya acostándote con él?

Ana se llevó las manos a los labios en actitud de oración y respiró profundo. Luego miró a Valeria a los ojos.

—No hay nada entre Rubén y yo. Nunca lo ha habido y nunca lo habrá. Esto —dijo blandiendo la prueba de embarazo—, es entre Lucho y yo.

Valeria abrió como platos sus ojos llenos de lágrimas, hasta que parecieron los de un pescado.

—¿Así que es de Lucho? —dijo—. ¿Es de Lucho y estás haciendo esto? —Tragó con fuerza y una mueca de profundo desagrado le distorsionó el rostro—. Eres peor de lo que me imaginaba, ¿lo sabías?

Ana exhaló, frunciendo el ceño mientras se esforzaba por no llorar. No pensaba darle a Valeria esa satisfacción.

—Ya no me importa lo que pienses —dijo—. Y ahora que sabes que esto no tiene nada que ver contigo o tu marido, no te metas. —Se fue hacia el dormitorio de Michael, donde alcanzó a ver a Victoria mirando por la puerta entreabierta, que luego cerró a toda prisa.

—Podrías haberles provocado un daño a los niños, ¿te das

cuenta? —gritó Valeria a sus espaldas—. Dejando esa mierda tirada en el piso como lo hiciste. ¿Qué hubiera pasado si uno de ellos se lo tragaba? Pero a ti no te importa, ¿no? Solo te preocupas por ti misma. Siempre ha sido así. Arrastraste a mi primo hasta aquí, lejos de su familia y sus amigos... ¿para qué? Para que viniera a trozar animales muertos y trasladar títeres en un taxi. —Esta vez contuvo las lágrimas—. Y luego te vienes a mi casa a intentar entrometerte en mi matrimonio. Actúas como si esto fuera tuyo, cuando jamás lo será.

Ana tenía todo el peso del cuerpo apoyado sobre el pomo de la puerta. Se irguió y tomó unas bocanadas de aire; las palabras de Valeria le habían penetrado la piel. Jamás había tomado nada que no fuera suyo. Deseaba, en efecto, tener algunas de las cosas de Valeria: su hogar, su educación, su *green card*. No quería lo que ella tenía con Rubén, pero había algo en la relación de Valeria con Lucho que ella *sí* deseaba. Era lo único que Ana le envidiaba, pero nunca lo hubiera admitido ante ella.

—No quiero nada de lo que tú tienes —dijo, y apoyó la cabeza contra la puerta—. La verdad es que... —Hizo una pausa, a la vez avergonzada y orgullosa de lo que iba a decir—: te tengo lástima.

Valeria quedó congelada.

—No puedes sentir lástima por mí —murmuró—. No tienes derecho a sentir lástima por mí.

Ana la ignoró y abrió al fin la puerta de la habitación de Michael, cerrándola deprisa tras ella. Victoria y Pedro estaban ahora de pie, con los ojos muy abiertos.

—Mami, ¿qué pasó? —preguntó Pedro—. ¿Por qué está gritando la tía?

—Está todo bien, mi amor —dijo ella, arrodillándose para

quedar al nivel de él y le acarició los brazos—. No te preocupes. Anda y siéntate en la cama con Michael.

—Pero, ¿por qué te está gritando a ti? —preguntó Victoria.

—Hijita, ahora no me hagas más preguntas, por favor.

Tenía la cajita bajo el brazo y las dos pastillas en el bolsillo de su chompa rojo oscuro. Estaba segura de habérselas tomado todas… Se limpió el sudor de la frente con el dorso de la mano. No tenía la menor duda de que Valeria se lo diría a Lucho. Una cosa estaba clara: no podía quedarse más tiempo en Lexar Tower.

Pero, ¿adónde ir? Solo había un lugar al que podía dirigirse. Brooklyn estaba a un largo y frío trecho en metro, pero no se le ocurrió ningún otro sitio al que pudiera acudir de manera intempestiva. Necesitaba ir con las hermanas Sandoval.

—¿Saben qué? —les dijo a sus hijos en la voz más animada que pudo encontrar—. Vamos a ir a visitar a la tía Betty esta noche.

El volumen del televisor estaba al máximo. Victoria se volvió hacia él.

—¿Y podemos ir después de *Amparo*?

—No, necesito que se preparen ya mismo.

—¿Por eso está llorando la tía Valeria? —preguntó Pedro—. ¿Porque nos vamos?

Ella no respondió; en vez de ello, asomó una vez más la cabeza por la puerta. El pasillo y la sala estaban vacíos. La puerta del dormitorio de Valeria, entreabierta.

—Vayan rápido a nuestra habitación. Vamos —instruyó a los niños, en un susurro.

Juntos atravesaron a paso rápido el corredor hasta llegar al caos que Valeria había dejado en su dormitorio. El armario había sido auténticamente desvalijado. Las cajas y maletas que Ana había llenado estaban ahora vacías. Sus ropas, documentos y bolsos estaban dispersos por el suelo. Ana clavó los ojos en la cama, y alzó el colchón, provocando que las chompas cayeran al suelo. El sobre amarillo con los papeles que documentaban sus identidades y el poco dinero que les quedaba estaba intacto entre el colchón y la base de la cama. Lo recogió y se lo puso bajo el brazo.

Enseguida fue al armario. Las chompas, que habían estado apiladas en uno de los anaqueles, estaban ahora desparramadas por el piso, junto a la bolsa plástica en que ella misma había ocultado la prueba de embarazo. La recogió y puso la cajita de vuelta en su interior, y la bolsa en el sobre amarillo. Luego alcanzó a Liliana en la litera de arriba.

Recogió una de las chompas de Pedro del piso, la sacudió y se la arrojó a Victoria.

—Toma, ayuda a tu hermano a abrigarse. Y cojan también las mochilas para la escuela. Rápido.

Puso la bolsa plástica en la mesita de noche, ignorando el carácter sagrado del espacio que había hecho allí para sus santos y su madre muerta. Arrojó una vieja mochila sobre la cama y la llenó de medias, ropa interior, unas pocas chompas y lo que pudiera caber en ella. Luego llenó las mochilas de sus hijos con sus uniformes.

Necesitaba llamar a Lucho. Como mínimo, tenía que decirle que se estaba yendo del apartamento, y adónde se iba. Más tarde le explicaría la razón.

—Vuelvo enseguida —les dijo a los niños antes de salir al pasillo—. Ustedes avancen.

Pudo oír las voces apagadas de la telenovela tras la puerta cerrada de Michael. Era el único sonido en todo el apartamento.

La puerta del dormitorio de Valeria estaba cerrada. Se veía la luz encendida por las rendijas. Ana se dirigió a toda prisa a la cocina.

En la silla seguían colgados su abrigo y las bolsas del Key Food, bajo las cuales se había formado un charco de agua. Se puso el abrigo y cogió un par de naranjas de una de las bolsas y se las metió en los bolsillos. En el refrigerador había un pequeño imán con la dirección y el teléfono de RapiCar. Ana tomó el teléfono y digitó el número impreso en el imán.

Un hombre de acento puertorriqueño contestó del otro lado.

—Es la esposa del Doce —dijo, refiriéndose a Lucho por el número de su taxi—. ¿Podría, por favor, hacerle llegar un mensaje? —Se estaba yendo con los niños a casa de Carla. No, no necesitaba hablar con él. No quería que él la disuadiera, y el mensaje le llegaría con tiempo suficiente—. Dígale que llame a casa de Carla —indicó al boricua, pero sabía que Lucho llamaría de todas formas a Valeria.

Estaba sacando unas pocas cajitas de jugo del refrigerador cuando llamaron a la puerta. Ana quedó helada. No había oído el portero automático en el vestíbulo. Era un día de semana y hora de la cena. Pensó que podría ser algún vecino. En cualquier otra ocasión ella hubiera abierto la puerta, pero esa noche no se atrevió a dejar la seguridad de la cocina.

Cuando llamaron por segunda vez, oyó los pasos de Valeria dirigiéndose hacia la entrada. Pasó ante la puerta de la cocina. Llevaba ahora el cabello recogido en el moño habitual, y se había limpiado los restos de la máscara del rostro, aunque seguía teniendo los ojos enrojecidos e hinchados. No miró a Ana ni le dijo una sola palabra.

Ana asomó la cabeza al vestíbulo por segunda vez esa noche,

y el corazón se le paralizó en el pecho cuando Valeria abrió la puerta. Lo primero que Ana vio fueron las insignias rectangulares y brillantes, prendidas a la izquierda del pecho del primer oficial, y después los uniformes, tan negros como el escapulario de San Martincito, incluso antes de procesar quiénes eran los recién llegados.

—Buenas tardes, señora —dijo el oficial más bajo—. ¿Alguien de aquí llamó denunciando un robo?

—Sí, fui yo —respondió Valeria con su tono bajo y delicado, pero que igual resonó en los oídos de Ana—. ¿Hablan ustedes español? Lo pregunto porque la persona que me ha robado está aquí y no habla inglés.

Ana corrió al dormitorio, sus zapatillas chillando contra el piso del pasillo y las paredes estrechándose a cada paso que daba.

Había llegado el fin.

Cerró la puerta del dormitorio tras ella.

—Mami, ¿qué pasa? —preguntó Victoria.

—Nada —dijo ella.

"No entres en pánico", se dijo a sí misma una y otra vez. Buscó en la habitación alguna vía de escape, pero solo había las ventanas y la puerta que daba al pasillo. Se maldijo a ella misma por no haber planeado nunca, hasta entonces, otra forma de abandonar el cuarto.

—Necesito que se queden los dos muy quietecitos, ¿de acuerdo? —les susurró a los niños. Caminó hasta las ventanas. Estaba demasiado oscuro para estimar la distancia hasta la calle abajo.

Desde el pasillo se escucharon unos pasos acercándose. La voz de Valeria fue aumentando, los pasos de los oficiales se hicieron más pesados, y antes de que Ana pudiera pensar en la forma de salir por la ventana del cuarto piso con sus dos hijos la policía estaba dentro de la habitación.

—Han estado desapareciendo cosas de mi cuarto —oyó decir a Valeria—. Y me golpeó cuando la confronté. —Su tono dulzón apenas consiguió disimular el dejo de satisfacción en las palabras que siguieron—. Es ilegal.

Ana palideció, y el nudo en su estómago comenzó a retorcerse una vez más.

—Y también sus hijos.

Ella atrajo hacia sí a los niños. Victoria hundió el rostro en su abdomen, Pedro se aferró a su pierna. Su corazón martilleaba en el interior de su pecho. La habitación giraba en silencio a su alrededor, mientras ella luchaba por recobrar el aire. *Respira*, se recordó a sí misma, pero igual seguía ahogándose.

Cerró los ojos y se concentró en los latidos de su corazón, intentando tan solo mantenerse a flote. Luego escuchó llorar a sus hijos y pensó en Lucho a solas, conduciendo por alguna calle de Brooklyn.

Entonces, como rescatándola de una pesadilla, escuchó la voz de Michael:

—¡Mierdas!

Ana abrió los ojos y lo vio correr dentro de la habitación.

—¡Son policías! —Dio un par de saltitos de alegría y corrió a tocar el uniforme de uno de los oficiales.

—Qué tal, amiguito —dijo el hombre, apartando con gentileza el brazo de Michael.

El otro tenía los ojos clavados en Ana, y luego miró a los niños. Inclinó la cabeza y luego se puso las manos en las caderas.

—Y, ¿qué espera usted que hagamos? —le preguntó a Valeria—. ¿Que los deportemos?

Ella abrió los ojos, como si la respuesta no fuera obvia.

—Desde luego.

El oficial se aclaró la garganta.

—Señora, nosotros no tratamos con temas de inmigración.

Los ojos de Valeria pasaron del oficial a Ana, y luego de vuelta.

—¿Qué quiere decir con que no tratan temas de inmigración? —tartamudeó—. Ella no tiene papeles, solo pídanselos. Pídanle que les enseñe la *green card*. No la tiene. Al menos deténganla. Se ha robado mi brazalete.

El otro oficial recorrió el cuarto con la mirada.

—¿De quién es este cuarto?

—Es un cuarto de invitados —dijo Valeria.

—¿Y usted se ha estado quedando aquí? —le preguntó el hombre a Ana.

Antes de que ella pudiera responder, Valeria se interpuso:

—Se han estado quedando aquí. Y, como he dicho, algunas cosas han desaparecido de mi dormitorio y las he encontrado aquí…

—Entonces, ¿quién hizo esto? —preguntó el oficial indicando las ropas dispersas en el piso.

—Yo misma vine aquí a buscar mis joyas, que *ella* me robó.

—¿Y qué le robó exactamente?

—Ya se lo he dicho, mi brazalete. Un brazalete de oro que yo obtuve…

—Ella no lo robó.

El que acababa de hablar era Michael, que daba vueltas alrededor de los oficiales e inspeccionaba sus respectivos uniformes. En ese momento logró captar la atención de todos. De los oficiales y de su madre, porque la estaba contradiciendo; de Ana y de sus hijos, porque era uno de los raros momentos en que lo habían oído hablar en español.

El oficial se agachó junto a él y le preguntó:

—¿Por qué dices eso?

Pero Valeria se apresuró a responder:

—Michael, amor, estás confundido.

—No, no lo estoy. Tú le diste eso a la tía para el Año Nuevo, ¿te acuerdas? Cuando yo tenía hambre y fui a tu habitación. Yo te vi dárselo a ella.

El oficial más bajo se volvió hacia Valeria, pero no se molestó en preguntarle si lo que Michael decía era cierto. La respuesta estaba en su cara y cuello, donde le habían aparecido unas manchas rojas. El oficial volvió al pasillo y su compañero lo siguió de cerca.

—Como ya le he dicho, señora, no tratamos con temas de inmigración.

Valeria iba detrás, y Michael tras ella.

—¿Pero cómo puede ser? Son policías, ¿o no? Ella es indocumentada. Se supone que ni siquiera debe estar aquí. ¡Está en mi casa y la quiero fuera!

—Señora, nosotros nos ocupamos de crímenes de verdad —dijo el hombre—. Robos de verdad, atracos. Si usted tiene un problema de inmigración, llame a inmigración. No nos llame a nosotros.

Ana corrió hacia la puerta del dormitorio y la cerró tras ellos. Allí colapsó y se desplomó al piso, sentándose contra la puerta, asegurándose de que siguiera bien cerrada. Aún podía oír su corazón desbocado. Momentos después, la puerta de la calle se cerró de un portazo y su vibración resonó por todo el apartamento. Luego escuchó a Valeria correr a toda prisa por el pasillo hacia el dormitorio.

—¡Lárgate! —gritó al pasar ante la puerta, de camino a su dormitorio.

El cuarto dejó al fin de girar y, cuando su corazón también se aquietó, Ana soltó el llanto. Sus hijos vinieron hacia ella de puntillas y Victoria se sentó a su lado. Pedro gateó hasta sus faldas.

—Ya pasó, mami —le dijo el niño en un susurro, sonriéndole y sosteniéndole la cara entre sus manos—. Ya pasó.

Victoria enlazó sus dedos con los de su madre y le besó la mano.

—Todo va a estar bien —le dijo con tanta certeza que logró ahuyentar el temor de Ana.

Ella los besó a los dos y se levantó.

—Vamos —dijo—. Nos largamos de aquí.

Los vistió a toda prisa y terminó de llenar la mochila y una maleta de mano. Cogió la bolsa plástica que había dejado en el altar y guardó la tarjeta de oraciones de su madre en el bolsillo de su abrigo, pidiéndole a la Virgen su protección. *No me abandones*, rogó al poner los santos dentro de la bolsa plástica.

La nieve chocaba como una balacera contra las puertas de vidrio que daban al balcón. Ella cubrió el cuerpo de los niños de la cabeza a los pies, preparándolos para lo que fuera que esa noche de invierno pudiera arrojarles. Los niños cogieron sus mochilas repletas y ella se puso la grande y más pesada en los hombros, arrastrando a la vez la maleta de mano por el corredor de la cuarta planta. Ninguno de los tres miró atrás al ir de prisa hacia los ascensores.

—Sostén la puerta abierta —le dijo a Victoria cuando llegaron a la recepción. La nieve azotaba las puertas acristaladas de la entrada principal de Lexar Tower. Las zapatillas de Ana chirriaban contra el suelo al dirigirse hacia ellas. Su estómago estaba todavía hecho un nudo cuando salieron a la calle. La nieve se había apilado a lo largo del sendero que iba hasta la acera. Llevaba el abrigo aún desabrochado y hurgó en el bolsillo de su chompa rojo oscuro en busca de las pastillas, que ahora arrojó a la nieve. Aún oía sus latidos al dar los últimos pasos dentro del recinto y salir a esa noche fría y cortante de enero.

16

EL APARTAMENTO DE CARLA ERA EL ÚNICO REFUGIO AL ALCANCE DE Ana. Subió por la escalera mecánica de la línea 7 arrastrando la maleta de mano y, después de dos transbordos y lo que le pareció un viaje eterno, atravesó Queens con sus hijos y se adentraron por fin en Brooklyn, ella luchando a cada paso que daba, incapaz de sacudirse el miedo de esa noche fría que había terminado por calarle los huesos.

La amenaza de la deportación siempre había estado presente, pero nunca tan cerca. Vivían rodeados de otros que también habían huido de su país natal. Ese era el atractivo de Nueva York; ellos eran solo cuatro en un millón. Fue recién ese verano, cuando los allanamientos en las plantas frigoríficas dejaron a Lucho sin trabajo, que la amenaza de la deportación se abrió paso hasta instalarse en el centro de su mente. Era siempre una posibilidad, que intentaba atraparla pero nunca conseguía envolverla entre sus manos. Sin embargo, nunca antes había sentido un miedo real. Hasta esa noche.

Aun así, ese miedo no había logrado contaminar a Pedro, que iba fascinado por el viaje en metro de noche, bajo los copos de nieve que caían. Durante buena parte del trayecto fue imitando las palabras del conductor en cada nueva estación, a la vez que miraba por la ventana cómo la nieve rebotaba contra el cristal.

Pero ese miedo sí se había extendido a Victoria. Cuando el tren enfilaba rumbo a la estación de Carla, ella le preguntó a su madre por qué se habían tenido que ir de donde la tía Valeria.

—Siempre tuvimos planeado irnos —le explicó Ana—. Solo lo hemos hecho un poquito antes, es todo.

—Pero, ¿por qué vino la policía? —le preguntó bien bajito—. ¿Y por qué te estaba gritando?

—Estaba molesta por algo —dijo Ana—. No es importante. Y la policía solo vino de visita.

—No, mami —dijo, abriendo los ojos. Y se le aproximó otro poco, como para revelarle algún secreto—. Ellos se llevan a la gente, Michael me lo contó. A toda clase de gente, no solo a los malos. A gente que se supone que no debe estar aquí.

Ana se preguntó cuánto haría que su hija estaba enterada de eso. No podía ocultarle eternamente la verdad, aunque no parecía muy correcto admitir ante ella que esa era la realidad en que vivían.

—A veces lo hacen, es cierto —concedió.

—¿Y se supone que nosotros debemos estar aquí? —preguntó la niña.

Ana miró los ojos como de lechuza de su hija.

—Se supone que debemos estar juntos —respondió—. ¿Cierto? Y no nos llevaron, ¿cierto?

Victoria negó con la cabeza, apartando con su mano un mechón de cabellos que tendía a caerle sobre los ojos. Las bandas elásticas con bolitas decorativas en los extremos de sus trenzas se habían desplazado hasta los extremos, incapaces ya de evitar que las trenzas se deshicieran. Ana le metió el mechón de pelo bajo el gorro.

—Y no lo harán —le aseguró—. Nunca me apartarán de ti y de Pedro, ¿me entiendes?

Victoria apretó los labios.

—Pero, ¿y si lo hacen? —preguntó—. ¿Como quisieron hacerlo con papi?

Ana envolvió a su hija en sus brazos. No iba a llorar delante de ellos de nuevo.

—Te lo prometo —dijo—. Encontraremos la forma de estar juntos de nuevo, no importa lo que pase. Yo siempre encontraré la forma de volver.

Pegó su frente a la de Victoria, que luego apoyó la cabeza en el hombro de su madre.

—Cántame tu canción —susurró.

Ana sabía cuál era la canción que su hija quería escuchar, pese a que llevaba más de un año sin cantarla. La atrajo otro poco hacia ella y, con Pedro tarareándola también, cantó el tema de los pollitos que lloran cuando tienen hambre y cuando tienen frío, y de la madre que busca para ellos el maíz y el trigo, que les trae alimento y les da cobijo bajo sus alas.

Al terminar, les pidió que no mencionaran lo de la policía cuando llegaran a casa de Carla.

—No quiero que asusten a los Lazarte —les dijo. Los dos asintieron, y entonces Ana cogió la trenza desarmada de Victoria—. Te la arreglaré cuando lleguemos, ¿sí?

Cuando llegaron a Brooklyn, la nieve se había reducido a una danza en el cielo. Las nubes estaban bajas. Se sentía de vuelta en terreno familiar. Ese era el primer barrio en que Ana y su familia habían vivido antes de que Carla le dijera que debían encontrar su propio camino. Rara vez visitaba a Carla desde que se fueron de allí, y solo había vuelto unas pocas veces en los años que siguieron. Nada había cambiado. La bodega cercana a la estación del metro donde solía beber café por las mañanas aún estaba allí. La silla de plástico junto al portal de entrada, donde un hombre dominicano en sus setenta se sentaba con su café por las mañanas, aún estaba allí. El edificio tapiado y rojo que, según le habían dicho, fue alguna vez un banco, aún se erguía como una montaña por sobre la cadena de tiendas mayormente cerradas y los edificios de cuatro pisos sin ascensor de las calles siguientes. Al borde de la acera estaban alineadas las bolsas de basura, perforadas por los animales que hurgaban en ellas. Le pareció todo muy conocido, y esa familiaridad la hizo sentir de pronto agotada. Estaba donde había empezado. Se permitió un instante de pesar, dejando que su cuerpo se sumergiera brevemente en la desesperanza, pero enseguida se sacudió esa sensación. No podía darse el lujo de hundirse en la tristeza.

—Vamos —les dijo a los niños, tirando de la maleta bajo un cielo que parecía caerse a pedazos.

Una capa de nieve reciente cubría el pórtico del edificio de Carla. Subió la maleta por las escalinatas a la par que Pedro y Victoria llamaban a voces a Betty, Hugo, Yrma, Jorge y, luego, otra vez a Betty. Ana dio unos golpecitos en la ventana de la planta baja, hasta que Carla vino al fin a abrir la puerta de entrada.

Una vez dentro, se olvidaron todos de los besos de saludo y las buenas noches y se quitaron al instante los abrigos y botas mojadas, apilando todo junto a la entrada. La visita a esa hora de la noche les infundió energía a los tres chicos Lazarte, que estaban ya en pijamas. Victoria y Pedro corrieron al sofá, calentándose las manos con su propio aliento tibio, mientras Ana devolvía la vida a sus fríos y húmedos pies restregándoselos con fuerza. Carla desapareció en su dormitorio, la última habitación de su carcomido apartamento, y volvió con frazadas y medias gigantes que olían a naftalina. Ana le quitó a Victoria las bandas elásticas de las trenzas y le secó la humedad del cabello. Betty les ofreció tazones de leche tibia, que los niños se bebieron rápidamente para que Yrma Lazarte les enseñara el teclado musical que le habían obsequiado para Navidad.

—¡Victoria, tus trenzas! —gritó Ana cuando su hija corrió detrás de Yrma hacia el dormitorio que compartía con Betty. Se guardó las bandas elásticas en el bolsillo, y entonces notó que su propio cuerpo no había dejado de tiritar. En el cuarto de baño se quitó la ropa, con los dedos adoloridos y frágiles a causa del frío y de haber aferrado la maleta. Allí se puso la sudadera holgada y los pantalones de pijama que Carla le había pasado, pero sus mandíbulas seguían castañeteando. Inspiró varias veces seguidas y se dio golpecitos en las mejillas con las manos mojadas para mantenerse alerta y recobrar la calma. Ahora estaba a salvo, se dijo. Todos lo estaban. Aun así, al ver su imagen en el espejo, no pudo evitar preguntarse cuándo dejaría de huir.

Su pecho seguía agitado cuando llegó a la cocina sin ventilación de Carla. Ollas con costras de suciedad en tonos rojos y marrón languidecían sobre los quemadores. Bajo una película de agua opaca había platos remojándose en el fregadero. Cajas de cereales, apoyadas unas sobre otras en la encimera, absorbían el aire penetrante del entorno por sus pestañas rasgadas. Un aroma a cebolla y tomate emanaba del cubo de basura, y era luego dispersado por el vapor sibilante del radiador. Incluso el refrigerador, que tenía al menos una década, traqueteaba cada tanto para protestar por el calor.

Pese al ambiente sofocante, una taza de té esperaba a Ana en la mesa. También lo hacían Betty y Carla, que dejaron de cuchichear entre ellas ni bien Ana entró en la cocina. Querían saber qué había pasado, qué era aquello que había traído a Ana y sus niños hasta su puerta. Siempre le resultaba difícil mentirles a las hermanas Sandoval. La conocían desde que era niña y, aparte de su prolongada historia en común, sabían mentir y detectar una mentira. Carla, en particular, tenía el oído tan afinado para los embustes, que ocultarle las cosas le había resultado particularmente arduo a Betty. Pero Ana no estaba preparada para contarles todo lo que había pasado esa noche. Solo necesitaba una explicación plausible de por qué había dejado Lexar Tower. Explicación en que no mencionó a la policía ni las pastillas.

—No lo entiendo —dijo Carla, abanicándose con una edición arrugada de *TV y Novelas*—. ¿Valeria pensó que le habías robado el brazalete? ¿Con el que todos te vimos en Año Nuevo? Ella no te habría dejado usarlo sin su permiso, ¿por qué te iba a acusar de robarlo?

—Yo aún lo tenía en mi poder —explicó Ana—. Supongo que pensó que no se lo iba a devolver, aunque nunca consideré la posibilidad de quedármelo. Con el trabajo y todo el embalaje que estaba haciendo, simplemente se me perdió en todo el lío. Ella me lo pidió de vuelta y yo no lo encontré lo suficientemente rápido para su gusto, me imagino. Así que se volvió loca y me empezó a gritar. Me llamó ladrona y vividora.

Carla soltó un gruñido.

—¿Por qué, solo porque te prestó un lecho donde echarte un tiempo? Tú eres familia. Bueno, tú, por casamiento, pero Lucho y los niños llevan su sangre. Él perdió su trabajo. ¡Necesitaban un sitio donde quedarse! ¿Qué esperaba? ¿Que vivieras en la calle? Se *supone* que debía ayudarte.

—Todo el mundo deja de ser bienvenido en algún momento —dijo ella, y se ruborizó tan pronto como esas palabras brotaron de sus labios. No quería sonar ingrata con la propia Carla, pero la expresión de su rostro le sugirió que se lo estaba tomando de ese modo—. Quiero decir —se empeñó en aclarar—, que Valeria nunca me quiso allí, desde el principio. Al que quiere es a Lucho. Él es como un hermano para ella. Al menos ella vive diciendo eso, pero *yo* nunca le he caído bien. Vive tratando de convencer a Lucho de que vuelva al Perú. No cree que podamos lograrlo aquí. A veces pienso que le gustaría vernos fracasar solo para probar su punto.

—¿Cuál punto, que es duro vivir aquí? —dijo Carla—. Eso no necesita probarlo. *Es* duro vivir aquí.

—No, ese punto no —precisó Ana—. Que Lucho se equivocó al casarse conmigo.

—Es lógico que lo piense —dijo Betty—. Tú estuviste con su hermano. Además, todos los limeños piensan de esa forma. Si no eres de la capital, eres un salvaje. Es esa sangre española lo que los lleva a pensar que son mejores. Y ella tiene, además, algo de suiza, ¿no? Peor todavía. Todo el que luzca como nosotros, o como Ernesto, estropea la raza, según ellos. No puedes permitir que su ignorancia te afecte, Ana.

—Eso es fácil decirlo, Betty, tú no luces como si vinieras de Santa Clara.

Carla se abanicó más fervorosamente.

—Ella piensa que somos unos salvajes, ¿no es así? Ignorante. Hasta intentó humillar a Ernesto en Año Nuevo, ¿se acuerdan? Cuando dijo que la madre de él era de la sierra. Su propio esposo es un serrano, pero ella tenía que apuntar a la madre de Ernesto. Bueno, aquí a nadie le importan esas cosas. No importa si eres de Santa Clara o Lima. Peruano, puertorriqueño, nicaragüense, mexicano. Para estos gringos somos todos lo mismo. Y ella ha estado aquí el tiempo suficiente para saberlo.

—Pero es blanca —dijo Betty—, y es de la capital. Eso no ha cambiado. Y ahora vive en un edificio elegante de Nueva York, y tiene la *green card*. Estoy segura de que esas cosas la hacen sentir aun más superior.

—Pero ¿tratar a tu propia familia así? —dijo Carla—. ¿Acusarte a ti, Ana, de robarle? Qué porquería. Y qué pena.

—Es triste —dijo Ana—. Yo lo siento más por mis niños. Michael es el único primo que tienen aquí, pero no los quiero ni por broma cerca de ella. Está claro, ahora, la clase de persona que es. Yo al menos no quiero volver a verla.

Quedaron las tres en silencio y, durante un periodo que pareció muy, muy largo, el único sonido que Ana oyó fue la risa de Pedro ante lo que estaba viendo en la televisión. Las risas se hicieron cada vez más fluidas, transformándose en una especie de cantinela que hizo que el pulso de Ana se acelerara. Hasta esa noche, había creído que Valeria no sería capaz de hacerle ningún daño verdadero a nadie. Era una pretenciosa y una egocéntrica, pero Ana estaba dispuesta a sobrellevar lo peor de sus defectos por el bien de Lucho y de los niños. Podría perdonarle la acusación de adulterio, los insultos, incluso la intromisión en su privacidad, si eso hubiera sido todo lo ocurrido esa noche.

Lo que no podía perdonar era que hubiese llamado a la policía. Ni podía borrar la imagen de Valeria apuntándola a ella, a Victoria y a Pedro, con el dedo, calificándolos de ilegales, como si su sola existencia fuera inadmisible. ¿Qué era lo ilegal de ellos? ¿Su presencia? ¿El empeño de Ana en hacer una vida ahí para ellos? ¿Qué era aquello que hacía de su hijo, tan sensible, y de su hija, tan inquisitiva, unos criminales?

Si había algún delincuente esa noche, era la propia Valeria. Ella era la que deseaba robarles: a Victoria y a Pedro, su madre; a Ana, sus hijos; a Lucho, su familia; a la familia entera, una vida propia. Aun cuando no hubiera conseguido dividirlos, se las había arreglado para arrebatarles, a Ana y a sus hijos, la poca sensación de seguridad que les quedaba. No, no podía perdonarla. No eso, nunca. Si había algo absolutamente cierto en todo cuanto había dicho esa noche, era que no quería volver a ver a Valeria nunca más.

Entonces Betty interrumpió el silencio.

—¿Cuándo se mudan al apartamento nuevo? —preguntó.

Ana volvió instantáneamente al presente.

—La próxima semana, espero. Sully dice que está casi listo. Simplemente, no puedo volver donde Valeria.

Hizo una pausa, con la esperanza de que Carla pudiera captar lo que ella quería, y se lo ofreciera antes de que tuviera que pedírselo. Cuando no dijo nada, Ana se volvió hacia ella y le dijo:

—Carla, no quiero abusar de tu confianza, es solo que no tenía adónde ir. Solo nos quedaríamos aquí unos pocos días…

Carla puso de inmediato su mano en el antebrazo de su amiga.

—No tienes ni que pedírmelo, Ana —dijo—. No tenemos mucho espacio aquí, pero yo jamás les diría que no a ti y los niños. Y no será por mucho tiempo, ¿no? Pronto estaremos ayudándolos a mudarse a ese nuevo apartamento. Déjame hablarlo con Ernesto. Estoy seguro de que él lo entenderá.

—Gracias.

Pronto, pensó Ana. Pronto se mudaría a un nuevo apartamento. Si solo ese pronto hubiera sido al día siguiente; si solo hubiese sido el día anterior. Si tan solo Lucho pudiera conseguir que Sully terminara más rápido los arreglos, especialmente ahora que el contrato estaba firmado.

Entonces se dio cuenta de que no había tenido noticias de su marido.

—¿Ha llamado Lucho? —preguntó. Dejé un mensaje en su base antes de irme de lo de Valeria.

Carla y Betty intercambiaron miradas; ninguna de ellas había hablado con él esa noche.

—Estoy segura de que llamará pronto —dijo Carla—. Probablemente le ha tocado una noche agitada con este clima. —Se levantó, despegando los antebrazos de la cubierta plástica de la mesa—. Voy a buscar sábanas para la sala, y a instalarlos a ustedes dos en el sofá-cama. Vicki puede dormir contigo y con Yrma —le dijo a Betty—. Hay espacio suficiente para las tres en esa cama.

Carla desapareció por el pasillo a oscuras. Una vez que Betty calculó que estaba demasiado lejos para poder oírlas, acercó la silla a Ana. Abrió con desmesura los ojos, y la zona inferior de estos se vio más delgada y algo violácea en la luz fluorescente.

—Ahora dime la verdad —susurró—. ¿Qué pasó con Valeria?

Ana suspiró largamente. Su columna se curvó al inclinarse

sobre la mesa. Carla había comprado la versión simplificada de lo ocurrido en Lexar Tower, eso de que Valeria la había acusado de robarse el brazalete y Ana se había ido, no queriendo escuchar más los insultos de Valeria. Esa historia bastó para que ella y sus hijos pudieran refugiarse en el apartamento de Carla. En lo que a Ana concernía, esa era la única historia que necesitaba contar y le pareció que, si hablaba del resto, podría alimentar los chismes. Chismes que sin duda contribuirían a empeorar su situación más de lo que ya lo estaba.

Pero esta era Betty, y el peso de la noche era demasiado para que Ana pudiera sobrellevarlo sola. El hecho de que su propio descuido los hubiera puesto a ella y a sus hijos en riesgo de ser deportados le pesaba al punto de impedirle moverse.

—Encontró las pastillas —admitió ahora—. Y la prueba de embarazo.

Betty se puso pálida.

—¿Las pastillas? Dijiste que te las habías tomado todas.

—¡Y lo hice! —dijo ella, pero ya no estaba tan segura de eso. Su voz se quebró al musitar—: Te juro que lo hice. —En su mente reprodujo varias veces la secuencia de ingerir las pastillas. En el cuarto de baño, con la Malta. En mitad de la noche. En una ocasión la ducha estaba encendida. Se acordó de su madre. Pedro entró de repente. Se había despertado y ella no estaba en su cama. Estaba muy asustado. Y ella tan, tan cansada. Se preguntó cuándo había cometido el error—. No lo sé.

Los ojos de Betty oscilaban de un punto a otro.

—Pero, ¿qué quieres decir con que las encontró? —preguntó.

—Encontró un par de ellas —dijo Ana—. En el baño.

—¿Y sabía lo que eran? —preguntó Betty, alarmada—. ¿Tú se lo dijiste?

—Ella lo sabía. Aparentemente, es una de las cosas que suele llevar en su maleta como encargo al Perú. Preguntó por la prueba de embarazo. Creyó que yo estaba acostándome con Rubén. —Puso los ojos en blanco, para sugerir lo ridículo de la idea, pero Betty seguía con la mirada de consternación en el rostro—. Yo le dije que no lo había hecho, que no lo he hecho. Entonces llamó a la policía.

—¿A la policía? —repitió Betty, como si hubiera oído mal.

Ana le resumió lo que había ocurrido a continuación. Cómo los dos oficiales habían permanecido de pie en el umbral de su dormitorio mientras Valeria apuntaba a ella y sus hijos, diciéndoles que ninguno tenía papeles. Al revivirlo, se acordó de otros detalles, como si se tratara de otro de sus sueños: la frialdad de la pared en el dormitorio al presionar su espalda contra ella; cómo Pedro gemía cuando ella lo abrazaba con mayor fuerza; la respiración tibia de Victoria en su estómago, donde mantenía oculto el rostro; sus pies acercándose a la pared con los talones, aunque no había por dónde escaparse.

—De no ser por Michael —dijo—, no sé dónde estaríamos ahora mismo.

Betty se echó hacia atrás en la silla.

—Malvada. Yo sabía que era una mierda, pero ¿intentar que te deportaran? Nunca me hubiera imaginado que llegaría tan lejos.

—Yo debía haberlo imaginado —dijo ella. Algo que se retorcía en su interior propició la frase que dijo a continuación—. Le gusta su trago —murmuró, como traicionando un secreto—. Bebe todas las noches. Todas. A veces cerveza, a veces ron o vodka.

No había considerado nunca a Valeria como una alcohólica. El término quedaba reservado solo para los hombres, esos que a veces se emborrachaban al punto de tambalearse por las calles o tener que ser llevados de vuelta a casa por un par de amigos tan ebrios como ellos. Nunca había visto a Valeria borracha, no al grado de que arrastrara las palabras o necesitase que la llevaran a la cama, pero sí había notado lo muy rápido que desaparecían las botellas de alcohol y latas de cerveza en el apartamento 4D. El alcohol que allí había durante el mes que Valeria pasó en Perú seguía allí cuando regresó. Siempre que escaseaba el contenido de una u otra botella, era rápidamente sustituido. Aun cuando lo vio claramente, Ana se había negado a admitirlo. Y le parecía que tampoco lo habían hecho Lucho o Rubén.

—No creo que el negocio del taller vaya muy bien —continuó—. Es la razón por la que está allí todo el tiempo. Es el motivo de que viva llevando y trayendo cosas desde el Perú.
—No era solo su matrimonio lo que Valeria temía perder, sino el taller mecánico, la empresa en la que había invertido su tiempo y el dinero de sus padres. Ana sospechaba que era eso lo que más le aterraba perder; eso, y a Michael—. No quiero que tu hermana sepa lo que pasó —le dijo a Betty—. Lo último que quiero es andar de boca en boca, especialmente después de esta noche. Necesito mantener a mi familia lejos de los chismes, Betty.

No quería a Carla chismorreando entre las mujeres de la factoría, pero más la preocupaba lo que pudiera decirle a la Mama.

—No te preocupes, no diré nada —dijo Betty—. Pero mi hermana no es nada buena para mantener en secreto cosas como esta. Ni tampoco Ernesto.

—Ya lo sé —respondió ella—. Mañana, a la hora del

almuerzo, todo el mundo sabrá lo que pasó esta noche, seguro. Por eso no le pude contar todo. Nadie necesita saber que hay una alcohólica en mi familia o que intentó deportarnos. Es humillante, todo el asunto. —No había dudas en su mente de que, sin importar lo perversa que fuese Valeria o los problemas que estuviese atravesando, el tema no era asunto de nadie. No le importaba mucho proteger la reputación de ella, pero ocurría que no podía avergonzar a Valeria sin terminar hiriendo a su propia familia por asociación—. Preferiría que la gente se preguntara si verdaderamente robé ese brazalete. Es mejor eso a que piensen que Lucho tiene un problema con el alcohol. Valeria pensó que yo lo había cogido, así que me fui de su casa, eso es todo. Todo lo que tu hermana o Ernesto necesitan saber. Nos mudaremos a un nuevo apartamento muy pronto, así que igual nos íbamos a ir de allí. Eso es todo lo que los demás necesitan saber.

Betty echó la cabeza hacia atrás.

—¿Estás segura de que ella no sabe que yo te di las pastillas? No la quiero armándome ningún problema a mí, Ana.

Ana insistió en que, durante toda esa noche, el nombre de Betty nunca se había mencionado. Su certeza no logró calmar los temores de Betty.

—Tendrías que haberlo previsto —continuó—. Lo que te hizo es horrible. No me imagino haciéndole eso a mi peor enemigo, menos a mi familia. Pero Ana, por favor, sabes que deberías haber manejado mejor la situación.

—Hice exactamente lo que me dijiste que hiciera…

—No me refiero a las pastillas —dijo Betty—. Bueno, también a eso. Pero acabas de decirme que a ella le gusta beber. Que está perdiendo el negocio. Que está fuera de su eje. Y tú sabes lo celosa que puede llegar a ponerse, especialmente luego de la historia que ha vivido con Rubén. Y él ha sido siempre tan distinto contigo. Siempre agradeciéndote por cada pequeña cosa que haces. Como si le estuvieras haciendo un tremendo favor por servirle tan solo un plato de comida. Él te ayuda a limpiar, compra las cosas que tú le dices que se necesitan para el apartamento. Te trata mejor que a su propia esposa, y eso es muy obvio. Y tú eres joven, bonita. Vives con ellos. ¿Tú no estarías un poquito celosa si fueras ella?

Ella sabía que Betty tenía razón. Nunca había coqueteado con Rubén. Era demasiado reservada para coquetear con nadie, y ni siquiera le parecía muy atractivo como hombre. El problema eran la amistad, los consejos, los secretos que ella y Rubén compartían, por pocos que fueran. Incluso la apariencia de intimidad entre ellos era algo que tanto Valeria como Lucho le habían hecho notar.

Aun así, nada podía justificar los actos de Valeria esa noche.

—Eso no justifica lo que hizo —dijo Ana.

—No, claro —coincidió Betty—. Pero estuvo un mes en Perú. ¡Un mes entero! Tú eras la única mujer en el apartamento, y actuabas como si el lugar fuera tuyo. Luego ella encuentra esas pastillas y la prueba de embarazo en tu habitación. No estoy diciendo que tuviera razón, pero tú míralo por un segundo desde su perspectiva.

—Me hice cargo del lugar mientras ella estuvo fuera —dijo Ana—. Actué como si fuera mío, es cierto. Eso no significa que me estuviera tirando a su esposo.

—No, no significa eso —dijo Betty—. Pero, si no tenías

nada que ocultar, bien pudiste habérselo dicho a Lucho. Podrían haber tomado la decisión juntos, y entonces hubiesen ido también juntos a consultar a Alfonso, y no habría nada que esconder.

—Salvo que no es Lucho el que debe tomar la decisión —dijo ella—. Además, tú sabes que no se lo puedo decir.

—Pero, ¿por qué no? Si el hijo es suyo… Dime cuál es el problema, ¿a qué le tienes tanto miedo?

Ella abrió la boca para responder, pero se contuvo. Había muchísimo a lo que temía, pero nada que quisiera decir. Una parte de ella creía que pronunciar en voz alta sus miedos podía volverlos reales, aunque algunos ya eran tangibles, algo vivo y apreciable que todos podían ver. Tenía miedo de ser madre otra vez, de someter a su cuerpo a los estragos del embarazo una vez más. Temía perder la pequeña sensación de independencia que sentía ahora que sus niños estaban un poco más grandes y no dependían de la lactancia o de su cobijo como única fuente de paz. La edad que no se evidenciaba en el rostro de Ana se manifestaba en varias otras partes de su cuerpo. En la superficie de su abdomen, con su piel estirada y con estrías, y en sus senos, que colgaban desparejos en su pecho. Se manifestaba en su falta de control en algo tan básico como orinar, y en la necesidad constante de forrar su ropa interior por si le tocaba cargar algo pesado o estornudar. Últimamente, cuando estaba tendida en su cama sin poder dormir y el corazón le latía aceleradamente y le costaba respirar, todo le recordaba su último mes de embarazo, cuando apenas podía moverse sin sentir como si hubiera subido cuatro plantas de escaleras. Se había convertido en la señora que ahora era, plagada de estrés y cicatrices, algo que su amiga —más joven y sin hijos, con el cuerpo aún intacto— no podría entender.

Pero no era solo volver a vivir las exigencias corporales y psicológicas del embarazo y la maternidad lo que temía. Deseaba preservar y nutrir de forma desesperada lo que ahora poseía, incluso dentro del caos y lo simple que era su vida, o quizás por eso mismo. Quería su matrimonio. Quería a sus hijos. Quería su trabajo, y seguir trabajando para ahorrar, y quizás un día llegar a tener ese restaurante del que se había atrevido a hablarle a Lucho durante la cena, hacía tantos años. Si no hubiera tomado la decisión que tomó, ¿qué? Estaría sacrificando su propio futuro y el de los hijos que ya tenía por algo que desconocía. No es que fuera una decisión fácil. Intentaba desentenderse de lo que implicaba, pensando solo en las razones para hacerlo. Seguía retornando al día aquel en la huerta, cuando necesitó recoger la hoja del cuchillo y blandirla, no porque su madre se lo dijera, sino porque, más allá de lo que sintiese entonces, ella misma necesitaba comer y era preciso hacer un sacrificio.

Pero no podía decirle todo eso a Betty.

—Te lo dije —acotó al fin—. Lucho quiere volverse. Solo necesita un pretexto para ello. ¿Y qué mejor pretexto que el que surja otra boca que alimentar?

Betty alzó una de sus rodillas y apoyó el mentón en ella. Su voz se hizo más densa al murmurar:

—Bueno, ahora no puedes tenerlo. Eso lo sabes, ¿no es cierto?

Ella lo sabía. En ese punto, ya no había vuelta atrás. Se había tomado las pastillas; había sangrado. Pronto sabría qué efecto, si alguno, habían tenido sobre ella. Pero no había vuelta atrás. Había iniciado algo y debía terminarlo.

Entonces Betty dijo, también en un murmullo:

—Deberías considerar la posibilidad de mandar a Vicki y a Pedro de vuelta. —Alzó una mano en el aire antes de que Ana pudiera protestar—. Piénsalo. Es todo lo que digo. Solo piénsalo. Lo que pasó esta noche podría volver a ocurrir. Podrías serles arrebatada así de rápido. Esos niños no se merecen eso. No deberían vivir con un miedo constante a perderte a ti o perderse entre ellos.

—Pero eso es exactamente lo que me estás sugiriendo que haga —dijo ella—. Quieres que destruya a mi familia. Que los envíe de vuelta como si fueran uno de esos paquetes de Valeria.

—¡Enviarlos de vuelta a Perú no es igual a que te los quiten, Ana! Y no te enojes conmigo por decir esto, pero no estás pensando en ellos. Ellos necesitan estabilidad.

—Ellos necesitan a su madre —dijo Ana, exhausta.

Si esa hubiera sido cualquier otra noche, podría haber reunido la energía suficiente para seguir discutiendo y desafiar la autoridad presunta de Betty en cuanto a la maternidad y el matrimonio, y lo que Ana misma podía hacer o no con su cuerpo. Pero ya no quería discutir más. Lo que deseaba, más que nada, era que su amiga dejara de hablar, que se callara y le diera permiso para llorar.

Con todo, sin perder un ápice de su aplomo, Betty preguntó:

—¿Y qué harás con Lucho? ¿Vas a contarle la misma historia que le contaste a Carla?

La pregunta logró que Ana se sacudiera esa necesidad absurda de un abrazo y un buen llanto. Se aclaró la garganta.

—No —respondió—. Él debe saber la verdad. —Y así era, en efecto. Podía conformarse con brindar a Carla y el resto del mundo una versión editada de lo que había sucedido esa noche, pero no a Lucho—. Va a pedirle explicaciones también a Valeria y ella le dirá su versión. Tengo que asegurarme de que oiga la mía.

Betty puso una mano sobre la de Ana.

—Puede que no sea todo tan malo como crees —dijo.

Ana puso su otra mano sobre la de Betty y se la acarició con el pulgar, parpadeando para despejar las lágrimas que emergían de sus ojos.

—Te equivocas —dijo—. Lo será. —Oyó la risa de Pedro, un dulce revoloteo alzando vuelo por encima del ruido de fondo—. Todo va a cambiar.

17

HORAS DESPUÉS, CARLA ABRIÓ UNA VEZ MÁS LA PUERTA DE CALLE. ESTA
vez era Lucho quien estaba parado en el felpudo.

—Compadrito —dijo en un susurro—, pase, pase.

Él ingresó a la sala a oscuras con un gesto casi robótico. Su
gastado abrigo le obstaculizaba cada paso, y los lentes se le empañaron con el calor de la sala. Sus mocasines venían cubiertos de
nieve y, aunque los había sacudido contra el felpudo, no se los
quitó al entrar al apartamento. Como habían hecho su esposa e
hijos esa misma noche, algo más temprano, no saludó a nadie,
ni siquiera a Ana.

Ella se sentó junto a Betty en el sofá, tapada con una frazada. El programa de entrevistas nocturno, conducido por don
Mario Villanueva, parpadeaba en la pantalla del televisor. Betty
se levantó, avanzando unos pasos hacia él; Ana, en cambio, no
se movió de su sitio.

—Deberías quitarte esa ropa —le dijo Carla y le hizo un
gesto con la mano para que le diera su abrigo—. Vamos, para
que no te resfríes.

Pero él se lo dejó puesto, sus ojos clavados en Ana.

—¿Dónde están los niños? —preguntó.

—Durmiendo —respondió Carla.

Él siguió de pie junto a la puerta, silencioso e inconmovible. Carla se volvió hacia Betty.

—Vamos a prepararte un té de algo. ¿Menta con una pizca de miel, quizá? —sugirió en voz alta, pero no esperó la respuesta. Simplemente hizo un asentimiento con la cabeza dirigido a Betty, indicándole la cocina, y las dos hermanas abandonaron apresuradamente la sala.

Ahora estaban solos, pero ninguno de los dos se movió ni se molestó en encender la luz. Solo el televisor iluminaba el espacio, proyectando sombras que rebotaban en sus rostros y las cuatro paredes. Las ventanas resonaban con el viento del exterior, más intenso que el ruido del televisor. Salvo por eso, el apartamento estaba en silencio, tan quieto que bien podrían haber sido las únicas dos personas en ese edificio, o toda la manzana.

Cuando él finalmente se movió, no fue para ocupar el espacio junto a ella, que Betty acababa de dejar libre. En lugar de eso, se sentó en una silla a su izquierda. En el cuarto adyacente, uno de los chicos Lazarte, ya dormido, se dio vuelta en su cama.

—Baja el volumen —murmuró él, indicando el control remoto junto a ella sobre el sofá.

Ella hizo lo que él le pidió.

—Solo quiero saber algo —dijo Lucho cuando el zumbido del televisor cesó.

Ella se preparó mentalmente para cualquiera que fuese la pregunta que él iba a formular.

—¿Estás embarazada?

Era una pregunta que esperaba. Él no había llamado a Carla sino hasta una hora después de que Ana llegara allí con los niños.

Sí, le aseguró Carla entonces, Ana y los chicos estaban allí. Estaban bien. Pero, cuando le preguntó a Lucho si quería que le pasara el teléfono a Ana, Carla no lo hizo. En vez de eso, hizo una pausa, colgó y le dijo a Ana que su marido vendría pronto. Era todo lo que Lucho le había dicho. Entonces Ana entendió a quién había telefoneado primero.

—Veo que tuviste tiempo de hablar con Valeria —le dijo ahora—, pero no te tomaste siquiera la molestia de hablar conmigo.

—No intentes cambiar…

—¿Te contó esa borracha que llamó a la policía y nos la echó encima? ¿Te dijo que intentó hacernos deportar?

Él frunció el rostro entero.

—¿De qué estás hablando?

—Lo que oíste, Lucho —dijo ella, y dio un golpe con la mano empuñada en el sofá, bajando enseguida la voz—. Llamó a la policía. Vinieron al apartamento. Les dijo que yo le había robado su brazalete de oro. Ese que ella misma me dio para Año Nuevo. Me acusó de ladrona, luego nos señaló a mí, a Victoria y a Pedro. —Su voz se quebró—. Les dijo que no teníamos papeles. Que éramos ilegales.

El hecho de decir la palabra en voz alta fue un golpe inesperado. Ella misma la había escuchado infinidad de veces y se la había dicho a sí misma sin reflexionar mucho en ella. Era una indocumentada. ¿Y no era eso a lo que apuntaba, en cualquier caso, la palabra? Estaban ilegalmente en el país, porque ninguno tenía autorización para estar allí. No tenían documentos; no pertenecían verdaderamente al lugar. Pero esta vez era distinto. Esta vez era como una estaca apuntada no a su muslo o su rostro, sino directamente a sus tripas. Era la repentina consciencia de que no podía resguardar a sus hijos ni siquiera de una simple palabra. No podía protegerlos de sus implicancias o consecuencias. Eran todos deportables, descartables. Lucho tampoco podía resguardarlos de la palabra, pero ella se culpaba a sí misma por haberlos expuesto a ello. Ella era la razón por la que aún estaban en ese país. La razón por la que habían estado viviendo en Lexar Tower. No había dicho nada ni hecho nada, aun sabiendo que Valeria era una persona inestable. Y lo peor de todo, era *ella*, su madre, la que había estado de pie en ese cuarto, incapaz de moverse o hablar, paralizada por esa única palabra que infectaba el aire a su alrededor.

Lucho había quedado perplejo.

—No te lo dijo. ¿Por qué habría de hacerlo? Solo te dio su versión de lo ocurrido.

—No dijo nada de la policía —admitió él.

—Bueno, la llamó. Y quería que nos deportaran. Te hubieras enterado de eso si me hubieses llamado primero a mí y no a ella.

—Llamé a su casa porque pensé que estaban aún allí —dijo él—. No pensé que ibas a subir a los niños a un metro con destino a Brooklyn en plena noche, con esta tormenta.

—¿Y qué esperabas que hiciera? —dijo ella—. No me podía quedar allí después de lo que hizo. Estaba decidida a lograr que me esposaran, Lucho. Y ahora nuestros hijos tendrán que vivir con eso en su recuerdo. Tendrías que haber visto cómo temblaba Pedrito, muerto de miedo. Y Victoria está ahora aterrada de que vayan a separarnos. —Su voz desfalleció. Esperaba alguna reacción de parte de él, pero todo cuanto vio en su rostro fue confusión. Ella intentó mantenerse en calma, pero su mano golpeó otra vez el sofá con la fuerza de un látigo—. Maldita sea, Lucho,

¿no lo entiendes? Quería que nos deportaran. A tu familia. ¡A tus hijos!

Ya no pudo retenerlo. Ni su amiga ni su esposo le habían dado permiso para llorar, pero lo hizo de todas formas, estremeciéndose con cada sollozo ahogado que le sobrevino. Necesitaba aceptar la realidad de lo que podía haber ocurrido esa noche. Necesitaba liberar su propia culpa.

Él se cambió de la silla al sofá y se sentó a su lado. No la consoló, pero su cercanía fue suficiente para ella. Cuando al fin se hubo calmado, Lucho musitó:

—No me dijo nada de eso. Lo siento. Siento no haber estado allí. No lo hubiera hecho si yo hubiese estado allí.

Ella se limpió el rostro con la manga.

—No lo creo.

—Yo los hubiera protegido, Ana —dijo él.

—No —dijo ella, negando con la cabeza, con las lágrimas resbalando por su cara—. No podrías haberlo hecho y eso es lo que me asusta. Tuvimos suerte. Tuvimos suerte de que llamara a la policía y no a inmigración. Si los hubiera llamado a ellos, no podríamos haber hecho nada.

Él se frotó los ojos y luego las sienes con los dedos.

—¿Y por qué haría eso?

—Porque *puede*.

Él se revolvió en el sofá. Entonces, como si no hubiera terminado de comprender la magnitud de lo que Valeria había hecho, dijo:

—Pero no has respondido a mi pregunta.

A ella se le volvió a contraer el estómago.

—Dime. ¿Estás embarazada?

Ana dejó escapar un largo y fatigado suspiro.

—No me vino la regla —admitió—. Para eso eran esas pastillas. Seguro te contó lo de las pastillas.

—¿Qué quieres decir con "no me vino"? ¿Desde cuándo?

Ella miró al techo como buscando la respuesta o alguna especie de alivio en los cielos.

—No me llegó el mes pasado —dijo— y tampoco este. Eso hace dos en total.

Él se hundió en el sofá, aturdido.

—No puedo creerlo. Pensé que te estabas cuidando —murmuró.

—Y lo estaba.

—Eso fue lo que acordamos, Ana —dijo él—. Es lo único de lo que debes preocuparte...

—¿Qué quieres decir con "lo único"? —exigió saber ella.

—¿Y me estás diciendo que no puedes hacerlo?

Hubo otro ruido en la habitación vecina. Él alzó las manos al cielo.

—No podemos quedarnos aquí, mañana llamaré a Sully. Veré cuán rápido podemos mudarnos. Quizá podamos al menos dejar algunas de nuestras cosas en el apartamento.

Ella se había quedado pensando en lo que había dicho él hacía unos segundos. La culpaba por haber quedado embarazada, y eso era algo no del todo inesperado: a pesar de su talante progresista, el sexo era un dominio que ella, siendo mujer, debía afrontar. Pero fue su afirmación de que eso era lo acordado entre ambos lo que la molestó de veras. Ella sabía que tener otro hijo estaba fuera de sus posibilidades, pero había una amargura en su tono que le recordó a la reacción que tuvo cuando ella le dijo que estaba embarazada la primera vez.

Él seguía mascullando algo acerca de empacar lo que fuera

que había quedado en casa Valeria, de llevar los muebles al nuevo apartamento, de quién cuidaría a los niños cuando fueran a retirarlo todo. Hasta que ella lo interrumpió.

—Lucho —dijo, aún descolocada—. Lucho —repitió—. ¿Verdaderamente crees eso? ¿Que de lo único que debo preocuparme es de no tener más hijos?

Él entrelazó las manos y apoyó los codos en las rodillas, evitando aún mirarla.

—Ya sé que no es así —dijo—. Pero después de todo lo que hemos pasado… —Dejó que su voz se perdiera—. No sé lo que habrás hecho o no para intentar remediarlo. ¿Y sabes qué? No quiero saberlo. —Cerró los ojos, con las manos en actitud de oración bajo la barbilla—. Tú solo arréglalo —añadió—. Asegúrate de arreglarlo.

Ella parpadeó para evitar que las lágrimas brotaran de sus ojos.

—¿Quieres decir que haga lo que no hice con Victoria?

Él no respondió. Ella hizo a un lado el pensamiento, casi tan rápidamente como esas palabras salieron de su boca. Ninguno de los dos dijo nada por un rato, centrando su atención en don Mario en la televisión, o en el roce de las sábanas en la habitación vecina. Por fin llegó el té, tibio y bien cargado, y las hermanas se retiraron a sus respectivos dormitorios, incapaces de seguir en pie, y tampoco deseosas de ello. No fue hasta que Ernesto volvió a casa, aún vestido con su uniforme azul de conserje, y quedó sorprendido ante la visión de los dos en el sofá, que se dieron cuenta de que era ya pasada la medianoche.

—¿Y ustedes dos qué hacen aquí? —preguntó mientras Lucho le explicaba que había habido una dificultad con Valeria y que, si no era demasiado problema, le agradecería si su familia podía quedarse allí unas pocas noches.

—Claro, claro, compadrito —dijo Ernesto con la perplejidad aún pintada en el rostro.

Pero no faltaban tiempo para entrar en detalles. Aún faltaban varias horas para que amaneciera, así que Lucho se subió el cierre del abrigo, se alzó la capucha y se fue, sin hacer ruido, a terminar su turno.

■ ■ ■

A LA MAÑANA SIGUIENTE, ANA REGRESÓ A QUEENS. LA NIEVE ACUMU-lada durante la noche se había vuelto una mazamorra gris y oscura en todas las esquinas. Los trenes corrían más lento que lo habitual, aunque ella fuera en dirección opuesta a la que iba el resto del mundo. No pudo recordar cuándo había sido su último viaje en la línea 7 hacia Queens a la hora pico de la mañana. Siempre lo hacía en dirección a Manhattan, sabiendo que la silueta de la ciudad aparecía justo antes de trasbordar al tren que la llevaba a Brooklyn. No le agradaba especialmente Manhattan; había algo casi amenazante en la sucesión de edificios sombríos, erguidos como estacas de metal a orillas del río. Pero la ciudad dormía aún como un niño bajo el velo matinal, y había algo ominoso en el aire mientras el vagón se alejaba más y más de la urbe, algo que la hizo desear estar yendo *hacia* la ciudad, no alejándose de ella. Los edificios más bajos y macizos de Queens se desperezaban con renuencia bajo la luz tenue del sol aún vacilante. Los depósitos cubiertos de nieve y las lápidas en los cementerios emergían como ampollas bajo el nuevo día. Ella no dejaba de presionar el bolsillo interior de su abrigo, marcando las curvas del brazalete que estaba en su interior. *Un poquito más*, se decía insistentemente a medida que el metro serpenteaba hacia el este.

En cada parada del tren subterráneo, los rostros que abordaban el vagón se volvían más y más familiares. Rostros de piel oscura y soñolientos como el de ella, ataviados con las mismas ropas que usaba ella y que había visto en las vitrinas a lo largo de Steinway Street. Algunos dormitaban o cerraban los ojos al dejarse caer en los asientos, mientras otros aferraban el diario de la mañana, un café o la manito de algún niño pequeño mientras sostenían una carriola con la otra. Contrastaban claramente con los viajantes a los que ella misma se había habituado en su viaje matinal, que iban subiendo al tren de a poco. Gente joven y bien acicalada, no muy acariciada por la mano del sol, de traje o dándose los últimos toques de maquillaje, con sus mochilas y audífonos, que iban llenando los trenes que viajaban hacia el oeste mientras más se alejaban de donde vivía Valeria.

El vagón estaba impecablemente limpio. En el aire había un dejo de olor a limón proveniente de cualquiera que fuese el líquido utilizado más temprano para fregar el piso jaspeado de negro. A lo largo había un anuncio claramente visible de una escuela técnica. No había volantes de videntes adheridos a los rebordes metálicos, de manera que el individuo incluido en la imagen, con sombrero de graduado universitario y rodeado de su joven grupo familiar, le sonrió largo rato con su dentadura resplandeciente. Ella iba en el último vagón, el número 4257. Al verlo, extrajo su libreta de direcciones y lo anotó. Jugaría más tarde al *Acierte 4* con esos números.

Escuchaba atentamente cada vez que el conductor hacía un anuncio por el megáfono, temerosa de pasarse de estación. Temerosa incluso de la parada en sí. La voz del conductor, a ratos luminosa, otras veces áspera, evitó que se sumergiera en las dudas. No acerca de lo que debía hacer, sobre eso no había vuelta atrás, sino respecto a si ella hubiera hecho la misma elección en primer lugar. Se había convencido a sí misma de que, si tuviera que hacerlo todo de nuevo, lo habría hecho exactamente igual. Le hubiera pedido a Betty las pastillas, hubiese provocado el sangrado. Se recordó a sí misma el propósito de todo, que era lograr, para ella y su familia, un nuevo comienzo. El cambio era parte natural del viaje, pero no iba perder su matrimonio o a sus hijos al fragor de todo ello. Todo lo que había hecho hasta entonces para mantenerlos unidos había sido con ellos en mente. Los tiempos difíciles pasarían, al igual que su falta de hogar, tal como el desempleo de Lucho había pasado. Los días por venir, por difíciles que pudieran parecer, también pasarían. Esa mañana, a medida que el negro de la noche iba cambiando a un tono ámbar, ese se convirtió en su mantra. *Pasará, pasará.*

Sin embargo, en esos momentos en que ni los rascacielos ni las lápidas, tampoco los rostros, conseguían distraerla de sus pensamientos, había en su interior una duda. Sus elecciones podían haber sido distintas de haber sabido ella que a Lucho no le importaba cómo lo arreglara, tal y como le había dicho, siempre que lo arreglara. ¿Se aplicaba eso a todo?, se preguntó ahora. ¿Es que a él no le importaba lo que ella hiciera siempre que lo arreglara? ¿Mientras él no viera o no supiera cómo lo arreglaba?

Un sabor amargo, a la vez conocido y nuevo, persistía en su paladar. Se concentró en la voz del conductor indicando a los pasajeros adormilados que estuvieran atentos al cierre de las puertas, para ayudarse a no pensar en que, tal vez, podría haber hecho las cosas de manera muy distinta. Se enfocó no en donde estaba en ese momento, sino en donde necesitaba estar.

Al final no necesitó de la voz del conductor para enterarse de cuál era su estación. La imagen del diamante en el toldo era inconfundible, y apareció incluso antes de que el tren entrara en la estación. Cuando llegó al negocio, el propietario estaba subiendo las cortinas de metal. Uno de los escaparates estaba ocupado por guitarras, tambores y otros instrumentos musicales; en la otra había collares y anillos exhibidos en tablillas de terciopelo rojo. Los brazaletes se guardaban en el interior, al extremo de un mostrador alargado y de vidrio.

Ella buscó dentro del bolsillo de su abrigo y extrajo el brazalete dorado de Valeria. A diferencia de la última vez que había estado allí, no regateó con el propietario. Él le ofreció una suma que cubría con creces lo que necesitaba pagar en la clínica. Ella guardó el dinero en el bolsillo del abrigo y caminó unas pocas cuadras hacia el este. El aroma de los buñuelos recién horneados llenaba el aire matinal. En el camino advirtió que tenía frío y se subió la capucha. Esa ciudad estaba siempre tan fría.

Se preguntó si eso sería todo. Si, una vez terminado el asunto, se sentiría aliviada. Si después de eso podría verdaderamente recomenzar. Si algunas heridas comenzarían a sanar, o hasta desaparecer, en vez de seguir marcándola. ¿O solo sería esa una cicatriz más? ¿Sería castigada por eso? Pidió a Dios que la perdonara, aunque en ese punto de su existencia pedir perdón era casi una compulsión. Lo que estaba haciendo no era malo, se dijo. No podía serlo. No tenía otra opción que creer que estaba bien.

Pasará, pasará, se repetía, hasta que llegó finalmente al local del toldo azulado. Aspiró una bocanada suave de aire matinal y se quitó la capucha al subir por las escaleras hasta la segunda planta.

18

PERMANECIÓ EN LA CLÍNICA VARIAS HORAS, LLENÓ EL PAPELEO, PAGÓ
por adelantado y luego esperó en una habitación llena de mujeres, algunas solas, otras con amigas, las menos con su pareja. Una
vez en la sala de examinación, le preguntaron si estaba segura de
su decisión. Llegado el momento de corroborar el embarazo, le
cubrieron la barriga con gel y el detector se desplazó a lo largo
y ancho de ella. Para su alivio, no le permitieron escuchar ni
ver nada. Necesitaba que alguien la recogiera, así que llamó a
Betty, le dio la dirección y le preguntó si podía ir a encontrarse
con ella. En un par de horas estaría lista. Esperó otro poco hasta
que le llegó el turno de sumergirse en la nada tras la inyección
de anestesia. Despertó mareada y con algún dolor, sentada en
una silla de ruedas dentro de una atestada sala de recuperación.
Sorbió un caldo de pollo, se comió un chupetín y le informaron
que, cuando se sintiera mejor, podía irse. Su marido estaba esperándola afuera.

Media hora después, encontró a Lucho sentado en la sala de
espera; él no dijo nada al salir del lugar, solo llamó a un taxi y se
dirigieron a casa de Carla.

Ya allí, la dejó con las hermanas y le indicó que no podía quedarse. No quería llegar con retraso a recoger el vehículo. No había nada que decirles a las hermanas Sandoval. Carla lo entendió todo, aunque su cara había palidecido al ver a Ana. Betty se apresuró a prepararle un té y trajo frazadas para mantener tibia a su amiga. "Ya pasó", fue todo cuanto Betty le dijo. Nunca más volvieron a hablar de ello.

En los días que siguieron, Ana casi no habló con nadie, excepto los niños. La tensión palpable entre ella y Lucho incomodó a sus renuentes anfitriones. Carla anduvo de aquí para allá inquieta, incapaz de mirar a Ana a los ojos durante días. Mantuvo entretenidos a Victoria y a Pedro cada vez que convocaban a voces a su madre, distrayéndolos con cualquier labor en que necesitara ayuda en la cocina, o algún programa de televisión. El día posterior al procedimiento, Ana estaba en condiciones para ofrecer su ayuda con la cena y asear la casa después de que los chicos se fueron a la cama, pero Carla no le permitió mover un dedo entonces ni nunca. Siéntate, tiéndete, tómalo con calma, era todo lo que le decía en aquellos días, incluso después de que Ana hubo retornado al trabajo.

Lo peor para ella fue que Ernesto se enterara del asunto. A Carla le resultó imposible ocultárselo y él, a su modo, evidenció su preocupación. "¿Todo bien?", preguntaba asintiendo, como esperando siempre que ella dijera que sí, que estaba todo bien. A esa pregunta seguía otra: "¿Cuándo vuelve Lucho? Pronto, ¿no?". Él siempre parecía querer hablar con Lucho, quien, en esos días, hablaba poco con ella, salvo para preguntarle si necesitaba algo, a lo que ella respondía siempre que no.

Después de un día entero dedicado mayormente a reposar en el sofá de los Lazarte, su vida continuó como si esa ida a la clínica nunca hubiera ocurrido. Tampoco había mucho tiempo para obsesionarse con eso. De nuevo había esa urgencia conocida de abandonar un lugar —esta vez el apartamento de los Lazarte— y comenzar de nuevo en otro lado.

El día en que se mudaron al apartamento nuevo, más de una semana después del procedimiento, quedaba verdaderamente poco que llevar a él. Lucho había retirado las valijas y las cajas a medio llenar de Lexar Tower. En una de las pocas ocasiones que le habló a Ana, le indicó que retiraría la cómoda y las camas el día de la mudanza, y que Rubén lo ayudaría.

Mientras Betty cuidaba de los niños en casa de Carla, Ana pasó esa primera mañana en su nuevo hogar haciendo limpieza. Lo barrió todo tres veces con una escoba nueva, y roció el piso y las paredes con agua de Florida. Blanqueó con cloro los azulejos del baño, y fregó las tercas manchas de color marrón que las botas de Sully habían dejado en el piso. Abrió todas las ventanas y recorrió el apartamento con una varilla encendida de incienso, pidiendo a la Virgen que bendijera y protegiera el lugar, y apremiando a los espíritus que rondaban por allí a que lo abandonaran.

Cuando hubo concluido, se desplomó en el piso de la sala vacía con la espalda apoyada contra una de las irregulares paredes. Tenía la vara de incienso aún en la mano y el humo subía hasta el alto techo. Le dolían los brazos y le temblaban las piernas, y tenía la nuca cubierta de sudor.

La limpieza, el incienso y la Virgen… habían sido un intento a medias de librarse ella misma del pasado, de protegerse ante aquello contra lo que en realidad no había protección. En los días posteriores a lo de la clínica se había movido casi mecánicamente. Tenía que seguir moviéndose para poder funcionar cada día y no derivar a los "qué hubiera pasado si" y la incertidumbre. Simplemente, no había espacio para eso.

Fue entonces, bajo la luz tenue de esa sala vacía y de paredes irregulares, que se encontró a solas y en silencio por primera vez en mucho tiempo. Y no estaba preparada para ello. La habitación parecía contraerse, oprimiendo su cuerpo hasta un punto en que ya no toleraba la presión. Entonces lloró, exhausta. Si en ese preciso momento Lucho le hubiera propuesto una vez más volver a Perú o enviar a los niños de vuelta, ella hubiera dicho que sí. Por primera vez se preguntó si Valeria no habría estado todo el tiempo en lo correcto. Quizá no estaban hechos, ellos dos, para eso.

Se preguntó si Lucho le habría dicho algo a su prima, si le habría exigido alguna explicación por lo que hizo, si la habría maldecido de la forma en que ella desearía haberlo hecho en ese momento; de la forma en que aún deseaba hacerlo. Golpeó la nuca contra la pared por el solo hecho de estar pensando en ella.

Se secó las mejillas húmedas con el borde de la camiseta. No quería la lástima de nadie, mucho menos la propia. Sin arrepentimientos, se recordó a sí misma. Había un fin en todo ello, una razón para todo. Sus hijos estaban allí; ella estaba aún allí. No iba a doblegarse ante ese lugar o cualquier otro, ni ante su propio cuerpo. Mucho menos ante quien se apellidase Falcón. Se permitió terminar de llorar y luego se levantó, arrojó la vara de incienso al fregadero, y comenzó a desempacarlo todo.

El viento comenzó a soplar en el exterior cuando se sentó en el dormitorio vacío a doblar y clasificar las chompas de Victoria y los vaqueros de Pedro. Penetraba por las rendijas de las ventanas y todo el edificio parecía rugir suavemente. Extendió su mano hacia la ventana, sintiendo el aire frío besar su palma y rodear sus pies. Al parecer, el invierno había resuelto después de todo hacerse presente; tendría que cubrir las ventanas.

Entonces oyó a Lucho y a Rubén subir las escaleras. Desde el rellano, Lucho le gritó que abriera la puerta y, aunque ella dudó hasta de levantarse, no había forma de eludir a ninguno de los dos.

Era la primera vez que veía a Rubén desde la noche de la pelea con Valeria. Cuando él apoyó el colchón contra la pared, ella advirtió que su cabello estaba recién cortado. En sus mostachos había algunas hebras grises; se veía que no se lo había teñido. Su rostro parecía más delgado y tenía ahora una expresión casi de niño que no le sentaba del todo. Enseguida trajeron la base de la cama y el marco del colchón. El dúo hizo varios viajes con la camioneta hasta Queens esa mañana para recoger el televisor, las literas desarmadas, unas pocas sillas plegables y, finalmente, la cómoda. Al final del viaje inicial Lucho le pidió algo de beber, después de lo cual ella les dejó dos vasitos de plástico llenos de agua de la llave sobre la mesa cada vez que llegaban de recoger algo, para evitar tener que servírselas en persona. Después del último viaje, Lucho se bebió el suyo de un trago e instó a Rubén a sentarse y descansar mientras él bajaba corriendo a la camioneta para recoger una última caja. Así de simple, después de todas las advertencias y toda la charla acerca de lo inapropiado del asunto, la dejó a solas con Rubén.

—Es agradable esto —dijo este apoyándose contra un muro y echando un vistazo a la cocina. Luego asomó la cabeza a la sala. Su voz parecía menos profunda que antes, incluso con el eco del lugar a su favor—. Es mayor que el último que tuvieron.

Ella cogió el vaso de Lucho y lo lavó bajo la nueva llave de agua. No le importó si estaban o no solos. Ella, al menos, no tenía intenciones de decirle nada.

—¿Me puedo sentar? —preguntó él.

Ella no contestó, pero como siempre hacía, él se sentó de todas formas en una de las sillas plegables que acababan de subir por las escaleras. Ella mantuvo el agua corriendo mientras pasó un paño por la encimera, esforzándose por mantenerse callada mientras esperaban a Lucho. Pero Rubén tenía algo que decirle.

—Lo siento, Ana —le dijo al fin, casi en un grito—. Lamento lo que hizo Valeria. —Frotó ambas manos contra los muslos—. Puede resultar muy difícil de manejar cuando bebe. Irracional a veces. Nunca debí haberte dejado a ti y los niños con ella. No en la condición en que estaba. —Su voz estaba teñida de un tono de súplica casi infantil—. Nunca me imaginé que haría lo que hizo. Nunca. Ni a ti. Ni a nadie. Tienes que creérmelo. De haberlo sabido, jamás la hubiera dejado sola.

Ella sintió una oleada inesperada de ira y se volvió a mirarlo fijamente. Tenía de nuevo esa expresión, la que ella había captado en fugaces destellos cuando charlaban, y sintió un inmediato rechazo ante ese aire melancólico. No tenía derecho a eso.

—Vamos, Rubén —dijo—. Tú dejaste a Valeria hace mucho tiempo. La has ignorado durante años, es la razón por la que es como es. No puedes venir ahora a sentarte aquí con esa expresión tonta e intentar disculparte por eso.

Valeria podría haber llamado a la policía, pero Rubén tenía al menos parte de culpa por lo que ella había hecho. Él había dejado a su esposa navegar a solas su nueva maternidad. Si se hubiese ocupado de ella entonces… si le hubiera prestado más atención a ella que a ese estúpido impulso que lo había llevado a cometer una infidelidad, entonces quizá Valeria no hubiese dudado de él o de su matrimonio. Quizá, si le hubiera sido fiel, o al menos hubiese dejado de ver a la otra mujer o le hubiese demostrado a Valeria una pizca de afecto, algún respeto, quizás ella no habría percibido a Ana como una amenaza. Si él se hubiera hecho cargo del taller, quizás eso le hubiera restituido la confianza en su esposo. Quizás hubiera bastado con eso. Quizás, de haber sido así, Valeria jamás hubiese llamado a la policía.

Ana alzó una mano como para impedirse ella misma sentir alguna compasión por la mujer.

—¿Sabes qué? No me importa. No soy yo la que se casó con ella, ni vivo ya con ella. Es tu problema, no el mío. Solo agradezco a Dios haber sacado a mis niños de allí.

Él mantuvo la vista clavada en el piso. No había nada más que pudiera decir, nada más que ella quisiera escuchar. Ninguna disculpa que ofreciera de parte de él o de su esposa podría modificar lo ocurrido esa noche. Ana no concebía la posibilidad de perdonar alguna vez a Valeria. Para ella, estaba muerta. Todo el afecto, la amistad y el cariño fraterno que pudiera haber sentido por él, también habían muerto esa noche.

Volvió a la sala y se dedicó a preparar las cosas para el dormitorio, ahora que habían llegado los muebles.

—Me dejó —lo oyó decir entonces. Su voz era de nuevo tenue, y sus ojos estaban fijos en el vaso vacío que insistía en dar vueltas entre sus dedos—. En realidad no se fue ella —aclaró——, me fui yo. Ella me lo pidió.

Ana entendió, de pronto, la expresión de remordimiento en su rostro. No era por el mal que su esposa le había hecho a ella, sino por los males que él le había ocasionado a su cónyuge, y las consecuencias de ello.

—Estoy alquilando una habitación por ahora —siguió él—. Hasta que reordenemos todo. Ella no estaba allí ahora, cuando recogimos los muebles. Lucho tuvo que convencerla de que me dejara entrar al lugar.

Rubén dejó de dar vueltas al vasito y la miró.

—Tú dijiste que ella no me dejaría.

—Y no te dejó —respondió Ana—. Como digo, tú la dejaste a ella hace mucho tiempo.

—Supongo que tienes razón —dijo él—. Y ya ni siquiera sé si quiero volver atrás. Alguna vez la amé. Era hermosa e inteligente. Más inteligente de lo que nunca lo seré yo. Y aún lo es. Es solo que no sé si podríamos volver a como eran las cosas antes. No después de todo lo que ha sucedido.

Ana no se había imaginado que Valeria pudiese terminar ella misma con Rubén. Estaba el tema de Michael y el dinero comprometido en el negocio, pero además la cuestión de los votos matrimoniales. Una vez que un Falcón hacía una promesa, la mantenía. A un extraño podía parecerle que eran leales y devotos; pero para alguien que estaba dentro —como Ana y Rubén— no era más que una forma de arrogancia. Una separación, un divorcio, eran vividos como un fracaso. Debía haber algo mal en una persona si era incapaz de lograr que un matrimonio funcionara. Solo por eso, Ana pensó que Valeria se quedaría, sin importar lo mucho que Rubén la traicionara.

—Sí, tú eres distinto —dijo ella—. Ahora tienes a Michael. Ella tiene esta familia de la que se siente orgullosa. Si hay algo que nunca cambia, es el orgullo de los Falcón.

Él alejó la mirada.

—Ella no va a permanecer conmigo solo por Michael. Y tampoco sé si quiero eso. Yo la empujé a esto, Ana, lo admito, yo la llevé demasiado lejos. —En ese punto, alzó la cabeza—. ¿Sabías que ha estado preguntando por ti? Y por Vicki y Pedro. Que adónde se fueron, que cuándo van a volver.

—Tu hijo resultó ser mi ángel guardián esa noche —dijo ella, y sonrió débilmente—. Pero creo que, por ahora, será bueno para todos mantener la distancia.

Las implicancias de la frase no pasaron inadvertidas para él. Se levantó justo cuando Lucho subía las escaleras. Declinó la invitación de este para quedarse a almorzar, y en mitad de la charla de ambos Ana desapareció en el dormitorio, sin ganas de seguir actuando civilmente más de lo necesario. Cuando Lucho gritó que Rubén se iba, simplemente lo ignoró. ¿Esperaba acaso que ella corriera a la sala y se despidiera? Bien por él si se iba, y bien por su mujer si finalmente se había hartado de él. Se lo merecía por abrir la boca y haberle dicho a Valeria quién sabe qué cosas de ella. Y bien que se hubiera acabado finalmente el matrimonio de Valeria. Se había acabado hacía mucho, en realidad, pero ni ella ni Rubén querían admitirlo. *Qué pena*, pensó. Ahora todo cuanto quedaba de lo que alguna vez habían tenido era ese negocio desfalleciente, y Michael.

■ ■ ■

MOMENTOS DESPUÉS DE IRSE RUBÉN, LUCHO ENTRÓ AL DORMITORIO.

—Necesitamos plásticos —dijo ella como al pasar, al momento en que depositaba un montón de ropa sobre la cama. Y señaló las ventanas—. Mira esas de ahí. Están desparejas y el frío sigue entrando.

—¿Qué le dijiste a Rubén? —preguntó él.

Ella alzó la cabeza.

—Que es mejor que nuestras familias se eviten por ahora —replicó—. Y que él mismo lleva años ignorando a su mujer alcohólica.

Él lanzó una especie de gruñido.

—Te encanta siempre hacerles ver a otros sus problemas, ¿no? Podrías haber aceptado simplemente sus disculpas.

—¿Y por qué habría de hacerlo?

—Porque él lamenta lo sucedido, Ana. Y ahora Valeria lo ha echado de la casa.

—Tú quieres que me muestre compasiva con él, ¿no es eso? ¿Quieres que lo lamente por el mujeriego? Nada de esto hubiera ocurrido si él se hubiera dejado puestos los pantalones. O si se hubiera molestado en brindarles a ella y al taller un mínimo de atención. Casi podría sentir pena por ella si no fuera la basura que es.

Él entrecerró los párpados.

—¿Crees honestamente que seas mucho mejor, Ana?

Ella arrojó el chompa que había en su mano al piso.

—¿Qué insinúas? —exigió—. ¿Qué soy una basura, Lucho? ¿Me estás comparando con ella?

—Solo que no eres perfecta. Y no estoy diciendo que lo que hizo Valeria estuviera bien. No lo estuvo. Pero no tienes derecho a refregarle a ella o a Rubén sus errores cuando tú misma no era capaz de reconocer los tuyos.

—No hagas esto —dijo ella, poniéndose de pie—. No empieces a enumerar mis defectos cuando tú no eres capaz siquiera de ver los tuyos.

Un mes antes, ella no se hubiera atrevido a desafiarlo.

Hubiera atendido a esa enumeración de sus defectos y aceptado las disculpas de Rubén, insistido en que se quedara a almorzar, preparado el almuerzo, incluso respondido al llamado de Lucho para que se despidiera como una niña obediente que precisaba que le dieran una lección de buenos modales. Y hubiese rezado más intensamente a la Virgen para que las cosas funcionaran. Hubiese obligado a los fantasmas a abandonar su nuevo hogar, a abandonarla a ella, en vez de solo indicarles amigablemente que debían irse. A ese grado había temido perderlo.

Se dio cuenta ahora de que ya no era así, a pesar de lo cual sintió en lo más hondo de sí misma un aguijonazo cuando escuchó lo que él le dijo.

—Me mentiste. Mientes siempre. ¿Sabes con exactitud lo que es verdad y lo que no, a estas alturas?

—Tuve un atraso en la regla —dijo ella—. Y no es tampoco que tuvieras muchas ganas de enterarte, ¿o sí? Nunca quieres saber mucho de nada. Tú solo esperas que yo resuelva las cosas. Bueno, así lo hice. Me encargué de ello.

—Sí, claro —murmuró él—, te encargas de las cosas en formas que prefiero ni saber, me parece.

Sus palabras quedaron flotando en la habitación más tiempo del que ella creyó posible. Las paredes se rendían ante el viento glacial del exterior que insistía en filtrarse por las ranuras. Ana sintió que una ola de calor le invadía el rostro.

—Por supuesto que prefieres no saberlas —dijo. Su pulso se aceleró, urgiéndola a decir lo que hacía tanto tiempo quería decir—. Prefieres no ver nada, ¿no es así? La renta, las cuentas, lo que gastamos en comida, cuándo los niños necesitan ropa nueva. Es tanto más fácil que alguien más se haga cargo de todo por ti. —Se pasó la manga por las cejas—. Soy *yo* la que ha debido tomar esas decisiones, Lucho. Soy *yo* la que ha debido hacer esos sacrificios.

Él dio un golpe contra la puerta y el cuerpo de ella se estremeció.

—¡No te hagas la víctima, Ana! Yo también he hecho sacrificios. He tenido que limpiar la mierda de los baños y la sangre de los cerdos de mi boca solo porque *tú* estás empecinada en seguir aquí. Si estuviera en Perú, ¿crees que estaría haciendo algo de esto? ¿Trasladando a delincuentes, intentando conversar con gente que apenas tiene educación? Sabes que ni siquiera estaría aquí si… —Se detuvo en mitad de la frase y comenzó a pasearse de un lado a otro, exhalando, con una mano sobre la nuca.

—¡Dilo! —gritó ella. Sabía lo que iba a decir él. Nunca lo había amenazado con poner en evidencia su arrepentimiento, no para evitarle que enfrentara sus sentimientos, sino para ahorrarse, ella, tener que ver lo muy honda que ahora era la grieta en su matrimonio—. Dilo, Lucho. Ya sé que lo has estado pensando. Lo has estado pensando todos estos años, ¿por qué no lo dices y ya? Si no hubiera tenido a Victoria, eso es lo que quisiste decir, ¿no es cierto?, si solo me hubiera hecho un aborto entonces.

La palabra sonaba aún a blasfemia. Ella misma no podía decirla sin atragantarse. Nunca se había arrepentido de haber tenido a Victoria. Su nacimiento le había concedido la oportunidad de crecer y engendrar una familia, algo que Ana había creído era solo posible para los demás, una familia que disfrutaba cuando su padre estaba en casa. Sería buena madre. Jamás les gritaría o golpearía, o responsabilizaría a sus hijos de las circunstancias de su vida. Pero debía renunciar a ciertas cosas, a su cuerpo, al restaurante aquel. Tenía que hacer las paces con el recuerdo de su madre y lo que ella había debido hacer para mantenerla a salvo. Sus hijos tenían al menos eso. Estaban a salvo, la tenían a ella. Tenían a su padre. Ella había debido renunciar al suyo hacía años, pero no quería renunciar al de ellos.

Solo que, poco después de haber tenido a Pedro, comenzó a lamentarse en su fuero interno por la mujer que había debido sepultar bajo la maternidad. Cada cumpleaños y cada día festivo, y muy pronto cada noche, traían consigo el impulso creativo de preparar la cena, una cena como para servirla a sus padres fallecidos, y eso le provocaba un dolor imprevisto por lo que podía haber sido. El sueño de tener un restaurante —eso que una vez fue un sueño tonto— no le parecía ya tan tonto. No después de haber estado en el Regina's; no en Nueva York. Ya no sabía si ese dolor que sentía era a causa de ese sueño elusivo o porque simplemente añoraba al padre que nunca volvió de la montaña y a la madre que sabía con certeza ida. Esos espectros jamás parecían abandonarla.

Había creído enterrar la incertidumbre, pero cuando esa vez no sangró como siempre los "y qué hubiera pasado si" se alzaron desde el fondo del abismo en su interior. ¿Qué hubiera pasado si cuando Victoria estaba en el útero ella hubiera hecho otra elección? ¿Qué hubiera pasado de haber escogido algo distinto en el caso de Pedro? ¿Habría dejado de sentir ese dolor por el sueño inconcluso? ¿Insistiría como ahora en su interior el espectro de la persona que pudo ser? ¿Lograría silenciar esa voz que insistía en que el sacrificio era parte del viaje?

Esperó a que él dijera algo. Una admisión, la confesión de que, en efecto, había querido que ella hiciera esa elección entonces y habría querido que la hiciera ahora. Que no solo a ella le dolía lo que se había perdido, lo que podría haber sido o aún podía ser. Que él aligerara de algún modo la carga que ella había sobrellevado sola hasta allí.

Y cuando no dijo nada, insistió en presionarlo:

—Tú me culpas de todo, pero yo nunca te pedí que te casaras conmigo.

Él descansó la cabeza en el marco de la puerta.

—Ambos sabemos que las cosas hubieran sido distintas. Si tú no hubieras tenido a Victoria… —Su voz se quebró y no pudo terminar la frase—. Pero ella y Pedro son la razón por la que sigo adelante.

Ella se tragó el bulto que había en su garganta.

—Hubiéramos estado igual bien sin ti.

—Ya lo creo —dijo él—. Siempre te las has arreglado para abrirte paso en la vida. Nunca has necesitado que nadie te rescate. Y yo siempre he admirado eso en ti. No me necesitas a mí ni a nadie.

—Pero tú sí —dijo ella—. Tú necesitas alguien que te salve, y yo lo hice. Te salvé de la carga de otro hijo.

Él cerró con fuerza los ojos.

—Me salvaste de la carga de otro hijo —repitió—. Ni siquiera sé si ese hijo era mío.

Ella le clavó la mirada.

—Era tuyo, Lucho.

—Eso no lo sé —dijo él—. Yo quería que las cosas funcionaran, Ana. En Lima todo se estaba cayendo a pedazos. Pensé que solo era cuestión de tiempo, hasta que nos ocurriera algo a ti o a mí. Pensé que aquí tendríamos una segunda oportunidad, verdaderamente. Pero tienes razón, tú nunca me has necesitado. Y podrías haberlo hecho, haber confiado en mí, Ana. Pero nunca lo has hecho. —Se volvió del otro lado, su rostro súbitamente enrojecido. Cuando habló de nuevo, su voz había vuelto a afirmarse—. Si tú hubieses sido honesta conmigo, entonces quizá. Pero lo ocultaste, el embarazo, el aborto. Y mentiste. Mentiste sobre cómo conseguiste el dinero.

El corazón de ella dio un vuelco en su interior. Él se volvió ahora a mirarla y sus ojos evidenciaron la expresión inequívoca de la decepción.

—¿Obtuviste ese dinero de Alberto Bustamante? —preguntó.

Ella no respondió. Volvió la cara, incapaz de mirarlo a los ojos.

—Ernesto dijo que el esposo de la Mama siempre podía ser de ayuda —dijo él— si alguna vez estábamos cortos de dinero. Todo lo que Carla debía hacer era hacerle compañía. —Hizo una negativa con la cabeza en señal de incredulidad—. "Si a ella no le molesta, no debería molestarte a ti", fue lo que él me dijo. Que eso era mejor a que tú tuvieras que hacer la elección que hubiste de hacer.

Ella abrió con desmesura los ojos. *Qué estúpida*, pensó. Tendría que haberlo sabido, que Carla bien podía haber estado acostándose con don Beto. Si había alguien sobre quien recayera la presión de mantener unida a su familia, esa era ella, la madre de tres chicos que acababan de reunirse hacía poco con ella. Y por supuesto que don Beto había estado dispuesto a ayudarla. A Ernesto qué le importaba, mientras nadie lo supiera no tenía importancia.

—Tuve que apelar a todas mis fuerzas para no golpearlo

—continuó Lucho—. Pero lo adiviné. Al momento en que lo dijo, lo supe. La Mama no te iba a dar más dinero desde el momento en que dejaste de pagarle.

—Yo no dejé de pagarle.

—¿Era de él? —preguntó—. ¿Fue él quien pagó por este apartamento? ¿Por el aborto? Dime cuánto pagó. Quiero saber lo poco que te valoras a ti misma.

—¡Cállate, Lucho! Todo lo que hice fue por nosotros y los niños.

—¡Eso es mentira! Lo hiciste por ti, Ana. Porque, si verdaderamente pensaras en mí o los niños, nunca nos hubieras puesto en riesgo.

—¡Eres tú el que nos ha puesto en riesgo! Tú y Valeria hablando constantemente de enviar a los niños lejos. ¿Te crees que iba a dejarte hacerlo? Hice todo lo que pude para mantenernos juntos. Siempre he hecho lo que era mejor para nosotros.
—Hizo una pausa para refrenar el tono de súplica en su voz. No pensaba rogarle por un poco de compasión o comprensión, ni por su matrimonio—. Es todo lo que he hecho y, créeme, no ha sido fácil. Pero tú no lo ves, ¿no? Todo lo que ves es una carga. No somos más que una carga para ti.

Se había convencido a sí misma de que ella era un recordatorio de la vida que no había sido, de la vida a la que él había debido renunciar. Ella solo era un futuro de obligaciones. La hija se había convertido en los hijos, y los hijos habían borrado quien era él, quien había deseado ser. Y era afortunado de que todos lo vieran así. Ante el mundo, él era un hombre paciente y trabajador que había sacrificado un trabajo respetable en su país por una serie de trabajos menores en un lugar que lo había relegado a las sombras. Nadie cuestionaba su dedicación a los niños; todo el mundo reconocía quién era él en esencia.

Nadie, en cambio, la veía a ella. Después de todo, ¿a qué había renunciado ella? A una choza en un camino polvoriento en medio de la selva, donde reinaba el terror. A un trabajito, un oficio intrascendente, como recepcionista en un despacho, lo máximo a lo que podía aspirar. No tenía mucho que perder porque no había tenido nada de partida. Nadie, al parecer, veía el esfuerzo que le suponía hilar sus telas o planear las comidas, o lo mucho de su cuerpo que había dejado en el camino. Nadie veía el amor y la dedicación que lo inspiraba todo, ni siquiera su esposo.

—Yo no te manipulé para que te casaras conmigo —dijo Ana— o te vinieras aquí conmigo. Decidimos estar juntos y ambos sabíamos que lo necesitábamos para recomenzar, o al menos para lograr que esto funcionara. No te estoy pidiendo que entiendas lo que hice. Solo que sepas que lo hice por nosotros.

Él permaneció inmóvil en el marco de la puerta, su cuerpo colgando allí como de un clavo. Aspiró hondo antes de hablar nuevamente.

—Ana, tú solo haces cosas por ti misma. Los demás no importan mucho.

Ella avanzó hacia él en silencio, con pasos cortos, y en un segundo estuvo frente a su cuerpo encorvado. Allí lo miró a los ojos y alzó las manos, enseñándole las callosidades amarillentas con líneas marcadas, la piel flácida en muchos lugares.

—Mira mis manos —le dijo—. Mira mi cara. ¿Te crees que hago esto por mí? ¡Mírame!

Él lo hizo, con la mirada nublada y los ojos muy abiertos.

No lo había visto llorar desde aquella noche en el aeropuerto, la noche en que sus familiares se juntaron para despedirlos. Él había abrazado a su madre y sollozado como si fuera la última vez que la vería. Años después, cuando finalmente volvió al Perú y se sentó junto a ella en su sofá de Jesús María, se dio cuenta de que esa vez en el aeropuerto había sido en efecto la última ocasión en que ella lo vio a él. La demencia borraría a Lucho Falcón de la memoria de su madre.

Y al verlo ahora allí parado, pálido y por primera vez —en todos esos años— al borde de las lágrimas, la golpeó una simple verdad, algo que ella misma se había negado a percibir o aceptar hasta ese momento. Se había equivocado respecto a él. En todos esos años, ella había puesto lo mejor de sí misma en preservar un matrimonio que creía se apoyaba en el compromiso y las obligaciones, en un sentido del deber para con ella y su hija por nacer. Y había buscado probarle a él que no se había equivocado al casarse con ella. Por eso siempre había creído que necesitaba a los niños. Y si ellos no estuvieran allí, ¿cómo iba a probarlo? ¿De qué otro modo evitaría que su matrimonio se quebrara?

Al mirarlo ahora a los ojos, esos ojos sombríos, vio al fin lo que siempre había estado allí. Lo había visto en la primera cena juntos, cuando ella se sentó frente a él en El Centro; cuando Victoria y Pedro le fueron depositados por primera vez en los brazos; cuando él tomó su mano al salir del avión en el aeropuerto John F. Kennedy. Lo había visto cada tarde, al volver junto a él y los niños, esa añoranza, no ya de una vida pasada que echaba en falta, o de la vida que hubiera querido tener, sino de ella. Él quería que ella lo necesitara. ¿Habría estado así de ausente ella durante todo ese tiempo?

Retrocedió un paso, incapaz de tolerar todo lo que eso implicaba. Se replegó hacia el montón de ropa aún en el piso, aturdida al darse cuenta de que, si solo hubiera confiado, si hubiera tenido fe en él, las cosas podrían haber sido muy distintas.

Él desapareció de su visión periférica y, cuando la puerta de calle se cerró a sus espaldas, el cuerpo de ella se deslizó hasta el piso. Después de todos esos años juntos, nunca había llegado a ver eso que había estado todo el tiempo ante sus ojos. No era el sentido del deber lo que lo ataba a ella. No eran los niños. Era amor, algo que ella misma no se había permitido nunca merecer.

Una ráfaga de viento se coló de nuevo por las fisuras de la pared. Pequeñas grietas, estrechas como hilos, que impedían el paso del frío, pero cedían ante el viento. Juntó las manos formando un huevo entre ellas, exhaló, y mantuvo allí su cálido aliento. Necesitaban plástico para recubrir los marcos de las ventanas, y también cortinas gruesas, aunque sabía que nada lograría mantener el frío a raya por completo, sin importar lo mucho que cubriera las rendijas. Le había llevado todo ese tiempo, todos esos años y esa distancia, entender que él podía amarla, y que de hecho lo hacía. Lo único que debía hacer era creerlo.

19

DOS SEMANAS DESPUÉS DE HABERSE MUDADO, UNA MAÑANA MUY TEM-prano, cuando tenía aún los ojos cerrados, Ana oyó la voz delicada y suave de Pedro susurrando las palabras de su canción de cuna preferida. Tendido a su lado, el niño tarareó las partes de la canción que no sabía. *Pío, pío*, decían los pollitos y cantaba él, las palabras flotando como burbujas azuladas en la atmósfera en penumbras hacia los trozos de plástico susurrantes que cubrían las ventanas. Las cintas de plástico que ella había pegado a los bordes la primera noche se agitaban como había ocurrido cada noche desde que se mudaran. Sus tiras y aflojes, roces y zumbidos, habían ido aquietando a Ana, acunándola hasta dormirse en las noches en que aún permanecía en la cama mirando el candelabro del techo, encendido a medias. En el exterior, el cielo era de una tonalidad plateada, y entre el tarareo de su hijo y las cubiertas agitándose en la ventana bien podría haber pensado que era un sueño. Excepto que ella sabía bien cómo eran los sueños, y ese no lo era. Por etérea que sonara la voz de su hijo, por calmo que pareciera el instante, no podía permanecer en él. Debía levantarse; el sol, siempre en busca de ella, había comenzado ya a dispersarse por el cuarto.

Se permitió disfrutar de una última ronda del tarareo de Pedro y entonces, simulando estar aún dormida, fue llenando los huecos de la letra con su aporte. Él soltó una risita.

—Sigue cantando —le susurró Ana, y siguió cantando, pero él se limitó a hundir la cara en el espacio entre las almohadas de ella y de Lucho. Su marido, roncando suavemente, dormía de lado junto a ellos—. ¿Te olvidaste de cómo es la canción? —le dijo a su hijo en broma.

—No —susurró Pedro y sonrió.

—Entonces canta —dijo ella, haciéndole cosquillas con la punta del dedo en la barriga. Él rio de nuevo y, cuando Lucho se agitó en la cama, Ana le indicó que no hiciera ruido. Pedro sostuvo la cara de su mamá entre sus palmas frías y pegajosas y le besó la nariz.

—No me gustan los besos de cucaracha —bromeó ella.

Él siguió besándola, y esta vez se rieron los dos, a un volumen suficiente como para despertar a Victoria, que dormía en la litera de abajo, junto a ellos. Cuando vio una mueca en el rostro de su hija, Ana tomó a Pedro y le dijo:

—Vamos afuera antes de que despertemos a tu padre.

Y así su día comenzó como los anteriores. Desde que se mudaran al nuevo apartamento, retomaron una rutina no muy distinta a la que tenían antes de irse a vivir con Valeria. Al desayuno bebían té puro endulzado con miel, y comían tazones de cereales de colores que dejaban arco iris flotando en la leche. También masticaban panes tan tostados que crujían si Ana distribuía mucha margarina en los bordes.

—¿Tengo que usar los calzoncillos largos? —preguntó Pedro mientras ella se los ponía.

Había dejado listos sus uniformes la noche anterior, apilando las camisas y corbatas azules, los pantalones de Pedro y el jumper de Victoria en el sofá, de manera que pudiesen vestirse en la sala por la mañana. Mientras los niños veían dibujos animados, ella trenzaba el cabello de Victoria, y luego peinaba a Pedro con la raya al costado. Y en sus loncheras metía emparedados de jamón y queso, naranjas y bolsitas de jugo de frutas. Luego envolvía en una bolsa plástica un almuerzo similar para ella. No le decían adiós a Lucho, aún dormido. Salían por la puerta de calle tan silenciosamente como podían, y comenzaban la caminata de diez cuadras hasta la escuela. Luego Ana emprendía una caminata mucho más larga hasta la factoría, por una calle más escarpada, a paso largo bajo un cielo gris, fragmentado ahora en capas de distintas tonalidades.

Sin embargo, las cosas con su esposo no volvieron a ser como antes. Después de andar desarraigados durante meses, finalmente habían encontrado un lugar propio. Ella había creído que eso bastaría para reconstituirse como familia, como marido y mujer, pero desde la primera noche allí le quedó claro que no sería suficiente. Ella no conseguía asumir que se había equivocado. Lo había hecho para evitar que él enviara a los niños de vuelta, se decía. Aunque ahora dudaba de si aquello realmente hubiera sido una amenaza para su familia.

Con todo, ella mantuvo su distancia y él la suya, algo que no resultó muy difícil. Debían realizar pagos en cuotas por el sofá y juego de comedor que habían adquirido, comprar nuevos zapatos negros de cuero para los niños, cuyos pies no paraban de crecer y, por supuesto, estaba el tema del alquiler y la matrícula de la escuela, en los que no podían atrasarse. Y así, los días de Ana pedaleando en la máquina de coser y las noches de él tras el volante se hacían más y más largos, con Betty cuidando de los niños hasta que Ana regresaba luego de trabajar horas extras. Él aún le pasaba el dinero que ganaba, deslizando el efectivo en el cajón de ella para que manejara las finanzas de la forma en que siempre lo había hecho. Ella se sintió al menos agradecida de ver que él ganaba un poco más cada semana, pero eso implicaba que se vieran menos y, cuando sus horarios coincidían, Lucho se aseguraba de que uno de los niños estuviese siempre con ellos, no dejando espacio para ningún diálogo ni invitando a uno. No le pedía nada que no tuviera relación con Victoria o Pedro, o con alguna cuenta por pagar, y solo la saludaba con un "buenos días" o "buenas tardes" seco, sin jamás besarla.

Ana se hacía la indiferente. Nunca le preguntaba cómo le había ido esa noche en el trabajo, ni sobre el artículo en el diario que a él le había parecido tan gracioso o la carta de su madre que él había guardado en su billetera. Lo oía subir las escaleras cuando volvía del trabajo, pero permanecía en la cama, rezando por dormirse. Su hijo pequeño se transformó en una barrera física entre ellos. Lucho solía tenderse junto a Pedro, empujándolo con suavidad hacia su madre para hacerse espacio en la cama. Y ya no apremiaba a su hijo para que durmiera en su cama.

Los domingos, el único día en que ninguno trabajaba, asistían a misa juntos, aunque la estatuilla de la Virgen María y la imagen de San Martín que Ana conservaba estaban guardadas en un cajón con sus medias y la ropa interior. Era algo que debían hacer, sin embargo, pues Victoria haría la primera comunión esa primavera y debía demostrar que había ido a misa los domingos.

Después de la iglesia iban al supermercado, y después a la lavandería, con el silencio instalado entre los dos, basado en la rabia y la tristeza antes de hacerse cotidiano. *Pasará*, se convirtió una vez más en el refrán de Ana, pero a medida que transcurrían los días entendió que esas, y no otras, eran las nuevas circunstancias de su matrimonio. Él nunca entendería lo difícil que había sido para ella tomar las decisiones que había tomado, o los motivos que había tenido para tomarlas. ¿Qué espacio quedaba ahora para el perdón, para la confianza? En ese punto, se preguntó si también el matrimonio terminaría simplemente pasando.

Y así, en los momentos de calma de esos días, cuando sus esperanzas de forjar un futuro como pareja se diluían, su foco de atención cambió. Ya no se concentró en preservar lo que fuera que quedaba en pie del matrimonio, sino en librarse de las deudas que aún tenía con terceros, y abocarse a eso que había sido alguna vez un sueño tonto y que aún alimentaba en su fuero interno.

Se puso al día con los pagos a la Mama. Ya no entraba a su apartamento para hacer los pagos; la esperaba en la puerta de calle, le pasaba los víveres o recetas que hubiera recogido para ella en el camino, y se iba corriendo con la excusa de que necesitaba volver a casa para que Lucho se fuera al trabajo o porque la niñera solo podía quedarse hasta cierta hora. Nunca más vio a don Beto. Con las horas extras en la factoría y algunos trabajitos de limpieza doméstica que conseguía los fines de semana, creía poder pagarle todo antes de que empezara el verano.

Entonces podría recuperar la escritura de la casa de Lucho. La deuda con su marido era la que más deseaba saldar. Cualquiera fuese ahora su vínculo, no podían seguir juntos por el dinero o por un sentido del deber. Si iban a estar juntos, tenía que ser una elección. Ella necesitaba liberarse de cualquier obligación, hacia él o cualquier otro. Se debía eso a ella misma. Se merecía la libertad de escoger; y él también.

Fue en esos días que volvió a llenar su libreta de direcciones, no con listados de víveres ni pesadillas, sino con aquel sueño aparentemente inalcanzable de tener su propio restaurante. En sus noches de insomnio, se sentaba a la mesa nueva hojeando sus páginas gastadas con bordes renegridos. Repasaba su repertorio de imágenes, fechas de inicio de la regla y listados de víveres, y ampliaba estos últimos. Albahaca, espinacas y leche evaporada, los ingredientes que utilizó para preparar el tallarín verde, su primera comida en el nuevo apartamento. Recordó que las hojas de albahaca habían tenido un poco de tierra, y la licuadora había mandado a Pedro corriendo al dormitorio. Ella había untado unas galletitas saladas con las sobras del pesto. Extrajo un bolígrafo del bolsillo de su chompa rojo oscuro, y en el margen del listado anotó: "La mejor albahaca: Mercado coreano en Union".

Después vino su causa rellena. Y anotó cuánto ají amarillo había utilizado, qué tema de Jerry Rivera sonaba en la radio cuando ella machacaba las papas, o si habían quedado sobras suficientes para el almuerzo del día siguiente. Pronto estaba escribiendo la historia de las comidas ingeridas en los meses y años pasados. Anotaba cuanto plato le parecía reconfortante (sopa de cola de buey), lo que había terminado guardado en el refrigerador demasiado tiempo (mondongo) y lo que se permitía ella a solas y en secreto (arroz con leche con pasas). Escribió acerca de la primera comida que había preparado en Lexar Tower (cebiche, porque Valeria le había dicho una vez que era su plato favorito), y la primera comida que hizo para Lucho (escabeche, al que siguieron eufóricos halagos de su parte). No tenía ninguna intención de compartir lo que escribía, y así siguió incluso más atrás en el tiempo, hasta el pollo que su madre le había enseñado a cocinar a fuego abierto en esos años pretéritos. Allí estaban las comidas que un día prepararía en ese restaurante impecable que vislumbraba desde hacía tanto. Cada ingrediente nutritivo, y las canciones, los festejos, el dolor y la pérdida, los elementos que los hacían ser lo que eran. "Olvídate de los santos y la tarjetita de oraciones", pensó. La libreta de direcciones sería a partir de ahora su amuleto, su escudo protector. En sus páginas estaba ella misma.

Pero una ventosa mañana de febrero, después de haber dejado a los niños en la escuela, cuando intentaba pagarle a un vendedor callejero una taza de café, advirtió que no tenía su libreta. Rebuscó en su cartera entre envases vacíos de brillo de labios, recibos y monedas sueltas, pero no estaba allí. Una punzada en el pecho le hizo contener la respiración. No era que sus recetas y reflexiones fueran secretas, pero sus palabras sí tenían un grado de intimidad. La idea de que alguien posara sus ojos en ellas, los dedos de otro pasaran las páginas, aferrando las cubiertas negras de vinilo, era inquietante. Prefirió convencerse de que estaba en casa, y que si Lucho la encontraba, no la leería; era demasiado orgulloso para andar husmeando. Aunque una parte de ella sí quería que él la leyera. Quizás así llegaría a verla.

Cuando llegó a la factoría, Betty, Carla y un grupito de las mujeres del cuarto piso estaban paradas en la puerta. Ana las saludó, pero solo Betty, espantando el frío con un cigarrillo en la mano, respondió a su saludo asintiendo. Las otras permanecieron atentas a las palabras de otra costurera, un chisme demasiado bueno para ignorar. Ana se inmiscuyó entre ellas y la escuchó decir: "Se salió con la suya".

—¿Quién? —preguntó—. ¿Quién se salió con la suya?

—Pero qué chismosa eres, Anita —rio la mujer y el grupo con ella—. Tu amiga Nilda. Ayer me encontré con su vecino después de la iglesia. Ella lo llama cada tanto para saber del niño. Al parecer, pasó un par de semanas en Guayaquil con su madre, pero estaba en Costa Rica hace una semana atrás y ahora... —La mujer hizo un gesto de barrer con su mano— está ya en Texas.

—¿Texas? —dijo Ana, sorprendida.

—Texas —repitió alguien—. Cruzó prácticamente volando la frontera.

Una mezcla de sorpresa y júbilo se abrió paso hasta los labios de Ana.

—No te sientas muy contenta por ella —dijo Carla—. Dudo mucho que su esposo la deje ver alguna vez a ese niño.

—A quién le importa lo que él quiera —dijo Ana—. Estoy segura de que su hijo querrá verla a ella, eso es lo que importa.

Sonó la campana. Las mujeres aplastaron sus cigarrillos con los pies y arrojaron las tazas de café, apresurándose hasta el elevador. Ana subió a pie los cuatro tramos de escaleras como hacía cada mañana, con Betty siguiéndola detrás. Cuando arribó a la planta de costura, la pesadez del fin de semana se instaló en ella sin prisa por marcharse. La estancia estaba mayormente vacía, y el aire, estancado. Los ventiladores que zumbaban en sus respectivas esquinas se esforzaban por hacer correr el aire. Los rollos de telas dispuestos uno contra otro en la pared sucumbían al calor de los focos en el techo y su luminosidad amarillenta. No conseguía recordar cuándo había visto por última vez ese piso espacioso y alargado debajo de las máquinas. Verlo de verdad, pensó. Las estaciones lucían hacinadas, los pasillos se habían ido estrechando con los años, había allí una avidez palpable de aire y luz solar.

Ana se instaló en su estación. Las puertas del elevador se abrieron, y las mujeres pronto llenaron todo el espacio.

—Gracias a Dios que hace calor aquí —dijo Carla. Se sentó junto a ella y se puso su delantal azul.

Muy pronto, Ana se olvidó de su libreta de direcciones, con las mujeres compartiendo sus historias del fin de semana, exagerando en torno a la nueva telenovela brasileña de Telemundo y volviendo al tema de Nilda. Imaginándose a Nilda, con sus aretes brillantes y su camiseta de encaje negra, reptando a través del desierto bajo el abrasador sol mexicano. Nilda, de vuelta en Nueva York y besando a su hijo, esbozando su luminosa sonrisa ante la cara de su esposo. La audacia de todo ello.

Fue durante el receso del almuerzo en la cafetería, cuando las mujeres extrajeron sus contenedores de plástico con las viandas, que Ana preguntó a nadie en particular:

—¿Verdaderamente creen que Nilda volverá?

—¡Por supuesto! —dijo una de las costureras—. Si es una descarada.

—Es una fresca, sí —coincidió otra—, pero es la madre. Tenía que volver por su hijo. ¡No puedes mantener a una madre alejada de su hijo!

—Dudo que George la acepte aquí de vuelta —dijo una tercera.

—No, definitivamente no va a volver aquí —dijo Carla—. Es muy conflictiva y todas sabemos lo que George piensa de las conflictivas.

Mientras las mujeres debatían el asunto, Betty indicó con un gesto el emparedado plano en la mano de Ana:

—¿Qué estás comiendo?

—Sándwich de jamón y queso —replicó ella, consciente de pronto del contenedor rectangular blanco que Betty tenía en su mano, rebosante de arroz blanco y estofado de ternera.

—¿Por qué no estás comiendo, Ana?

—Lo estoy —dijo ella—. Solo intento ahorrar dinero.

Betty quitó la tapa de su recipiente y puso algo de su propia comida en el de ella.

—Toma un poco —le dijo, tendiéndosela—. Estás muy delgada, necesitas arroz y carne. Y ya sé que hace frío afuera, pero deberías haber puesto ese emparedado en el refrigerador.

• • •

UNA HORA DESPUÉS, ANA HUBO DE CORRER AL BAÑO CON CALAMBRES en el estómago, maldiciendo a Betty en voz baja. Allí inspeccionó los compartimentos de cada inodoro para asegurarse de que estaba sola, y fue hasta el más alejado. Cuando terminó, se mojó la cara y se secó la piel con las toallas de papel marrón que a veces metía en su bolso y se llevaba a casa. Se inclinó en el lavabo, y miró su reflejo salpicado de las manchas de dedos que poblaban el espejo rajado.

Quería, de verdad, que él encontrara su libreta de direcciones. Quizás entonces entendería. La elaboración y reelaboración de cada comida; ningún plato era siempre el mismo. Cada vez había un nuevo condimento, un lugar nuevo donde comprar un ingrediente, sus propios gustos cambiantes. Era lo que la mantenía viva: su propia habilidad de cambiar, evolucionar.

De intentarlo de nuevo. Ese era el sentido de todo. Podía seguir intentándolo sin importar sus errores o los errores de otros. Siempre habría espacio para el cambio. Siempre podría volver a comenzar.

¿Podrían hacerlo ellos?

Ella lo amaba, con su carácter taciturno y su incapacidad para tomar decisiones difíciles, sus propensiones nostálgicas y su orgullo. Lo amaba. Lo aceptaba como era, y todo lo que eso implicaba. Pero había tenido ya suficiente del silencio entre ambos. Ella le había fallado, pero él le había fallado también a ella. ¿Sería capaz él de aceptar los errores de ella y perdonarlos? ¿Y podría ella hacer otro tanto con él?

Volvió a su estación, decidida a acabar con el silencio entre los dos. Necesitaba saber dónde estaban parados, adónde se dirigían.

Años después, cuando le preguntaron sobre ese día de febrero, ella recordaría el fuerte ruido que hacía la máquina bajo sus dedos, cómo el zumbido del ventilador de techo —normalmente un susurro— parecía un bramido. Nunca oyó las pisadas que algunas decían recordar, ni los aullidos de las trabajadoras en la planta de abajo. Ella solo escuchó un único chillido en un punto lejano, muy lejos, y entonces vio las oleadas de negro barriendo el otro extremo de ese paisaje acromático.

Escuchó la palabra una única vez, pero no la registró. Después la oyó repetirse, "inmigración, inmigración", y caerle encima, escurrírsele entre los pies, haciéndola girar y tambalearse en un laberinto de tonalidades azules. Cruzó a empujones por entre algunas mujeres que lloraban y otras que estaban paralizadas por el pánico y la confusión. Corrió hacia la puerta gris, la misma que ella había despejado luego de que Nilda fuera atrapada semanas atrás. Se deslizó entre una isla y la siguiente y la siguiente. Miró hacia atrás buscando a Betty, pero lo único que vio fueron letras en blanco sobre chaquetas oscuras inundando la estancia como tinta negra. Estaba en la puerta gris cuando alguien gritó "¡Para!", pero ella no se detuvo. Empujó contra el conglomerado humano que se comprimía contra la puerta. Oyó un grito proveniente de abajo, y ya no tuvo otra opción que correr hacia él.

Madre mía, rogó, *déjame salir de aquí.*

Y corrió.

No pares.

Otras corrieron con ella. Ásperas, sin rostro. El aire sabía a sal.

No pares.

Colisionó contra cuerpos anónimos, desconocidos, buscando recobrar el aliento, y oyó el eco familiar de su corazón, ahora retumbándole en los oídos. La lengua se le adhirió al paladar. Por la escalera se oyó otro gemido. Corrió hacia abajo con pasitos cortos como si todo estuviera ardiendo, pero a donde quiera que se volvía había alguien de azul u otra cara que ella conocía, pero no conseguía reconocer.

Anheló que Carla pudiera salir. Carla, con su *green card*. Si ella lograba salir, le diría a Lucho lo ocurrido antes de que él fuera a buscarla, antes de que alguien pudiese atraparlo también a él. Antes de que atraparan a los niños.

Los niños. Aun podía sentir los besos matinales de Pedro en su rostro, y el pelo de Victoria deslizándose entre sus dedos cuando le hacía las trenzas. Pudo hasta sentir el aroma de Lucho, su fragancia, constante, omnipresente, esa que persistía en la almohada al lado de la de ella. Pudo oír las palabras de Pedro siempre que los niños se abrazaban con su padre y ella se detenía a observarlos, con miedo de que pudieran desaparecer, de que no fueran reales. "Ven, mami, ven". ¿Por qué no había ido nunca hacia ellos?

Si la atrapaban, ¿qué iban a hacer ellos? ¿Qué le diría Lucho a los niños? ¿Adónde les diría que se había ido su madre?

La escalera se hacía cada vez más angosta y, en su empeño por recobrar el aliento, se detuvo para no sucumbir ante la presión de los cuerpos que la aprisionaban. No podía pensar en su familia así. No los iba a reducir a meros recuerdos. No les sucedería lo que a su padre; tampoco a ella.

Cargó contra la muchedumbre que le impedía el paso hacia ellos, dispuesta a derribar cualquier barricada de esa tonalidad negra que hubiese frente a ella. Sin importar contra qué golpeara, avanzaría. Escuchó una voz llamándola de nuevo desde atrás, diciéndole que se detuviera, pero entonces vio la luz del sol colándose por la puerta apenas un piso más abajo. Todo cuanto debía hacer era traspasarla, abrirse paso hasta el río. Si lograba llegar allí, se dijo, podría encontrar la vía de vuelta a casa. Y, si no lo conseguía, ya volvería de algún modo. Después de todo, Nilda lo había logrado.

Voló, habían dicho las mujeres. Volvió tan rápido que prácticamente voló a través de la frontera.

Se aferró a esa idea, pese a que una mano la agarró por el brazo desde atrás y cayó al suelo. Dondequiera que la llevaran, dondequiera que pudiera terminar, ya encontraría el camino de vuelta. De vuelta a Victoria y a Pedro, de vuelta a Lucho. Correría por tierra, nadaría contra la corriente si era preciso. Volaría por encima de todo lo que no pudiera sortear. Podía oír la voz de su madre: "Tendrás que hacer cosas por amor", le había dicho infinidad de años atrás. Era la única forma en que había aprendido a volar. Sin importar dónde estuvieran o estuviese ella misma, volvería a ellos. Debía confiar, finalmente. Confiar en que aún podría volver a su manada. Volver con los Falcón.

AGRADECIMIENTOS

ESTE LIBRO NO HUBIERA SIDO POSIBLE SIN EL AMOR Y APOYO DE MUCHOS
y muy bellos espíritus. Doy gracias a:

Mi agente, Julia Kardon, por tu increíble intuición, tenacidad y confianza en mi labor.

Mi editora, Megan Lynch, que tanto contribuyó a mejorar esta novela, y a todo el equipo de Ecco.

Lisa Ko y Sunita Dhurandhar, por todos los encuentros de escritura y tortas de yuca en el curso de los años. Ustedes me enseñaron lo que es ser una escritora.

Ruchika Tomar, por sostener mi mano a través del proceso de revisión y publicación. Soy afortunada de tenerte como amiga.

Natalia Sylvester, Jenn Baker, Melissa Scholes Young, Stephanie Jiménez y Kali Fajardo-Anstine, por todos los consejos y el apoyo.

Luis Alberto Urrea, Cristina García y M. Evelina Galang, por desafiarme siempre a llegar más profundo en mi labor.

El Center for Fiction y mis colegas becarios, especialmente Nicola DeRobertis-Theye, Anu Jindal, Samantha Storey, t'ai freedom Ford, Lisa Chen y Sara Batkie.

Stacie Evans, Serena Lin, Christine H. Lee, Glendaliz Camacho, H'Rina DeTroy, Dennis Norris II, Vanessa Mártir, Grace Jahng Lee y toda la comunidad del VONA NYC.

Mis fuentes diarias de confianza, fuerza e inspiración: Ivonne Chaupis Phillips, Marilyn Ladewig, Lucia Travaglino, Regina Hardatt, Estefanía Vaz Ferreira, Lorena Llivichuzca, Stacy Almeyda, Jessica Baker, Irina Akulenko, Dalia Carella, Pooja Agarwal, Mary Anne Mendenhall, Emily Roberts, Megan Mann y Bryn Haffey.

Mi escuadrón de apoyo en la labor diaria: Nitasha Mehta, Julia Blanter, Tijana Jovanovic, Ankit Patel, Betsy Brenner, Edward Fong, Marilyn Chew, Jessica Rotundi, Aaron Singer, Leah Aviram y Jonathan J. Nasca.

Las cafeterías que nunca me echaron de sus dominios, especialmente Sweet Leaf Coffee Roasters, en Greenpoint, y Mountain Province, en Williamsburg.

Mi familia, especialmente aquellos que contribuyeron con información a mi obra: Johanna Moccetti, Judy Rocha, Ayda Luz Vásquez, Gladys Vásquez, Jimena Caballero y mi abuelita, Clotilde Isla.

Mi suegra, Ewa Potocka, por tu espíritu indomable y tu luz.

Mis hermanos, John J. Rivero y Sixto Elías Rivero, y mis cuñadas, Teresa y Laura, por su eterno apoyo a mi labor.

Mi increíble madre, Zadith Rivero, que me enseñó a nunca tenerle miedo al trabajo duro y a siempre amar la vida. Es un orgullo para mí ser tu hija.

Mis hijos, Sebastián y Gabriel, que cada día me enseñan y motivan para lograr la mejor versión posible de mí misma.

Mi esposo, Bartosz Potocki, que siempre creyó en mí y entendió de entrada mis razones para escribir. Gracias por brindarme el tiempo y espacio necesarios para ello, y por amarme tal como soy.

Mi padre, Juan G. Rivero, que se llenó de orgullo y emoción al leer el primer poema que escribí a mis cinco años. Espero, dondequiera que estés, que aún te haga sentir orgulloso.